众神飞扬
——世界文学巨擘18家

邱华栋 著

邱华栋 郝建国 主编

Zhongshen
Feiyang

Qiu Huadong

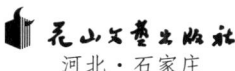
花山文艺出版社
河北·石家庄

图书在版编目（CIP）数据

众神飞扬：世界文学巨擘18家 / 邱华栋著. -- 石家庄：花山文艺出版社，2023.7
（拇指丛书 / 邱华栋，郝建国主编）
ISBN 978-7-5511-6486-3

Ⅰ．①众… Ⅱ．①邱… Ⅲ．①散文集－中国－当代 Ⅳ．①I267

中国国家版本馆CIP数据核字（2023）第013884号

丛 书 名：	拇指丛书
主　　编：	邱华栋　郝建国
书　　名：	众神飞扬——世界文学巨擘18家 Zhongshen Feiyang　Shijie Wenxue Jubo 18 Jia
著　　者：	邱华栋
策　　划：	丁　伟
统　　筹：	李　爽　王泠阳
责任编辑：	温学蕾　董　舸
责任校对：	李　伟
装帧设计：	书心瞬意
美术编辑：	陈　淼
出版发行：	花山文艺出版社（邮政编码：050061） （河北省石家庄市友谊北大街330号）
销售热线：	0311-88643299/96/17
印　　刷：	河北新华第一印刷有限责任公司
经　　销：	新华书店
开　　本：	880毫米×1230毫米　1/32
印　　张：	9.25
字　　数：	180千字
版　　次：	2023年7月第1版 2023年7月第1次印刷
书　　号：	ISBN 978-7-5511-6486-3
定　　价：	60.00元

（版权所有　翻印必究·印装有误　负责调换）

目　录
CONTENTS

雷蒙德·卡佛：他自己的艰难时世
（1938—1988）　　　　　　　　／ 001

威廉·福克纳：书写美国南方的史诗
（1897—1962）　　　　　　　　／ 023

渥雷·索因卡：非洲的解释者
（1934— ）　　　　　　　　　　／ 047

罗伯特·潘·沃伦：多才多艺
（1905—1989）　　　　　　　　／ 064

豪尔赫·路易斯·博尔赫斯：迷宫世界与镜子
（1899—1986）　　　　　　　　／ 070

约瑟夫·卢·吉卜林："日不落"帝国的作家
（1865—1936）　　　　　　　　／ 089

阿摩斯·奥兹：以色列人的记忆与形象
（1939— ）　　　　　　　　　　／ 096

玛格丽特·阿特伍德：加拿大文学女王
（1939— ） / 119

约翰·厄普代克：文学高原
（1932—2009） / 147

埃德加·爱伦·坡：文学怪杰
（1809—1849） / 165

奥斯卡·王尔德：19 世纪的唯美主义者
（1854—1900） / 174

詹姆斯·乔伊斯：对神话的重构
（1882—1941） / 181

帕斯捷尔纳克：时代的人质
（1890—1960） / 202

纳博科夫：小说魔法师
（1899—1977） / 219

马塞尔·普鲁斯特：回忆的长河
（1871—1922） / 240

泽巴尔德：沉思的德国人
（1944—2001） / 260

戴·赫·劳伦斯：矿工的儿子

（1885—1930） /268

哈代：荒原哀歌（1840—1928） /277

后　　记 /289

雷蒙德·卡佛：他自己的艰难时世
（1938—1988）

一、雷蒙德·卡佛诗四首

找 工 作

我一直想抓到溪水里的虹鳟鱼
用来做早餐。

忽然，我发现了一条新的路
通向瀑布

我飞快地奔跑着。
快醒醒吧

我老婆喊道，

你在做什么梦?

但我起身的时候
感觉房屋在倾斜

你还在做梦
都到中午了,她喊道

一双闪着亮光的新鞋
正在门边等我。

下 雨 天

早上醒来的时候我
有一种强烈的想法:我要
一整天躺在床上读书。
我跟这想法斗争了好一阵子

我望着窗外的雨天
接着就放弃了这个想法,将自己
贴近了这个雨天的早晨。

生活还会继续重复,是吗

还会犯那些蠢笨的、相同的错误,是吗
是的,我想,只要有半点可能
我还会犯,同样的错

爆 破 员

我的好友约翰·多根是一个木匠
他离开人间,去另一个世界的时候
过于匆匆。
这当然不是他喜欢的
谁都不愿如此,但他来不及告别
他说:"我去把这些工具放好。"
他匆忙地说再见,去到山下
开他的小皮卡,并向我挥手
我也招手应答。但就在前往顿格内斯的路上
偏离了道路中线——他曾在这里生活,
撞到了死亡的那一边
被一辆装满了木材的卡车撞翻

在大太阳底下,他脱了衬衫干活
蓝色汗巾裹着前额,防止汗水流进眼睛
在木头上打孔、钉钉子,计算木材的方料
将木头钉在一起

筹划着盖起新房
时常停下手,歇口气,讲个故事
说的是他年轻的时候做过爆破员
那是他骄傲的回忆
——放置炸药引线。这时他笑了
白牙在闪光。而他沉默时
喜欢拉扯黄色的八字须,说"再见"

我希望他还活着,毫发无损地
冲向死亡。即使炸药的引线已经点燃。
在他的皮卡车里,一切都已决定
一边听着斯肯格斯的歌
一边摸着自己的胡须,谋划着周六晚上的事
这个已经死去的人安然无恙
驾着皮卡车,驶向了死亡。

好 时 光

夏夜里凉风吹着
窗户开着
灯亮着
水果在碗里搁着
你的头在我肩上靠着

这是一天中最美妙的时刻。

接着,清晨的时光很好
接着,还有午餐的时候
下午和傍晚时分,都很好。

我真是喜欢这夏天的夜晚
超过了其他任何时候
因为一天的工作结束了
没有人能够影响我们
甚至最好是永远如此。

(邱华栋 译)

二

我想先谈谈雷蒙德·卡佛的诗歌。很多小说家都写诗,这对于小说家来说,是锤炼语言、保持对语言敏感的最佳手段。而且,诗歌篇幅短小,很适合捕捉瞬间情绪,营造精巧的意象和象征。雷蒙德·卡佛的三百多首诗篇是一面镜子,映照出他的短篇小说的那种风格化的简约。

他的诗集《我们所有人》(上、下册),收录了他的全部诗歌。据说,他的诗歌写作一直与他的小说写作并驾齐驱,但产量很低。直到后来他在纽约遇到了女诗人特斯·加拉格尔，他的诗情再度爆发和高涨，光是1983年10月到1985年8月这不到两年的时间里，他就写了两百多首诗歌，这显然和他与特斯·加拉格尔的爱情有关。

　　阅读雷蒙德·卡佛的诗歌，我觉得有两点是需要注意的：一点是他的部分诗篇有着明显的叙事性；再有一点，就是他的诗歌的风格和他的小说一样，同样是简约的。我们来看看这一首《忍痛大甩卖》：

> 星期天大清早所有东西都搬到了外面——
> 儿童顶篷床和梳妆台
> 沙发，茶几和台灯，一箱箱
> 各色各样的书和唱片。我们搬出
> 厨房用具，带闹钟的收音机，挂着的
> 衣服，和一把一直陪着他们
> 被他们叫作"舅舅"的
> 大安乐椅。
> 最后，把餐桌也抬出来了
> 他们在桌上摆好东西就准备开张。

（舒丹丹译，《我们所有人》第一册第33页，译林出版社）

假如我把这些诗句按照叙述文来进行不分行排列，就是这样的：

星期天大清早，所有东西都搬到了外面——儿童顶篷床和梳妆台、沙发、茶几和台灯，一箱箱各色各样的书和唱片。我们搬出厨房用具，带闹钟的收音机，挂着的衣服，和一把一直陪着他们、被他们叫作"舅舅"的大安乐椅。最后，把餐桌也抬出来了。他们在桌上摆好东西，就准备开张。

是不是和他的小说片段难以区分？所以，一个小说家假如写的诗歌具有叙事性的话，那么简直可以作为小说片段来欣赏了。

我更喜欢他另外一首我觉得特别具有他自己风格和味道的诗《我的乌鸦》：

一只乌鸦飞进我窗外的树里。
它不是泰德·休斯的乌鸦，也不是加尔威的乌鸦。
不是弗罗斯特、帕斯捷尔纳克或洛尔迦的乌鸦。
也不是荷马的乌鸦中的一只，饱食血污，
在那场战争之后。这只是一只乌鸦。
它永远不适于生命中的任何地方，
也没做任何值得一提的事。

它在枝丫上栖息了片刻。
然后展翅从我生命里
美丽地飞走了。

(舒丹丹译,《我们所有人》第一册第208页,
译林出版社)

雷蒙德·卡佛的诗歌,在叙事部分表现得很有幽默感,场景逼真、具体,是很生活化的。而在简约的诗篇里则表现出一种隐喻、象征的意味,在表面单纯、简约的意象背后,则隐藏了丰富的含义。比如,上面的这只"乌鸦",象征了太多东西。但是,你也可以说,它什么都不象征,它真的不过就是一只乌鸦。

三

雷蒙德·卡佛属于那种以少胜多的短篇小说家。他五十岁就因为肺癌而离开了这个艰难的人世。在他短暂的创作生涯中,留下了不算多的七十一篇短篇小说和三百多首诗歌,还有少量散文和随笔。

没有写过一部长篇,但高度风格化的雷蒙德·卡佛,却又成为20世纪下半叶美国乃至全世界最重要的小说家之一,被称为"美国的契诃夫"。他的短篇小说的形式感,那种高度

简约的风格，也形成了一种显著的特点，并且成为短篇小说写作的新典范。他被称为"简约派"大师，出现了大批拥趸和模仿者。对他的推崇，也从作家圈子里迅速延伸到了普通读者那里。

记得1992年我第一次阅读到他的短篇小说中译本《你在圣·弗兰西斯科做什么？》时，十分惊讶——叙述这么简洁、又这么有力量的作家，太少见了。他仿佛是拿着一把剔骨刀在写作，他呈现的是剩下的骨头，而骨头上原来附着的肉，需要我自己用想象力去填充回去。

1938年，雷蒙德·卡佛出生在美国俄勒冈州一个很不起眼但风景优美的村镇，附近有一条蜿蜒流过的哥伦比亚河。他的家庭属于美国的中下层，父亲是工人，主要打各种零工，干过木工、建筑工等，母亲是餐馆的服务员，也做过商店店员。就是这样一个极其普通的家庭，诞生了雷蒙德·卡佛这么一位杰出作家，实在是生活本身的赐予。

雷蒙德·卡佛小时候是一个胖子，体形臃肿，因此遭到了同学们的嘲笑，这让他的心灵很受伤害。几年之后，父母搬家到华盛顿州的亚基马镇的东边，那里也是一派乡村风光。雷蒙德·卡佛住在有两个卧室的木头房子里，带着弟弟詹姆斯玩耍。他最喜欢的是去附近的小溪和水库里钓鱼。十六岁时他个子长高了，人也迅速瘦了下来。他迷上了打猎，经常把他打到的野鸭拿回家送给母亲，母亲会把野鸭仔细地拾掇好，然后放到她认为是家里最贵重的财产——一个大冰柜里。

高中毕业后，他不想上大学，而是想离开家庭去赚钱，去追求写作的理想。但他发现父母的关系产生了危机，父亲的精神状态很不稳定，甚至有精神失常的危险。这迫使他重新思考自己的道路。

雷蒙德·卡佛的前半生，至少到他四十岁时，生活都是非常艰辛的。

他十九岁时就和十七岁的女友玛丽安·伯克结婚了，因为玛丽安·伯克已经怀孕了。后来，他父亲真的精神失常了，被送到了医院治疗。而这家医院也是雷蒙德·卡佛的孩子诞生的地方。雷蒙德·卡佛二十岁这一年，决定远离华盛顿州，带着玛丽安和襁褓中的女儿迁往美国西部加利福尼亚州的天堂镇。在那里，他进入奇科州立学院学习写作。很快，他的第二个孩子出生了，是个儿子。他师从约翰·加德纳学习写作技巧，并努力维持家庭运转。

结婚不到一年半，他已经成了两个孩子的父亲，于是，他算是陷入家庭生活的沉重负担和无比琐碎的状态里了。

在加利福尼亚的日子也好过不到哪里。后来，他又一边去另外一所学院——洪堡州立学院学习，一边在家里写作。二十出头的雷蒙德·卡佛暗藏着写作的雄心，却每天要应付生活的琐碎。妻子玛丽安要照顾孩子，白天上班，晚上还要做电话接线员，每天两个人都在生存线上忙碌和挣扎，两个孩子的抚养无比繁杂，这让雷蒙德·卡佛受尽日常生活的锤炼，也为他后来的写作积累了大量的生活细节。

可能这就是生活对一个杰出小说家的磨难和锤打。在这种生活状态里，雷蒙德·卡佛作为父亲和一家之主，他首先要考虑的自然是养家糊口。他和父亲一样，从事的都是比较低级的工作，先后做过送货员、医院清洁工、锯木厂工人、加油站服务员等，只要是能赚点儿钱的活儿，他都干，因为家里有可爱的妻子和嗷嗷待哺的两个孩子。可想而知，在沉重的生活压力下，在婚姻的羁绊里，雷蒙德·卡佛的状态一定不好。他和妻子的关系也产生了危机，最终在多年后走向破裂。

作家都是从生活里磨炼出来的，雷蒙德·卡佛显然是一个明证。我们可以设身处地地想一想，在那样一个家庭环境中，他在每天需要面对的日常生活和内心的勃勃理想之间有着怎样的落差，他经受着怎样的痛苦。

四

雷蒙德·卡佛喜欢写作，源自小时候他的木工父亲给他讲的故事。那些故事启迪了小雷蒙德·卡佛喜欢探寻人世的心灵。

1963年，为了继续锤炼写作技巧，他把所有的家当放到一辆破旧的雪佛兰汽车里，带着老婆和两个孩子前往艾奥瓦州。因为艾奥瓦大学有一个著名的作家讲习班，是专门培养作家的，创办人是诗人保罗·安格尔。保罗·安格尔后来和著名的华裔女作家聂华苓结婚了，这个艾奥瓦写作班一直到现在还在办，成了历史悠久、颇负盛名的写作训练班。

在艾奥瓦写作班里，雷蒙德·卡佛遇到了很多同道，大家一起探讨写作技艺，这使雷蒙德·卡佛进步很快，他起初在《十二月》的编辑柯特·约翰逊的帮助下，发表了一些风格化的早期作品，引起了一些注意。

雷蒙德·卡佛还在约翰逊的介绍下，认识了《绅士》的小说编辑戈登·利什。戈登·利什是雷蒙德·卡佛生命中的贵人之一，他在《绅士》杂志当小说编辑，对雷蒙德·卡佛早期的小说代表作《请你安静些，好吗？》《当我们谈论爱情时我们在谈论什么》进行了非常精细的删改和润色，突出了雷蒙德·卡佛那种简约到不能再简约的风格。可以说，这极大地促成了雷蒙德·卡佛短篇小说风格的形成。但是，直到现在，戈登·利什对雷蒙德·卡佛小说的修改还存在着一定的争议，以至于在雷蒙德·卡佛去世多年之后，美国还出版了他未经修改的早期稿本小说集《新手》。

就我个人观点看，编辑能手戈登·利什是个慧眼识才的好编辑，他敏感地发觉了雷蒙德·卡佛的小说本身所具有的特点，经过他的删改润色，强化了雷蒙德·卡佛的叙述简约的特点，功不可没。

1967年，短篇小说《请你安静些，好吗？》入选《1967年美国最佳短篇小说集》，这使雷蒙德·卡佛信心倍增。次年，他带着妻子玛丽安和两个孩子，前往以色列，进行为期一年的考察，玛丽安则在那里学习历史和哲学。回到美国后，玛丽安大学毕业，成为一名高中英语教师，这使得雷蒙德·卡佛得到了解放，能够摆脱一部分家庭的压力，集中精力写作短篇小说。

1971年，短篇小说《邻居》发表在《绅士》杂志上，这是一个标志性的事件。随后，他的短篇小说遍地开花了。但此时，雷蒙德·卡佛遭遇了精神危机，他染上了酗酒的毛病，十分严重。往后的几年，夫妻关系也逐渐陷入危机，后来他们开始间断性地分居。一直到1982年10月18日，他们才在法院正式离婚。几年之后，在他快要离世的时候，他承认对玛丽安感到愧悔，曾表示"留下了所有的成功，而让她不得不站在雨中"。

不过，他的生活、写作和学习也在向前持续地发展和进步。他来到了斯坦福大学作为奖学金研究生进修，认识了黛安娜·塞西利，她成为他的情人。由于和妻子有了嫌隙，他更多地依赖酒精，几乎天天喝醉。这个阶段，他多部小说集出版，成了广受瞩目的小说家。

1978年，雷蒙德·卡佛又认识了女诗人特斯·加拉格尔，两人经常出入旧金山的一些文艺人士举办的聚会。雷蒙德·卡佛受她的影响，开始写诗。此后的一些年，雷蒙德·卡佛在美国文坛的影响力与日俱增，小说集由书商加里·菲斯克乔恩推出了平装本，相当畅销，拥有了更大的读者群。

进入1980年代，雷蒙德·卡佛的声誉逐渐上升到了一个巅峰，两次获得国家艺术基金奖金，三次获得欧·亨利小说奖，还获得了布兰德斯小说奖、莱文森诗歌奖等，1988年入选为美国艺术文学院院士。

1987年的9月，雷蒙德·卡佛被查出来罹患了肺癌，10月1日做了第一次切除手术。手术比较成功，他认为躲过了一劫。在他的一生中，他都相信好运气不断降临到自己身上，比如，遇见了妻子玛丽安和写作最初的导师约翰·加德纳，在《绅士》杂志上发表作品并且结识了编辑家戈登·利什，酗酒多年但最终成功戒酒，后来还与女诗人特斯·加拉格尔相爱，并且还获得了斯坦福大学重要的斯特劳斯奖学金，这些都是他认为发生在自己生命中的奇迹。

现在，即使他抽了二十年大麻和四十年的烟，他认为自己最终也会逃离肺癌。

1988年6月，雷蒙德·卡佛与特斯·加拉格尔结婚。奇迹最终没有发生，在这一年的8月2日，太阳刚刚升起的凌晨，雷蒙德·卡佛离开了人世。

五

以上是我对雷蒙德·卡佛短暂一生的简单描述。写到这里，我的眼睛湿润了。面对雷蒙德·卡佛的一生，我能体会到他的每一点成功来之不易。而上帝又过早地收走了他。

现在，我们来看看雷蒙德·卡佛的小说。显然，经过了多年的锤炼，雷蒙德·卡佛成了一个写短篇小说的绝佳圣手，一个炉火纯青的卓越的文学手艺人,一个创造了"简约派"风格和流派的掌门人。他的作品从题材上看,大都描绘了美国普通人生活中的失意、挫折、困顿和希望。他也很擅长婚姻和家庭题材,将在家庭和婚姻中男女的挣扎与寻求出路描绘得栩栩如生,对人生的两难处境、人性的幽暗地带,都有十分精妙的体察。这与他早年的生活潦倒困顿有关。

可以说,正是生活这本伟大的教科书,教会了他以文学手段看待生活的角度和方法。

《他们不是你的丈夫》的故事主要发生在咖啡店和家里。厄尔是一个推销员,妻子多琳是一个女服务员,有一天,厄尔跑到妻子打工的咖啡店,凑巧听见邻座两个来就餐的男人对妻子肥胖身材的评论和调笑,让他非常恼火。他跑了,后来他买回来一个体重秤,让多琳经常称一称,让她减肥。最后,多琳果然减肥了,厄尔又跑到咖啡店,冒充顾客,去让别的男人评价他老婆现在的身材到底怎么样。小说就这么以不断出现的生活小波澜来作为推动,将一对非常平常的美国夫妇的烦恼和生活,以淡然的感伤和幽默感呈现了出来。

有时候,雷蒙德·卡佛会选择以第一人称叙述,比如《你在圣·弗兰西斯科做什么?》就是以第一人称叙事。这个叙事者是个邮递员,他是一个观察者,将小说的主人公马斯顿一家搬来之后发生的事情讲述了一遍。马斯顿一家生活中的各种不如意,被叙述者不经意地以一些细节呈现出来。同时,暗示马斯顿一家是受到了"垮掉的一代"影响的嬉皮士家庭,也将美国 1960 年代的社会背景巧妙地呈现出来。

雷蒙德·卡佛还是一个绝佳的对话写手。《阿拉斯加有什么？》通篇都是对话。一对夫妇在另一家做客，吃吃喝喝，品尝大麻，喷云吐雾的时候，其中一对夫妇说他们马上要搬到阿拉斯加去了。于是，一场关于阿拉斯加的谈话就这么展开了。后来，两对夫妇生活里的某些东西发生了一些变化。雷蒙德·卡佛在写这样的小说时，非常善于通过很小的细节来呈现美国人的希望和失落感。

《小东西》可能是他最短的小说，翻译成中文只有几百字，描述了一对夫妻在吵架，他们在吵架的同时，还在拉扯着一个婴儿，小说的结尾暗示他们把婴儿给拉扯坏了：

她要这孩子啊。她使劲抓住婴儿的另一只胳膊。她抱住了婴儿的腰，往后拽着。

但他也死不放手。他感到那孩子正从他手上滑脱出去，他用力往回拽着。

就在这一刻，事情终于有了了结。

（于晓丹译，《你在圣·弗兰西斯科做什么？》第 49 页，花城出版社）

看到这里我们会想，这对夫妻的关系是怎么了结的？我觉得，他们肯定把自己的孩子给拽死了。你觉得呢？这篇小说简直是实践海明威的"冰山理论"的最佳样品，短短几十字就将一对夫妻之间的矛盾呈现出来。

而我喜欢雷蒙德·卡佛的地方,首先在于他给自己的小说所起的名字。其中一部分是带有诗歌的意象和提问语调的名字,比如这些:

《真跑了这么多英里吗?》《我们谈论爱情时我们在谈论什么》《离家这么近有这么多水泊》《我打电话的地方》《没人说一句话》《把你的脚放在我鞋里试试》《亲爱的,这是为什么?》《你们为什么不跳个舞?》《毁了我父亲的第三件事》《人都去哪儿了?》《不管谁睡了这张床》《请你安静些,好吗?》《我可以看见最细小的东西》《告诉女人们我们出去一趟》《所有东西都粘在了他身上》《还有一件事》《怎么了?》《你们想看什么》《需要时,就给我电话》。

我们知道,小说的题目是进入小说的钥匙。小说的标题同时也可以显示作家本人的风格,也就是说,题目是作品风格的暗示。上述这些题目都很抓人眼球,很大一部分是提问句式的,这在小说史上并不少见,但是,像雷蒙德·卡佛这样如此集中地使用提问式作为题目的,比较少见,由此形成了雷蒙德·卡佛很重要的一种风格。

我在看到上述题目时,总是暗自叫绝,真棒!一个作家真有才华，从小说题目就可以看出来。我一边看一边想：真跑了这么多英里，是为什么呢？发生了什么事有人会这么问？人在谈论爱情的时候到底在谈论什么呢？为什么离家这么近有这么多水泊？会不会淹死人或者房屋进水？我打电话的地方在哪里？难道是高速公路上的求救电话吗？没有说一句话的原因是什么？他们是在什么场合不说一句话的？把你的脚放到我的鞋里试试，是男人说的还是女人说的？他们是什么关系？亲爱的，这是为什么？为什么要问这一句话？你们为什么要去跳个舞？我父亲是怎么被第三件事毁了的？那第一件、第二件又是什么？人都去哪儿了？他们去干什么了？不管谁睡了这张床，这张床和睡它的人之间有什么关系？假如我不想安静呢？看见了细小的东西要干什么？你出去就出去呗，为什么要告诉女人们？那是什么东西能粘在一个人身上不下来？肯定不是所有的东西，对不对？桌子椅子能粘在人身上吗？电视机可以粘在人身上吗？还有一件事，还有一件什么事？怎么了？到底怎么了？你们想看什么？是谁在发问？需要时，就给我打电话——可假如我不需要我就不打电话呢？

你看，这就是我在看到这些题目时的反应。

雷蒙德·卡佛还有一些小说题目，起得也非常简约，带有符号性和象征性，比如下列题目：

《凉亭》《大教堂》《野鸡》《大象》《山雀饼》《自行车、肌肉和香烟》《肥胖》《邻居》《收藏家》《小事》

《距离》《严肃的谈话》《平静》《维他命》《小心》《大厨的房子》《发烧》《羽毛》《箱子》《亲密》《牛肚汤》《差事》《柴火》《梦》《汪达尔人》《谎话》《小木屋》《哈里之死》《主意》《父亲》《夜校》《学生的妻子》《鸭子》《信号》《杰瑞、莫莉和山姆》《六十英亩》《取景框》《纸袋》《洗澡》《大众力学》《粗斜棉布》《咖啡先生和修理先生》《软座包厢》《保鲜》《火车》《马笼头》等。

这些题目,有的是食物药物动物,比如山雀饼、牛肚汤、维他命、野鸡、大象、鸭子等;有的是物品,比如自行车、香烟、箱子、羽毛、柴火、纸袋、马笼头等;有的是地点,比如凉亭、大教堂、大厨的房子、夜校、软座包厢等;有的是人物,比如邻居、父亲、学生的妻子、收藏家、杰瑞、莫莉、山姆、咖啡先生、汪达尔人、哈里、修理先生等;有的题目是状态,比如亲密、发烧、肥胖、梦等。

这么一看,我们就会发现,雷蒙德·卡佛的确是观察生活的大师,就是这些再平常不过的东西,给他带来了无穷的写作灵感和多角度的视角,让他由此演绎出人物和他们的生活故事。这么多题目,里面的象征、隐喻、符号、指代、借用等,都能找到一条通向小说的路,同时,也通向人类生活秘密的谜底。一句话,万物有灵,万物的秘密都藏在眼前你看到的每一样东西里。

我不用再详细地一篇篇分析上述这些题目之下的小说了。

雷蒙德·卡佛足够生动和简朴，进入他所创造的小说世界，是那么方便，因为他几乎是不设阅读的门槛，欢迎每一个试图靠近他的人。他是那么亲切，就像他的小说题目那样，处处都在呼唤你，让你觉得，他一点儿都不陌生，就像是你熟悉多年的一个邻居。

六

我们在阅读和学习雷蒙德·卡佛的时候，可能会因为他的看似简约而上他的当，还因为他一向表现得谦虚、谨慎，而觉得他有些笨。我一开始也有这样的感觉。因为雷蒙德·卡佛在生活的重压下，写作的感觉是十分紧张的，一点儿都不放松。他似乎不是那种才华横溢的作家，而是属于那种慢工出细活儿、精雕细琢的小说家。雷蒙德·卡佛是可以学习的，而且那些初学写作的人拿他来当范本，很容易就学出成绩。

我这么说的理由在于，有些作家很难学习，比如卡夫卡、博尔赫斯、巴别尔，就很难学习和模仿。20世纪里，多少作家以他们为偶像来学习写作，但都是照猫画虎。因为，学习这几个作家的方式，不是去模仿他们的作品文本，而是要去揣摩他们的复杂经验。

学习卡夫卡，必须要进入和他一样的时代氛围、家庭氛围和内心世界里去，去体验他的那种荒诞和幽暗的感受。学习博尔赫斯的路径只有一个，那就是按照他从小到大阅读的书目、学习过的语言、抚摩过的几十万本书重新来一遍。这太难了。因为他的小说不过是他在丰厚的文学、哲学、科学、史学基础上厚积薄发出来的一个小枝杈。而学习巴别尔，需要亲自见证那些血腥的、复杂的、激烈的乱世，同时还保有对人类的信心。

而雷蒙德·卡佛则是很容易学习的。这是因为他的出发点就低："我开始写东西的时候，期望值很低。在这个国家里，选择当一个短篇小说家或一个诗人，基本就等于让自己生活在阴影里，不会有人注意。"

他容易学习，但是，我的意思并不是你很容易就学得比较好。你可以拿他的小说来作为起步的训练。不过，这里面有一个陷阱，那是因为雷蒙德·卡佛的小说表面上看似非常"简约"，可实际上他又是非常复杂的。雷蒙德·卡佛的小说对于我们这个快餐式的时代是一种嘲讽和迎合，是一种特殊的镜像。

我做文学编辑多年，发现很多写作者的加法和减法做得不好。大部分人都喜欢把小说写"满"，就是什么感觉都写足、写充分，不会做减法。但是，这个阶段你必须要经过，就是把小说先写满。可绝大部分写作者都不会把小说再减下来，或者减的时候，不够狠心。齐白石画虾为什么好？寥寥几笔，就勾勒出三五个大虾，在空空的白纸上，你却觉得有一种很满的感觉，这个时候，少就是多、多就是少了。这是因为齐白石经历了一个白纸上画满了虾，然后逐渐减少虾的数量的过程，等到少的时候，他再多画几个，如此反复多次，最后到三五个虾的炉火纯青阶段。

雷蒙德·卡佛的小说也有这样的水平——表面上，你看他的小说是简约的，但是他的简约是复杂的简约。所以，学习雷蒙德·卡佛，可以先把小说写满，然后再做减法。这个时候你不要以为你做完一次减法就和他一样了。你再加上去，再写满，然后，再做减法。反复多次，你才可能真正达到简约。因此，这个多和少、繁复和简约之间的关系，是要反复训练的。

因此，我觉得雷蒙德·卡佛还是不容易学习的。他给人提供的学习难度表面并不高，不过，你要达到他的高度却也是很难的，这里面隐藏着多和少、复杂和简单、明亮和阴影的关系。雷蒙德·卡佛一定会说：假如你足够聪明，就一定可以跨越这个陷阱。

威廉·福克纳:书写美国南方的史诗
(1897—1962)

一、威廉·福克纳诗三首

我的墓志铭

请把可能的忧伤化作雨露
那一定是哀悼携带的银色忧伤
葱茏的树林在绿色里做梦
热望在我的心里苏醒,假如我能真的醒来。
我将要长眠不醒,并且长出根系
就像一棵倒立的树,在蓝色的岗丘下
在我的头顶睡眠,这就是死亡?
而我将远行,紧紧围拢我的泥土
肯定会让我继续呼吸。

绿色枝条

人们你来我往,留下的
只是有着他欲望残痕的白骨
他所爱恨交加的坐骑
也最终被驯服地关进了尘土的马厩

他曾百般鼓舞那坐骑兴奋,而坐骑
也会满足骑手的所有要求
如今一切都已完结,欲念终止
他却发现,是坐骑把他哄骗了一生

向海伦的求爱

不要让"永别"出现在两张嘴之间
它们注定将合二为一
生命的青葱,使语言焕发生机
等到它变得昏聩衰朽时,再说"永别"
也不算晚。

生命十分脆弱,脉搏时断时续
只有爱情的火焰,才使生命存活
"永别"却是一把纸剑,那鲜活的生命

笑闹之间就能击溃这结果。下面才是真情流露：

像燃烧的火油在她的床上奔腾
肉体感到了满足，欲望满足
但她那空洞的灵魂并未被打动
而一旦激情耗尽，她就要
愤怒地咆哮。所以等我们都死去了
"永别"，才真的具有了意义。

（邱华栋　译）

二

　　威廉·福克纳是欧洲现代主义小说创新的潮流转移到了美洲大陆的新象征。在此之前，欧洲小说在精神和形式的创新上，都占据着绝对的优势。但是，自从威廉·福克纳在美国出现之后，20世纪现代主义小说创新的因子就开始在北美大陆生根发芽，并逐渐向南美扩展。不过，威廉·福克纳的文学价值首先是由法国人认定的，美国人一开始并未认可他的巨大价值。威廉·福克纳师承詹姆斯·乔伊斯，并将美国南方的历史和人的生存景象纳入他所创造的类似当代神话的小说中，形成了一座新的文学高峰，还影响了加西亚·马尔克斯写出了《百年孤独》，加西亚·马尔克斯的作品后来又影响了莫言等很多作家，使一团文学创新的火种在各个大陆的杰出作家之间不断地传递。

威廉·福克纳1897年9月25日生于美国南部的密西西比州一个大庄园主家庭。而这个大庄园主家族，已经在他父亲那一代彻底衰落了。因此，威廉·福克纳从小就对家族的兴衰史有着极大的探究兴趣，他逐渐了解到自身所在的大家族的兴盛和衰落的情况，这为他后来找到写作的源泉提供了一个前提。一战爆发之后，年仅十七岁的威廉·福克纳参加了加拿大空军，但主要负责地勤工作。战后，他开始学习写作。他最早的文学启蒙老师，或者说给予他决定性影响的人是作家舍伍德·安德森。1925年，二十八岁的威廉·福克纳在新奥尔良拜见了他，亲耳聆听了舍伍德·安德森的教诲，舍伍德·安德森劝他去写脚下土地上的人和历史。在他的帮助下，威廉·福克纳于1926年出版了第一部长篇小说《士兵的报酬》。这部小说直接取材于威廉·福克纳参加军队作战的经历，描绘了在第一次世界大战中的青年士兵的幻灭感和他们的痛苦经历。这是威廉·福克纳在三十岁之前书写自我经历的一次尝试。这部小说没有引起大众的注意，因为小说在题材和写作技法上都显得很一般。1927年，威廉·福克纳出版了第二部小说《蚊群》。这是一部艺术家小说，塑造了带有20世纪20年代繁荣时期的美国病的艺术家群像，描绘了艺术家们的肉体活跃和精神迷茫。这个时期是威廉·福克纳写作上的练习时期，他需要不断地寻找自我，而美国读者和文学界对青年作家威廉·福克纳的出现也并不重视，好像他根本就没有出版过这两本小说一样。

1929年，威廉·福克纳出版了第三部长篇小说《萨多里斯》，这是他苦苦寻找到了自己的写作资源和叙述方式的第一部真正的开端之作。于是，从这部小说开始，他的"约克纳帕塔法"系列小说正式诞生。《萨多里斯》这部小说描绘了美国南方密西西比州的大种植园自蓄奴时代以来的历史，其中塑造了一个重要人物萨多里斯上校，讲述了包括上校在内的整个南方种植园主阶层逐渐衰落的故事。威廉·福克纳发现，"自己家乡那块邮票大的地方很值得一写，而且永远也写不完"。后来，他接连写了十六部长篇小说和七十多篇短篇小说，从小说的题材和地理背景上看，全都和他的家乡有关。他根据家乡的地理和环境虚构了一个叫作"约克纳帕塔法"的地方，为此，还专门绘制了一张"约克纳帕塔法县地图"，在地图上，他标明了山川与河流、家族和人物、传说和习俗等元素。我想，有了这张地图，他后来的写作就变得简单了，如果说他想用文字创造一个世界，那么，他只需要像建筑师那样按照自己的蓝图规划施工就可以了。

威廉·福克纳的整个"约克纳帕塔法"系列小说，从叙述时间上，要追溯到美国独立战争之前，然后一直到二战结束之后。在他创造的长达一百多年的小说时间里，一共写了六百多个有名有姓的人物。这些人物往往在这篇小说里成为主角，而在另一篇小说里则可能就是配角；在这篇小说里消失了，在另外一篇小说中又出现了。从人物、故事情节来看，每一部小说都是独立存在的，但它们又都是主题统一的大整体的一部分。其实，要是单篇来看，似乎每一部都有一些缺憾，比如他的《喧哗与骚动》，结构完美、形式精巧、叙述华丽而又精到，却缺乏一种更加宏伟扎实的力量，比如《复活》中的赎罪和忏悔的力量，比如《百年孤独》中的一个大陆的历史命运的整体力量。

后来，我渐渐明白了，阅读福克纳，应该把他的十九部长篇看成是一部小说，这样，我就理解了福克纳的伟大，他完成的功业一点儿也不比巴尔扎克等人类历史上伟大的作家小。威廉·福克纳所写作的，是有着十九个章节的一部篇幅更加浩繁和巨大的长篇小说。虽然，其中的四部小说在题材上和"约克纳帕塔法"小说系列没有直接关系，但作为序曲和插曲，照样可以纳入整个系列。只有这样看待他的创作，你才能理解威廉·福克纳的伟大和他的雄心壮志，理解人类的小说在他手里发生了多么大的变化，你才会理解他对小说艺术的巨大贡献，是如何与美国新大陆的历史挂上了关系，并实现了我所说的"小说的大陆漂移"在美洲的发展。是威廉·福克纳将现代小说的创造性的火种烧引到了北美洲，因此，他成了20世纪美国小说家中最重要的一个。

三

　　从 1929 年威廉·福克纳出版了长篇小说《喧哗与骚动》，一直到 1942 年他的小说《去吧，摩西》出版，这十多年时间，是他小说创作最辉煌的时期。《喧哗与骚动》与他的第三部小说《萨多里斯》一样，都反映了美国南方白人种植园世代家族的衰落过程。那么，《喧哗与骚动》讲的又是一个什么样的故事呢？这部小说以多个视点和叙事的角度来结构作品，讲了一个可以拼合起来的完整的故事，但是，这个故事需要你去把他们拼接起来，需要你亲自去复原小说的故事情节。在这部小说里，威廉·福克纳在叙述时间的运用和结构的多层次以及意识流和内心独白手法的运用上，都达到了匪夷所思的地步。

　　《喧哗与骚动》作为威廉·福克纳经营了一辈子的"约克纳帕塔法"系列小说的最重要的作品，它的书名源自莎士比亚的戏剧作品《麦克白》。在莎士比亚这出和复仇有关的戏剧的第五幕第五场戏中，主人公麦克白有一段独白："我们所有的昨天，不过是替傻子们照亮了到死亡的土壤中去的道路。熄灭了吧，熄灭了吧，短促的烛光！人生，不过是一个行走的影子，一个在舞台上指手画脚的拙劣的伶人，登场片刻，就在无声无息中悄然退下；它是一个傻子所讲的故事，充满着喧哗与骚动，却找不到一点意义。"（朱生豪译）从情节主干来看，这部小说讲述的是美国南方种植园主康普生一家的故事：小说的时间背景大约在20世纪初期，作为种植园大地主家族的后裔，老康普生已经丧失了创业的斗志，家族产业到了他手里开始衰败，这个家族过去曾经彪炳历史，几代人中间出过州长和陆军将军。他家的庄园望不到边，阡陌相连，黑奴成百上千。可是，自从美国南北战争结束、南军失败，伴随着大势已去的蓄奴制度的瓦解，康普生家族也开始衰落了。到了老康普生的手里，只有一幢十分破旧的大宅子和一户黑奴帮佣了。因此，老康普生整天酗酒、瞎逛。他的老婆是一个自私势利、眼光短浅的女人，将家族衰败的怨气都发泄到他身上。他们有一个长子昆丁，是小说中比较正派的角色，希望家庭能够保持稳定，恪守南方保守的文化传统。他的妹妹凯蒂则是一个多情的女人，和男人有婚前性行为，被大家认为辱没了康普生家族的荣誉，最后不得不跳水自杀。康普生夫妇的次子是杰生，是一个坏小子，冷酷无情、自私贪心，凡事都为自己考虑，对家庭造成的羁绊感到恼火，渴望寻求不羁的生活。而康普生最小的儿子班吉则是一个白痴，在小说的叙述时间里，他都三十三岁了，却只有三岁儿童的智力水准。班吉还打算强奸邻居家的一个女孩，未遂之后受到了惩罚，被割掉了生殖器。整个康普生家庭中，只有黑人女佣迪尔西是忠心耿耿的，相信这个家族还有希望。她不仅担负起康普生家族的大量家务，还担当保姆，从很早开始，就一直护佑着几个孩子的成长。这是小说中最主要的几个人物，正是这些人物的意识活动构成了小说的核心内容。

在小说的结构上,《喧哗与骚动》如同坚固完美的建筑那样,清晰地由四部分组成。各个部分的叙述者不一样,前三个部分都是第一人称的独白叙述,第四部分则是第三人称的全知全能的叙述,构成了补充性说明。小说的第一部分,是由家族的小儿子、傻子班吉来讲述的,叙述时间为1928年4月7日。因为这一天是白痴班吉的三十三岁生日,黑人女佣迪尔西的外孙带着班吉去玩耍了。于是,班吉就开始用断断续续的意识和白痴特殊的思维,回忆了这一天的全部经历。班吉对时间的感觉等于零,他尤其无法对过去、现在和未来进行时间上的区分,因此,这一部分的意识流就像是天书,威廉·福克纳用文字的最大可能性来表现班吉的白痴意识,他的内心独白看上去杂乱无章,没有逻辑,但在小说史上却最为有名。于是,在班吉所回忆的很多场景中,在大量的家族生活、人与人的关系产生纠葛的片段中,我们逐渐分辨出班吉眼中的家族故事:他的童年、某年圣诞节的快乐、姐姐凯蒂隆重的婚礼、父亲康普生的去世、大哥昆丁的自杀等,这些家族中的重大事件在班吉凌乱的回忆里如同波光水影,在意识流过的瞬间全部显现。在班吉的眼中,姐姐凯蒂是他真正的保护人,一个带有母性色彩的保护者,姐姐凯蒂如何呵护班吉,是班吉的意识流中最温暖的部分,因此,班吉很喜欢凯蒂,也依赖和崇拜她,并且为凯蒂后来的不贞洁遭到大家的唾弃感到难过和不解,更为她的自杀而疑惑和痛苦。至此,小说的第一部分就结束了,我们从中基本上了解了这个家族的悲剧命运和人物之间的关系。

小说第二部分的叙事人是长子昆丁，叙述时间是1910年6月2日。在这一天，昆丁自杀了。昆丁当时在哈佛大学念书，早晨醒来，发现寝室里就他一个人，手表的嘀嗒声十分急促，好像要催促他去做某种决定。他愤怒地砸碎了手表，趴在桌子上写了一份遗书，决定去寻死。他走出大学校园，坐上电车，横穿城市，不知道自己应该去哪里。这一天，昆丁遇到了很多不顺心的事。他先是去购买打算跳水自杀用于自沉的熨斗，结果被人误认为一个诱拐犯而遭到了警察的逮捕。在警察局，昆丁的解释无法说服警察，他只好联系朋友，被保释了出来。出来之后，他又与朋友发生了口角，两个人打架了。造成他心绪不宁的主要原因，还是妹妹凯蒂的不贞洁，对此他难以接受，耿耿于怀，他身为家族长子，十分珍视家族荣誉，是一个十分保守的南方人。他想起妹妹凯蒂、她的丈夫和她的情人之间的纠葛，以及他和他们的两次会面的糟糕感觉，心情就越来越坏，万分沮丧。就这样，到了1910年6月2日的晚上，昆丁就投水自杀了。在这个部分，昆丁的意识是激动和紧张的，因此语速十分快，而他又是哈佛大学的学生，思绪带有强烈的理性色彩，呈现了他对人生的基本态度。但是，他的精神恍惚与迷离，也造成了这个部分内心独白的缭乱、激昂与颓废。

小说的第三部分是二儿子杰生的叙述，叙述时间为1928年4月6日。这一天，杰生遇到了好几桩不如意的事情。姐姐凯蒂的女儿叫小昆丁——看来是为了纪念哥哥昆丁而取的名字。小昆丁喜欢逃学，还和一些流浪艺人混在一起，不服从舅舅杰生的管教。在这一天，他还收到了姐姐凯蒂的一封来信，询问他，她寄给小昆丁的钱，他是否给了小昆丁，这使得杰生很恼怒。同一天，杰生还收到自己的情人的来信，这也是让他感到恼火的一封信。这天杰生还错过了在股市上一个发财的机会。于是，他把所有的不如意都发泄到家族成员的身上，认为他们都亏待了他。杰生尤其对姐姐凯蒂和她的女儿充满了怨恨。这一天，他甚至向自己的母亲提议，应该把傻子弟弟班吉送进疯人院，把姐姐的那个不听话的女儿小昆丁送到妓院里去。母亲当然没有接受他的这个想法。这个部分的叙述以显现杰生的冷酷和偏执为重点。杰生的脑神经有问题，头痛时常发作，这使他的内心独白比较混乱，带有间歇式的痉挛特征，威廉·福克纳模仿了这样的人的语言和意识行为。

小说的第四部分是关于女佣迪尔西的，叙述时间为1928年4月8日。在这一部分中，威廉·福克纳改用全知全能的第三人称叙述。这一天是复活节，一大早，杰生就发现小昆丁偷了他的七千元钱逃走了，这些钱大都是他从凯蒂寄给小昆丁的生活费中克扣的，因此，即使他报警，也无法向警察解释钱的来源，因此，杰生只能自己想办法去找小昆丁。不过，他的找寻却没有结果。然后，小说描述了女佣迪尔西带着自己的家人和傻子班吉一起，前往社区的黑人教堂去参加复活节礼拜的过程。在这一部分补充了前三个部分没有交代清楚的一些家族恩怨和具体关系的细节。黑人女佣迪尔西以她的坚忍和忠诚、仁慈和爱心，帮助这个衰败的家族走向了新的生活。这一部分的叙述扎实有力，与前三个叙述者的悲剧性的内心独白相比较，迪尔西以见证人的身份，做了一个总结性的回顾和展望，给读者带来了希望。那个由种植园家族所组成的美国老南方体系已经彻底瓦解，但新南方却目标不明，充满了混乱和绝望感。也许，只有像迪尔西那样的人，以诚实、善良和慈爱的品质来体现人性，才可能是南方的希望所在。小说中还有一个附录，将康普生家族从1699年到1945年之间的家族主要人物和事迹做了一个介绍，成为本书的一个背景资料。

作为威廉·福克纳最重要的小说，《喧哗与骚动》的文学技巧十分精到纯熟。他后来的小说大都沿用了他在这部小说中大量使用、几乎到了炉火纯青地步的意识流和结构技巧。从总体上来说，他的小说在运用时间、结构、意识流与内心独白上，对小说史有着巨大的贡献。威廉·福克纳创造性地发展开拓出了意识流小说技巧，并将意识流的时间层次扩大，随意地固定、流动、回溯、停顿、反切等，拓展了意识流叙述的外延，这是他独特的贡献。就《喧哗与骚动》而言，小说中最突出的技法，在于运用多个视角的叙述和内心独白，而且，他所采用的意识流手法是经过了改造的，带有叠加、复合、立体性等多个特点，从各个角度的人物对时间的体验和理解的意识流动，将同一个故事的各个侧面拼接为一幅完整的、斑驳的画面，从而把读者引入人物丰富的内心。《喧哗与骚动》选择了最主要的四个时间点来讲述，并没有按照时间顺序，而是沿着这四个固定的时间点发散开来，需要读者主动地参与进去，把小说中支离破碎的人物关系和悲剧事件理解清楚，并且拼合完成。因为，《喧哗与骚动》表面上叙述的混乱和颠倒的时间中发生的故事，其实是互相紧密联系的，是有着固定秩序的。

那么，《喧哗与骚动》的主题到底是什么？在《喧哗与骚动》中，人性中的灰暗俘获了每一个人，使他们在走向毁灭和罪孽的道路上成为时间的注解。威廉·福克纳自己曾说："这是一个美丽而悲惨的姑娘的故事。"是的，凯蒂作为小说的中心人物，她的婚姻和情感成为撬动和改变小说中整个家族成员关系的原始力量，而她的堕落和自杀，则象征着美国南方的堕落和衰亡。但是，在小说中，凯蒂从来没有主动地出面说话，而是通过她的三个兄弟的自白和意识流来折射她的无所不在，以及她搅动出来的巨大的命运旋涡。为此，法国作家、哲学家萨特写过一篇文章《〈喧哗与骚动〉：福克纳小说中的时间》，专门分析了《喧哗与骚动》如何运用时间和处理时间的叙述艺术，威廉·福克纳以对时间的深刻理解和刻画，呈现美国南方文化的瓦解和衰落，这就是这部小说的主题。

四

1930年，威廉·福克纳出版了一部篇幅不大的小说力作《我弥留之际》。小说以非常紧凑的笔法，描绘了美国南方某个家庭的女主人艾迪·本德仑，从弥留之际到她死亡之后十天左右所发生在她家庭内部以及送葬途中的事情。以死者艾迪·本德仑的各个家庭成员的叙述，讲述了他们自己的故事也是人类自身的故事。小说共分五十九个小节，每一节都是一个人物的内心独白。叙述者一共有十五位，除了小说中本德仑家族的七名成员外，还有他们的邻居、偶遇的旅客等。这些人在不同的环境、从各自的角度，讲述了他们眼睛看到的、脑子里所想的东西。整部小说的语言采用了美国南方地区鲜活的口语，显得说话者人人不同，个性突出。

艾迪是镇上的一个女教师，她嫁给了本地农民安斯·本德仑，但婚后的生活一直不如意，后来，她和一个牧师有了私情，还生下了一个私生子朱厄，从此，她与家庭和周围保守的环境之间的关系紧张起来。后来，生病的艾迪在弥留之际提出了一个请求，希望丈夫和孩子们把她的遗体送回家乡的小镇安葬。她的这个要求看似合理，但实际上饱含了她对丈夫的失望、对南方保守文化环境的蔑视。对她的丈夫安斯以及几个孩子来说，完成她的遗愿是对她的尊重，必须要进行。于是，精彩的一幕上演了。安斯和孩子们扶着灵柩前往家乡，可这一家人没有料到，一路上天灾人祸不断，尸体的保护也成了最大的考验。不久，私生子朱厄在一次意外的火灾中被严重烧伤，艾迪的大儿子被马车轧断了腿，另一个有些智障的儿子因纵火烧棺被送进了疯人院，女儿为了搞到堕胎药被半路上的药房伙计诱奸，拉车的牲畜也被突如其来的洪水冲走了。他们一家人用了整整六天才走完了四十英里的路。在小说的结尾，他们拉着已经发臭的母亲的遗体,终于到达了目的地杰斐逊镇。安葬了艾迪之后,这个家庭立即解体了,大家各自找乐子去了。男主人安斯也十分悠然地借钱买了一副假牙,带着自己的新欢,重新踏上了回家之路。

这部小说有着一切伟大小说的基本元素:如何面对生存和死亡、大自然和人的关系、人性的善与恶,如何面对上帝、人的家庭内部和外部的关系等。在安斯和家人要把艾迪的尸体拉到家乡下葬的过程中,这一家人经受了类似《圣经》中的先知摩西遭受的巨大考验,外要面对洪水和糟糕的天气,内要面对家庭中每一个人内心的恶魔,于是,这个过程就变成了一个与死亡、生存和命运有关的寓言。以短短的十几万字的篇幅,威廉·福克纳造就了一部伟大的小说杰作。"神话原型"理论家们认为,这部小说和《圣经》中的情节、和摩西带领人们走出埃及相对应。在《圣经》故事中,摩西也是经受了无数考验,最终带领人民走出了埃及,还确立了十诫。不过,小说《我弥留之际》却是一出黑色的闹剧,它不像摩西那样经过考验最终修成了正果,小说中的每个人的恶和私欲,最终吞噬了他们。死亡是小说的重要象征,因为一具尸体贯穿了整部小说,它不仅折射了本德仑一家的遭遇和不幸,也借助呈现艾迪的私情、她的弥留之际、她的死亡和送葬的过程,描绘了美国南方文化的衰亡,这仍旧是威廉·福克纳要表现的主题。

但是,凭借已经出版的几本小说和诗集,威廉·福克纳并未获得多少金钱的回报。因此,书商就劝他写一部能够赚钱的书。长篇小说《圣殿》就是这样一个产物。小说出版于1931年。果然，它获得了读者的青睐，成为福克纳卖得最好的一部作品。这很大程度上是由于小说中那耸人听闻的情节：一个叫波普艾尔的家伙出身贫穷低微，身材瘦小，加上性无能，这使得他变得十分凶残。后来，他成为黑帮的首领，外号"金鱼眼"。"金鱼眼"把镇上法官的女儿、纯洁的女大学生谭波尔给强奸了，还把她送进了一家妓院。这么一个可怕的事件，最终却并没有让"金鱼眼"受到惩罚——在法庭上，谭波尔为了自己的名誉，竟然做了伪证，使"金鱼眼"第一次逃脱了法网。后来，"金鱼眼"涉嫌谋杀了一个警察而再度被捕，虽然他在这一次实际上是无辜的，但因为没有不在场的证据，最后"金鱼眼"被判处绞刑。《圣殿》呈现了美国南方司法无力的一面。在小说中，暴力、罪恶和人性的阴暗面是写得最精彩的。"金鱼眼"虽然干了很多坏事，可他最后却以莫须有的罪名而被处死，这体现出美国南方法律制度的荒诞。《圣殿》的确是一部可怕的书，在小说中，威廉·福克纳一共描写了九次谋杀和一次枪决，外加一次关于私刑的逼真描绘，实在让读者大开眼界。而且，为了讨好大众读者和书商，威廉·福克纳还故意以侦探小说的外壳包裹这部小说，但是，从小说要表现的人性主题来看，却是一部关于美国南方现实社会的批判性作品。

1932年，威廉·福克纳出版了小说《八月之光》。这是他的另一部力作，描绘了美国社会的一个悲喜剧。小说结构鲜明，有两条情节主线。第一条线索是乔·克里斯默斯的故事。

他的名字有些像基督的名字，再次暗示了小说和《圣经》之间的关系。他是一个孤儿，是一个白人姑娘与一个墨西哥流浪艺人的私生子。他母亲在分娩时难产死了，父亲后来被带有种族主义思想的外祖父枪杀。幼小的乔·克里斯默斯被外祖父送到了一所白人孤儿院。后来，他因为有黑人血统而被保育员赶出了孤儿院——他的外表与白人一样，但是血液里却流着黑人的血，因此，在精神上，他背负着沉重的十字架。他发现，自己既不像一个白人，也不像一个黑人，于是，就和社会逐渐隔膜。在他三十三岁的时候，来到了杰斐逊镇打工，结识了一个白人姑娘安娜，二人相爱了。但是，当乔·克里斯默斯告诉安娜他有黑人的血统时，安娜立即提出要结束两人的恋爱关系。在恼怒和情绪失控之下，乔·克里斯默斯杀死了安娜，逃跑了。几天之后，他选择了投案自首，主动接受了白人对他的私刑处决。小说的另一条线索是莱娜·格鲁夫的故事。莱娜是一个天真善良的姑娘，她从亚拉巴马州一路走着来到了杰斐逊镇，打算找寻自己的旧情人，因为她已有孕在身。莱娜坚信自己逃跑的情人不是躲避责任，他一定会出来承认他是孩子的父亲，会与自己结婚。但没想到，最终事与愿违。幸亏，她遇到了一个好心的工头拜伦·本奇，在他的帮助下，莱娜生下了孩子，最后，他们两人结合了。《八月之光》以这两个平行的故事，以一男一女遭遇不同的故事，呈现了美国南方特有的文化环境对人的影响：种族主义的幽灵、南方传统的价值观和新教伦理在每个人的行为上起着作用，并支配着他们的日常行为。

五

1935年威廉·福克纳出版了长篇小说《标塔》，这是一部在题材上不属于他的"约克纳帕塔法"系列的小说。"标塔"指的是机场指挥飞机飞行和降落的指挥塔。小说描绘了一群特技飞行员的生活。这部小说的整体气息是轻松的。小说中，飞行员似乎独立于当时的社会之外，是被忽略和被抛弃的人。那些飞行员、跳伞员和他们的女人、机械师外加一个对飞行特别有兴趣的小孩子，共同组成了一个封闭的集体，由一个观察和记述他们生活的记者来讲述——一群到处去表演飞行特技的飞行员的故事，听上去实在不像是威廉·福克纳的小说，但是，这的确是他写的。威廉·福克纳自己就当过飞行员。写这部小说，我想，他主要是想动用一些生活体验来进行题材上的调整，进行创作的休整。因为，他写小说《押沙龙，押沙龙！》的时候遇到了困难，他必须跳开一段时间写点儿别的。小说中，一个飞行员因为飞机失事身亡。巧的是在这本书出版六个月后，他的弟弟迪恩就驾驶着作家哥哥送给他的小飞机，意外失事而死。这本书预言了他自己的生活，所以他格外重视。

他在1936年出版的小说《押沙龙，押沙龙！》是他的整个小说系列里非常重要的一部，小说所采取的形式，依旧通过几个人的叙述来表现南方种植园主托马斯·塞德潘的经历。这部小说，福克纳一共写了两年多。它具有宏大的气魄和史诗的气质，内容庞杂，情节曲折，叙述摇曳多姿，带有浓厚的悲剧气息。《押沙龙，押沙龙！》这个奇怪的书名取自《圣经》。在《圣经》故事中，以色列大卫王的儿子押沙龙阴谋篡位，但是计谋败露后被杀，大卫王于是哀叹道："押沙龙，押沙龙！"包含了无尽的复杂悲剧感情。因此，这部小说显然也有用来表达父与子之间的龃龉和反目成仇、兵戎相见的古老主题。小说的主人公、种植园主托马斯·塞德潘是一个白人，他出身贫寒，很小就打算出人头地、跻身上流阶层之列。后来，他凭借过人的手腕和聪明智慧，成为加勒比海地区一个大庄园主。但是，在这个时候，他发现他的妻子竟然有黑人血统。这对他实在是一个巨大的打击，因为种族主义的观念深藏在他的血液里，他遗弃妻子和孩子，带着一群黑奴，离开了加勒比海地区，来到了美国的密西西比州。后来，他又在约克纳帕塔法县发财致富了，拥有了巨大的庄园，还娶了一个白人中产阶级商人的女儿为妻，生了一对儿女。美国南北战争爆发了，在战争期间，他和前妻生的儿子查尔斯·邦也来到了密西西比，不知情地爱上了同父异母的妹妹朱迪丝。知道内情的哥哥亨利为了避免家族丑事外泄，不得不杀死了同父异母的兄长查尔斯·邦，然后逃跑了。南北战争以南方军失败告终，参加战斗归来的托马斯·塞德潘变得颓废和消沉，并和一个穷苦白人琼斯的小外孙女发生了性关系。于是，不堪忍受名誉损失的琼斯一怒之下杀死了托马斯·塞德潘。就这样，曾经辉煌了几十年的托马斯·塞德潘的大庄园迅速衰亡和瓦解了。又过了一些年，流浪在外的亨利回来了，他打算重振雄风，一场大火却把塞德潘庄园烧毁了，一切都化为了灰烬。

小说的故事情节有着《圣经》故事、希腊神话和莎士比亚的戏剧才有的人物命运的纠结和悲剧性。小说将托马斯·塞德潘家族的命运和美国南方的命运捆绑起来，以两代人的悲剧折射了人性的复杂。在叙述上，威廉·福克纳继续发挥他的多层次、多角度叙述的长处，打乱了小说故事的时间顺序，以托马斯·塞德潘家族的各个成员自己的叙述，逐渐地拼接出一个完整的悲剧故事。据说，《押沙龙，押沙龙！》是福克纳自己最满意的一部小说，也是他的小说中主题和意义最宏富的一部。

不久，威廉·福克纳接连出版了长篇小说《没有被征服的》（1938）和《野棕榈》（1939）。其中，《没有被征服的》包含了七个短篇小说，翻译成中文有十六万字，讲述了约克纳帕塔法县的萨多里斯上校家族的故事。《野棕榈》从题材上不属于"约克纳帕塔法"系列，它由两个大中篇《野棕榈》和《老人》组成，情节互相毫无关系，交替叙述，讲述了一对情人和一个因为大水而越狱并最后战胜洪水、重新回到监狱的老人的故事。这两个交叉的当代故事，叙述密实、气魄宏大，壮丽的密西西比河在福克纳笔下，完全是有生命和怪脾气的。尤其是老人面对洪水来袭，和其他犯人与洪水搏斗的场景令人震撼。最终，老人战胜了洪水，营救了一个孕妇。他战胜了内心的魔鬼回到了监狱，反而被加判十年，另外一对情人中的男主角哈里也被关进了监狱。小说中,两个男人的命运都失败了,却展现了人性的伟大力量。

除了上述两部小说,《去吧,摩西》(1942)也是这样一部作品,它由七篇主题一致、讲述同一个家族的不同人物的故事组成。小说的主人公艾萨克·麦卡斯林是一个种植园家族的子孙,麦卡斯林家族的两个支系演绎了各种人生境遇和命运的变化。另外一些小说,则讲述了如何打猎的故事。其中,最长的一篇《熊》有六万多字,是写打猎最精彩的小说,比屠格涅夫的《猎人笔记》还要出色,带有神话和象征的色彩。

六

自从《去吧,摩西》出版之后,威廉·福克纳一生中最好的小说都完成了,进入后期的写作阶段。在这个阶段,尽管他进行了很多题材和技巧的实验,但是作品质量都赶不上出版《喧哗与骚动》《去吧,摩西》之间的十三年里所写出的小说。他创作晚期的长篇小说,主要有《坟墓的闯入者》(1948)、《修女安魂曲》(1951)、《寓言》(1954)和《掠夺者》(1962)等。《坟墓的闯入者》出版于1948年,带有侦探小说的外形,却仍旧在探索美国南方文化的衰落和人性的幽暗面。小说以一个白人小孩契克的视线来叙述:在镇上,一个白人庄园主家的儿子被杀了,黑人青年路喀斯被抓进了监狱。曾得到路喀斯帮助的白人小孩契克,根本不相信这个善良的黑人是杀人凶手。

一个偶然的机会使他们在死者的坟墓里发现还有一具尸体，这为排除黑人路喀斯的作案嫌疑提供了有力的证据。契克还聪明地说服了自己的律师舅舅，帮助路喀斯打官司，并洗脱了路喀斯杀人的罪名。

长篇小说《修女安魂曲》（1951）是一部带有戏剧特征的长篇小说，从小说的情节看，它算是《圣殿》的续篇，因为，《圣殿》中的人物故事在这部小说里继续延伸，内心的罪恶导致了恶果是这部小说的主题。长篇小说《寓言》（1954）花费了威廉·福克纳十一年时间，由他当年创作的一个电影脚本的故事发展而成。小说讲述了基督再次来到人间的故事，他成了一战中的一个法国士兵，因为内心的爱和善，为拯救同伴献出了自己的生命。我觉得这部小说写得很做作，不是成功的作品。在威廉·福克纳后期的小说中，《村子》（1940）、《小镇》（1957）、《大宅》（1959）还算不错，是他的"约克纳帕塔法"系列中的组成部分。这三部小说被称为"斯诺普斯三部曲"，描绘了斯诺普斯家族的人物故事，主角弗莱姆·斯诺普斯由穷光蛋变成大银行家，最终成为南方新兴资产阶级的代表。他的发迹史，代表了新兴的南方有钱人的历史。

《掠夺者》（1962）是福克纳生前出版的最后一部长篇小说，算是一部"成长小说"：卢修斯的祖父是一个银行家，他伙同祖父的司机霍根贝克和黑人帮佣耐德一起，把祖父的汽车偷走了，开到了外地的一家妓院，然后就住进去，整天玩乐。可是司机霍根贝克和黑人帮佣耐德为了帮助另外一个黑佣，偷着用这辆汽车换了一匹马,又用这匹马去参加比赛,赢回了汽车。四天之后,他们一起回到家里。年仅十一岁的卢修斯在这四天的冒险中,经历了人世间的各种遭遇,体验到人生的各种滋味,同时也看到人性中的善良、爱心、互助、欺骗、贪婪、狡诈和自私。

除了十九部长篇小说,威廉·福克纳还有近百篇短篇小说,一些随笔、演讲稿和书信以及《大理石牧神》等多部诗集和几个电影剧本。去世之后,还出版了《萨多里斯》的原始文本——小说《坟墓里的旗帜》以及《圣殿》的原始文本,这构成了他的全部著作。从1957年起,威廉·福克纳担任了弗吉尼亚大学的驻校作家,直到1962年去世。

威廉·福克纳塑造了一个虚构的家乡以及这个家乡中的人物、河流、大地和美国南方的哀愁和衰落。他一生的时间都在写密西西比州他家乡的历史。最近,我注意到,一些美国评论家认为威廉·福克纳是一个种族主义者,这种判断十分荒谬。因为,我只需举出像《烧马棚》《干旱的九月》这两个短篇,就足以证明他反对蓄奴制、反对压迫黑人。同时,他的写作和探索使很多作家明白了一个道理——作为作家,必须要和一片土地有更为深刻的联系。

威廉·福克纳的写作也影响了很多后来者,特别是拉丁美洲和亚洲的印度、中国的一些小说家。现在,他已经是一位经典作家了。他既深刻地反映了人类社会,特别是美国南方的历史,同时,他又是一个标新立异的实验小说家;他借助《圣经》文学传统、希腊神话、莎士比亚戏剧的原型故事，呈现了现代社会中人的异化和人与人复杂的关系。他的很多小说都是通过人物的精神活动和意识流动来塑造人物本身，表现现代人的精神状态和心灵世界。他还把存在主义哲学、伯格森的意识绵延学说、弗洛伊德的性心理学运用到小说中，加深了读者对人本身的理解。在小说语言的运用上，在小说的结构和多层次、多视角的表达上，他都带给了我们大量的启示。

威廉·福克纳去世已经很多年了，他属于那种力量型的作家——如果你虚弱了，就读读威廉·福克纳吧。

渥雷·索因卡：非洲的解释者（1934—）

一、索因卡诗四首

季　　候

铁锈红是成熟色，铁锈红
还有枯涩的玉米穗子
花粉孕育时间，当雨燕
编织出箭镞之舞
把玉米秆的影子
带入闪动的光柱，而我们渴望听到
风所编辑的诗句，听到
田地里的沙沙声，当玉米叶子
像竹片一样摩擦时

现在我们这些收割者

在等待玉米秀穗，在傍晚的光线
拉出长长的影子，在烟树中
编织干燥季节里的草帽。负重的玉米秆
在输送胚芽的诞生——我们期盼着
那铁锈红的希望

我敢肯定在下雨

我敢肯定在下雨
因为干渴使舌头都松弛了
嘴的屋顶都在敞开，挂满了
累累的知识

我看到灰色的天空中
凸起瞬间涌动的云，尘土般的云
在灰色的圆环，里面
是旋转的灵魂

啊，肯定是在下着雨
戴着镣铐的思想，把我们
捆绑在绝望的空气里，向纯洁
运送着失望

看啊,它在我们失望的翅膀上
打碎了一束束
的透明的光洞,烧焦了灰暗的希望
在残忍的洗礼中

而催生雨水的芦笛
在优雅的温良中吹响,从远处
你与我的大地顽强地会合
裸露出巨兽一样蹲伏的岩石

资　　本

不可能
是那种大地深处繁殖的
人类培养的菌群
我曾见过飞瀑一样的细菌
从志得意满者的大嘴里
以微小颗粒喷雾般涌出
我发誓这也是歌唱——

不可能
是那种规则
谨慎地将我生命的灰烬

化为尘埃

污染的海水中躺着垂死的温床

去国际市场上繁殖着

大把现金

纽　　约

冰冷的葡萄

在暗夜里默然生长：

你的歌声在深深回响

秋天那绽裂开的静脉中

陌生的人群的歌声

交织成一个你的声音

身处恐惧的人

踩过黑葡萄滚过的街道

在明亮的闪光中抖动身体

我可否问你，女神

今天的葡萄酒是什么滋味？

它是黑色的琼浆

它是黑色的，就像深深的伤口

像带着痛苦的沉默许诺

像突如其来、没有预告的潮汐

你的歌声，是孤独的使者

在流淌着黑色孤独的葡萄酒的黑暗里

(邱华栋　译)

二、非洲的"莎士比亚"

渥雷·索因卡是20世纪非洲涌现的最重要的剧作家、诗人和小说家，是现代非洲文化的代表人物，也是非洲第一个获得诺贝尔文学奖的作家。他和钦努阿·阿契贝作为尼日利亚英语作家的双璧和巨擘，共同出现在20世纪下半叶的国际文学舞台上，以鲜活复杂和富有创造力的大量作品，将非洲的真实面貌带给了世界，也将非洲丰富和优美的文化带给了我们。进入世界文学视野的非洲文学十分年轻，大部分现代非洲文学都是1930年以后出生的作家写成的。很多作家使用的是英语或法语，这使他们的作品能够更好地为西方所熟悉、为世界所认知。

将渥雷·索因卡收入本书，一开始我有些踌躇。因为他主要的文学成就在戏剧，长篇小说只写了两部。和他相比，萨谬尔·贝克特的戏剧作品也是比自己的小说作品要好、要重要的作家，而我却没有将贝克特收入本书。渥雷·索因卡相对于20世纪文学大陆转换的重要性使我改变了想法。

因为除了戏剧和小说创作，渥雷·索因卡还是非洲一位非常重要的诗人。他出版了四部短诗集和一部叙事长诗：《伊丹尔》（1967）、《狱中诗抄》（1969）、《地窖里的梭子》（1972）、《曼德拉的大地和其他诗篇》（1988），叙事长诗《奥贡·阿比比曼大神》（1976）。

1975年，他编选了影响很大的诗集《黑非洲诗选》。《伊丹尔》根据尼日利亚创世神话写成，描述人类将铁神从山上召下来，但是人类的血使奥贡神双目失明，奥贡发狂了，打死了很多朋友和敌人。叙事长诗《奥贡·阿比比曼大神》分三个部分，将约鲁巴文化中对奥贡神的赞美和书写提升到了一个新的层次，渥雷·索因卡成功地塑造出盗火者普罗米修斯式的英雄奥贡，他无穷的精力、创造力和破坏力，是为了庆祝莫桑比克对白人统治的罗得西亚政权宣战所写下的颂词，充满了史诗复活的现代精神与力量。在他的短诗创作中，语言复杂，句法古老而又有新意。

渥雷·索因卡1934年出生于尼日利亚西部地区阿倍奥库塔市，这个城市名字的意思是"岩石的下面"，整座城市分布在一条古老的河流奥更河的两岸。在河流的岸边悬崖上，到处都耸立着巨大的石头，从古代开始，就有居住在这里的氏族和部族们，尤其是约鲁巴族祭祀的圣地，有着大量的文化传说、文化积累和历史遗迹。渥雷·索因卡出身于一个约鲁巴族的小知识分子家庭，父亲是一所英国圣公会教会小学的校长，他自小就受到了约鲁巴文化和英国基督教文化的双重影响，母亲也是一个基督教徒。加上出生地浓厚的民族文化氛围，使他获得了一些特殊的文化滋养，英语和约鲁巴语都很熟练。1952年，进入尼日利亚伊巴丹大学学习，20世纪50年代，在这所大学产生了后来影响尼日利亚和非洲的很多文化人物、政治家、法律和教育工作者，尤其是1960年尼日利亚独立之后，这些大学生都发挥了重要作用。1954年，渥雷·索因卡获得了一个去英国利兹大学深造的机会，在那里学习文学，参加学生剧团，演出各种戏剧。他还认识了一个姑娘，两人结婚并生下了一个孩子。1958年，二十四岁的渥雷·索因卡在英国上演了自己的第一个戏剧《发明》，这是一出独幕剧，内容是讽刺南非种族隔离政策的，带有浓厚的喜剧特点。1959年，在英国和尼日利亚接连上演了他创作的两部戏剧作品《沼泽地居民》《狮子与宝石》。以上三个戏剧作品，初步奠定了他作为非洲现代戏剧开创者的地位。1960年1月，他从利兹大学毕业之后回到了尼日利亚，起初当演员和戏剧导演，后来在拉各斯大学等多所大学担任文学教授。1967年，尼日利亚内战爆发之后，他呼吁双方放弃暴力，结果被关进监狱近两年，出狱之后流亡英国、美国多年。

渥雷·索因卡是一个非常关心尼日利亚政治和社会现实，有着强烈的社会批判性的作家，前后九次被捕，还有一次曾经被判处死刑，最终没有执行。2004年5月，已经七十岁高龄的渥雷·索因卡因在尼日利亚首都拉各斯参加了反对尼日利亚现政府总统奥桑巴乔的示威游行而短暂被捕。渥雷·索因卡现在住在尼日利亚的一所乡间别墅，有时周游全世界。

《沼泽地居民》是一出独幕剧，描绘了1960年尼日利亚独立之前，在沼泽地区居民的生活。剧本围绕一个从大城市回到老家沼泽地区的青年伊格韦祖的遭遇，来呈现特定历史阶段尼日利亚普通人的生活和现实处境。剧本中出现了伊格韦祖和他的母亲阿露、父亲马古里几个人物关系，其间，还有乞丐、祭司、祭司的跟班和鼓手等几个次要人物出场。伊格韦祖在尼日利亚大城市遭到的是殖民主义者所带来的资本主义的盘剥，回到了故乡沼泽地区，遭到祭司等人所把持的封建势力的压迫，感到无所适从，没有出路，最终还是离开了即将被洪水围困的沼泽地，前往别的地方寻找生路。

三、非洲历史的中间人

《狮子和宝石》是渥雷·索因卡一生中非常重要的剧作。和《沼泽地居民》悲剧风格不同，《狮子和宝石》是一出喜剧，主要刻画了在1914年英国殖民者入侵尼日利亚之后带给尼日利亚的变化。农村姑娘希迪既聪明又漂亮，被很多人喜欢，在这出戏里被看作宝石。而"狮子"指的是那些围绕着她、追求她的男人们，这些人包括年轻的小学老师拉孔来和年老的酋长巴罗卡。青年教师满嘴西方名词，他反对尼日利亚农村的各种陋习，反对奢华的婚礼和彩礼，同时他也很穷困。而老酋长则反对英国殖民主义者带来的任何现代的东西，像铁路、电话、宗教等，他希望保留传统的一切，过着妻妾成群的生活。最后，希迪还是选择了有钱的酋长，在酋长的花言巧语和财力的吸引下，被酋长迎娶回家中。小说带有的讽刺气息并没有遮蔽整个戏剧的喜剧风格，显得轻松愉快，洋溢着欢快的调子，略带一些嘲讽，对迂腐的青年教师和狡猾的酋长以及既天真又世故的漂亮姑娘希迪都带有温和的讽刺。这出戏是渥雷·索因卡自己很喜欢的戏剧作品，多年来一直在不断演出很受欢迎。

1960年，渥雷·索因卡组建了尼日利亚第一个现代剧团"一九六〇剧社"，上演自己写的剧本。渥雷·索因卡一生最主要的文学成就在戏剧创作，一生写出的戏剧剧本超过了四十个，其中包括大量舞台戏剧和小部分广播剧、活报剧以及一个电影剧本。渥雷·索因卡写作的主要戏剧作品有《裘罗教士的磨难》（1960）、《枝繁叶茂的紫木》（1960）、《森林之舞》（1960）、《强种》（1964）、《路》（1965）、《孔其的收获》（1967）、《疯子和专家》（1971）、《裘罗变形记》（1971）、《酒神的伴侣》（1973）、《死亡与国王的侍卫》（1975）、《瓦尼奥西歌剧》（1977）、《未来学家安魂曲》（1983）、《巨头们》（1984）等，1985年还写了电影剧本《浪子布鲁斯》。

1960年代尼日利亚获得民族独立之后，社会发生了很大变化，局势变得更加复杂，渥雷·索因卡的戏剧写作风格也发生了很大变化，由早期现实主义的戏剧风格逐渐转变为带有浓厚象征主义色彩和超现实主义色彩的戏剧。同时，他将非洲文化中特有的魔幻色彩和神话元素以及民俗符号等都纳入了自己的戏剧创作，将伟大的莎士比亚戏剧传统和20世纪以来的象征主义、表现主义、荒诞派戏剧流派的风格，结合非洲特别是尼日利亚独特的文化传统，创造出了新的非洲戏剧，将一种新的戏剧风格带入了世界文学殿堂。

这个时期的戏剧作品中，《裘罗教士的磨难》是一出代表性讽刺喜剧，据说，渥雷·索因卡写这出戏只花了一个星期。剧情讽刺了带有江湖骗子气质的传教士裘罗，是如何利用基督教的神秘性，加上使用非洲传统宗教的仪式，去迎合尼日利亚一些利欲熏心的政客特殊的心态行骗的故事。实际上，裘罗教士是一个很适合非洲特殊政治和现实环境的宗教骗子。这出戏带有浓厚的闹剧色彩，轻松、滑稽、讽刺性强，上座率很高。1971年上演的《裘罗变形记》则是《裘罗教士的磨难》的续篇，继续将殖民主义者带给尼日利亚的后遗症表现得淋漓尽致、机智幽默，带有强烈的讽刺意味。

为了庆祝尼日利亚的独立，渥雷·索因卡创作出一部欢闹的戏剧作品《森林之舞》，在这出戏剧中，非洲的丛林是背景，现实人物国王、奴隶贩子、御医、卫兵、宫廷诗人，和大象精、河神、蚂蚁王、黑暗神、火山神等鬼魂、妖怪、树精及其他人神同体的怪物，都一同出现了，这些人和鬼怪精灵们，将非洲的历史伤痛——贩卖奴隶贸易和现实的复杂性，融会到一场类似莎士比亚的名剧《仲夏夜之梦》那样的狂欢戏剧中，将非洲元素和现代戏剧的批判性、娱乐性完美结合在一起。

《强种》是一出带有古希腊悲剧色彩的戏剧，它描绘了尼日利亚农村的一个文化传统陋习：每年的新年前夕，村子里的人都要拿一个偶然路过的外乡人作为牺牲品，给他灌麻醉药，在除夕夜将他在全村人面前拖过，大家可以肆意地往他身上倒垃圾和各种脏东西，可以辱骂他、虐待他，最后将这个受尽了侮辱的外乡人赶出村子。他们这么做，主要是相信这个外乡人可以将过去一年全村人的罪孽、不顺、厄运和倒霉事都带走。在剧情中，一个年轻的教师埃芒和一个白痴孩子都是外乡人，但是埃芒为了保护那个白痴孩子，主动要求做这个被全村人侮辱和损害的人，埃芒就这样把自己送上了祭台。埃芒作为一个主动要求牺牲的人，和他父亲曾经担任村里象征性地将垃圾顶在头上顺河流流走的献祭者，最后因此死去的形象叠加起来了，埃芒成了敢于牺牲自我的"强种"，就是强大的种子的意思。在青年教师埃芒的身上，实际上凝聚了渥雷·索因卡自身的理想诉求。他认为，尼日利亚和其他非洲国家，在独立之后，迫切需要像埃芒这样敢于牺牲自我的"强种"，来将人们从愚昧和麻木中唤醒过来。

四、过去的解释者与现实的警告者

在渥雷·索因卡的戏剧作品中,《路》也是一部代表性作品,值得重视。戏剧的主人公是一个教授,他活得非常认真,但是性格古怪;他希望探求人生的真谛,却在周围污浊的环境里生存。他在教堂边上摆了一个摊位,专门给想当司机的人伪造驾照,黑夜里又去教堂后面的墓地和那些鬼魂对话。以怪教授为中心,尼日利亚20世纪60年代独立之后的各色人物纷纷出场,构成了教授周围复杂的环境,象征尼日利亚独立之后复杂的社会环境和政治环境。该剧带有明显的象征主义和存在主义戏剧色彩,观众很难立即明白渥雷·索因卡要表达什么,似乎这是一出"只能让人感受,而不是让人看明白的戏"。实际上,这出戏就是对尼日利亚存在状态的讽刺,而老教授也是尼日利亚本身的一个象征,"路"则是本剧中无形的主人公,它自身分裂和幻化出卡车司机、偷窃者和搭车人,使人看到了尼日利亚走向现代国家的艰难之路。

戏剧《疯子和专家》写于尼日利亚内战结束之后的1971年,描绘了一对父子在内战中变成了对立的两派。内战结束之后,父亲回到了家乡,遭到了已经担任政府情报处处长的儿子的监视,四个残疾军人轮流监视他父亲,而老父亲则疯疯癫癫,甚至鼓吹吃人合法。渥雷·索因卡写这出荒诞色彩浓厚的戏剧,主要是探讨内战给尼日利亚人民带来的深深的内心伤痕,从这出戏中可以看出法国荒诞派戏剧的鲜明影响,和渥雷·索因卡善于化欧洲影响为非洲营养的能力。

在1971年尼日利亚军事独裁者下台之后,他写了一些街头活报剧并狠力批判现实的剧本:《回家做窝》《狩猎大野兽》《失去控制的大米》《重点项目》《巨头们》。从这些题目上就可以看出,这些剧作是直接针对尼日利亚的现实问题进行讽刺和批判的——有讽刺投机政客的,有描述尼日利亚经济危机的,有挖苦非洲独裁者的,有抨击和政府中的腐败分子勾结在一起的不法地产商人的。这些短剧带有强烈的批判性,和意大利剧作家达里奥·福的很多剧作很相像。达里奥·福写作和演出的大量戏剧很多甚至都没有剧本,或者每次演出的时候剧本本身都会不断地做一些变动。渥雷·索因卡也是以这些作品讽刺尼日利亚的社会现实政治,表达知识分子的判断和批判精神。

1975年上演的戏剧《死亡与国王的侍从》讲述了一个悲剧故事。第二次世界大战期间,尼日利亚某个城邦部落的大酋长死了,按照非洲的约鲁巴传统,酋长的马夫和侍从必须殉葬。侍从首领的儿子为了营救父亲,尽管他在西方受过良好的教育,他还是代替父亲殉葬了。这出戏剧将欧洲文明和非洲文明之间的激烈冲突以悲剧的形式揭示出来,残酷、激烈而又带有宗教关怀。

渥雷·索因卡还把一些西方著名的戏剧剧本改编成适合非洲历史和社会现实的剧本,如《酒神的伴侣》《瓦尼奥西歌剧》等作品，巧妙地将非洲独特的社会现实装进去，创作出有互文性特点和戏仿性结构的新剧作。

1986年，渥雷·索因卡成为非洲第一个诺贝尔文学奖得主。他的获奖理由是："由于他的文学天才——他的艺术技巧、语言魅力和独创性——的非凡成就，索因卡的热忱尤其表现在对非洲传统的信奉之中，并成功地综合了其他民族的优秀文化，为人类的自由而献身。"在这句评语中，显然包含了以下因素：从戏剧创作上说，他深受约鲁巴文化中的口头文学、民间文学和神话传说的影响，并且综合了古希腊的悲剧、英国莎士比亚开创的戏剧传统和20世纪表现主义、象征主义、存在主义和荒诞派戏剧流派的广泛影响，将之熔于一炉，写出了当代非洲的戏剧经典，并以大无畏的精神参与了现实政治和争取尼日利亚人民的自由行动，可以说，他的戏剧是行动的戏剧，也是超越了现实、充满了寓言和讽刺的未来戏剧。他的戏剧中，常常有舞蹈、面具、音乐甚至哑剧的片段，作为戏剧的组成部分，独具一格。他的剧本属于那种可以阅读的剧本，读起来像小说一样有趣。

五、语言学家和未来的设计者

除在戏剧上取得了巨大的成就，渥雷·索因卡还是一个出色的小说家。他一共写了两部长篇小说，分别是《阐释者》（一译《痴心和浊水》）和《混乱的岁月》（一译《千魔之林》）。

《阐释者》是一部描绘 1967 年尼日利亚内战之前的社会现实的小说，讲述了五个回国的留学生在尼日利亚的遭遇。这五个人的职业分别是工程师、艺术家、新闻记者、外交部职员和大学老师，他们可以说是中产阶层的知识分子，是尼日利亚新一代的知识分子，回到祖国之后，他们却发现自己处于一个到处都是贪污、贫穷、权势和罪恶所主导的世界。他们每两个星期聚会一次，试图在各自的领域有所发展，对尼日利亚有所帮助，但都遇到了挫折，最后各自都陷入迷惘和痛苦的旋涡里。小说的写作风格也很独特，表面看是一部现实主义作品，实际上，五个人的经历像编织细密的纺织物一样，交叉、连续、彼此呼应地表现出尼日利亚的全景社会图像。小说还大量描写了非洲独特的万物有灵论的宗教文化以及基督教《圣经》故事；以意识流和跳跃式的叙述构成连缀在一起的碎片式样的结构，带有詹姆斯·乔伊斯的浓厚烙印，都是非常有特点的，描绘出尼日利亚社会弊端的症结所在。小说出版后，很快被翻译成多种语言，并在 1968 年获得了英国《新政治家》杂志颁发的国际文学奖，进一步扩大了作品的影响。

《混乱的岁月》出版于 1973 年，是一部带有幻想色彩的寓言式小说，带有希腊神话中俄耳甫斯与欧律狄刻故事的框架，带有象征主义和表现主义特征。情节的主干很清楚，讲述了主人公奥费伊去寻找被抢走的情人的故事。但是，他必须穿越一个专制政权所控制的国家，于是，在整个穿越和寻找的过程中，奥费伊看到了这个虚构的国家的混乱、冷漠和腐败，还有这个国家的传统带给人的影响。约鲁巴文化一个很重要的特点是过去、现在和未来之间是自由穿越的，死亡和生命、存在和不存在、祖先和后代，都是无法截然分开和区别的。因此，这几个阶段中，人自由穿越在所有的时间和空间里，并为眼下的困苦找到了逃避的道路。

渥雷·索因卡多才多艺，他还出版了纪实作品《人死了——狱中笔记》(1972)，讲述了1967年尼日利亚内战导致的屠杀，知识分子在象牙塔里无所作为的困惑以及对腐败的执政者的愤怒。1981年，渥雷·索因卡出版了自传《阿凯：童年生活》，这是一部充满感情的作品，他深情地回忆了自己的童年时代以及成长历程。进入1990年代之后，渥雷·索因卡的作品越来越少，而他参加的政治活动和在全世界参加的文化交流活动却很多。此外，渥雷·索因卡还出版了两部非常重要的随笔和评论集：1976年，渥雷·索因卡出版了文学评论集《神话、文学和非洲世界》，在这本书中，他系统地将自己文学创作的理念与自己所受的文化影响表达了出来。1995年，渥雷·索因卡出版了《艺术、对话与愤怒：文学和文化随笔集》。

2004年，根据他在一家电台的谈话整理而成的《恐惧的气氛》，是他较新的著作。在这本论著里，七十岁的渥雷·索因卡以饱满的激情，探讨"9·11"之后世界的分裂和被恐惧气氛笼罩的现实，对权力和自由之间的对抗、对仁慈和暴力的弃绝、对人类未来信息和电脑社会的担忧和希望，都进行了分析，表达了一个世纪老人的忧思。2006年，他出版了自传的

第二部《从黎明出发》，这是他的回忆录《阿凯：童年生活》的续篇，回忆了他成年之后在充满动荡的尼日利亚独立之后的政治风云和社会变化中的成长，包括对自己写作道路的选择，自己如何反对军政府的独裁、如何因文学而获罪、如何与当代世界英语文学中大家交往、对尼日利亚首都拉各斯的描述、对非洲乡村景色的沉醉以及他获得诺贝尔文学奖时的喜悦心情等。这部回忆录是探询渥雷·索因卡内心世界的非常重要的文本。

七十岁之后，渥雷·索因卡一直在埋头撰写自传的第三部《节外生枝》，该书于 2009 年出版。渥雷·索因卡认为，作为一个非洲作家，他不仅是描绘社会风俗和人类经验的编年史家，还应不断地确定自己的非洲作家身份，起到担当历史的中间人、过去的解释者、现实的警告者、语言学家和未来的设计者的作用。可以说，渥雷·索因卡几乎都做到了。

罗伯特·潘·沃伦：多才多艺
（1905—1989）

一、罗伯特·沃伦诗二首

白色小屋

七月的阳光铺展在白色小屋上
草原一片金黄，像黄铜带着热量在歌唱
停下来！我驻足，看到山峦退到了远方
就像执拗的人。在屋子里，一个孩子的声音清亮
地传来，哦，告诉我
在哪里，哪个州，我曾见过这小屋
浮现在我的脑海里？鸟喙把蓝色的雪杉果球
切成了薄片
遥远的河流，以青蓝色显示着距离
在酷热的巨石间游走，沉默无光

僵死在石缝里如同弃置的蛇蜕。白色小屋
在耀眼的光芒中游动,孩子的喊叫从屋子里冲出。

爱的识别

万事万物就是全世界,而你
就是其中之一。万物在生长
你就是生长中的那一种,这样的生长
让你像雪花一样降临
在陌生的风景里,隐去了大地的丑陋
直到街道和狂怒的世界都被白雪完全覆盖。

而多少事物已经沉默不语?交通
瘫痪了,州长
玩忽职守了,这座城市
对于雪的危机没有任何预案,连同我
也没有——是的,为何这场雪偏偏和我作对?
我可一贯是个良民。

但是你,像雪,像爱,总是突然降临,
这万事万物都被覆盖在
一片晶莹剔透的闪光中

沉默如初。

（邱华栋　译）

二、罗伯特·潘·沃伦的写作

罗伯特·潘·沃伦1905年生于美国肯塔基州。十六岁进入范德比尔特大学学习，深受兰塞姆等学者的美国南方重农主义思想的影响，虽然，后来他不在南方居住，但此一思想却成了他一生思想的底色。

在文学创作上，罗伯特·潘·沃伦多才多艺，他既是小说家，又是诗人和剧作家，最重要的，他还是一个评论家，担任影响很大的《南方评论》的主编多年，是美国"新批评"文学思潮的大将，写有《理解诗歌》《优秀作品的基本原则》等上佳的文学评论书籍，另外还有文学评论著作十多部。

1989年，他逝世于佛蒙特的度假地，终年八十四岁。

我上大学的时候就读过他和布鲁克斯编选的《小说鉴赏》，这本美国大学教材久负盛名，我国有一个中英文对照本，这本小说选，是我看到的小说写作指南的最佳选集。全书章节是按照"小说的意图和要素""情节""人物性格""主题""新小说""小说与人生经验""阅读材料"七个部分构成，收录的全部都是脍炙人口的经典短篇小说，包括马克·吐温、安东·契诃夫、吉卜林、海明威、科塔萨尔、博尔赫斯、巴塞尔姆、约翰·厄普代克、列夫·托尔斯泰等文学大家的作品，按照各篇的优长，分布在各个章节中，成为小说教学元素的构成。这是一本很好的小说鉴赏和创作教材，而且因为是中英文对照版本，中国学生还可以拿来借机学习英文，因此很长时间里是我的案头书。我也推荐给了不少同学，受到了欢迎。

的确，罗伯特·潘·沃伦的多才多艺，使人很难确定他到底是在小说创作方面的成就高，还是诗歌或文学批评的成就大。因为他过于才华横溢，有时被认为是杰出诗人，有时却放在了重要的批评家行列中，有时又是重要的小说家。但也因此而方方面面都有忽略他的时候。

先说说他的小说。他著有长篇小说十部，短篇小说集两部，其中影响最大的是长篇小说《国王的人马》，这部小说于1947年获得了美国普利策小说奖，也是他的长篇小说代表作。此外，他的小说作品还有《夜骑士》《在天堂门口》《黑莓之冬》《阁楼马戏团及其他故事》《丰富的世界与时间》《天使乐队》《洞穴》《荒芜之地》《大洪水》《到绿色山谷来》等，其中，《夜骑士》出版于1938年，描绘了肯塔基州种植烟草的农民和美国烟草公司之间的矛盾冲突，显示了他的重农思想。他的第二部小说《在天堂门口》，描绘了一个想摆脱传统束缚的美国南方少女在家庭、学校和社会之间的挣扎和选择，在爱情上的挫折和体会，是带有南方小说特点的成长小说和女性主义小说，很好看。

长篇小说《国王的人马》后来被拍摄成电影，影响更大。

这部小说以美国政治黑幕作为批判对象，以路易斯安那州作为小说的叙述背景，描绘了一个想竞选州长的美国人杰克·帕登，他怀有理想主义信念，在与竞争对手的争斗及各种势力作用下，特别是政治对手使用了卑鄙手段后，他变得懦弱而丧失了理想。小说非常好看，呈现了人性的多面性和美国社会的运行机制。我觉得这部小说是美国20世纪前五十年里数得着的长篇力作，可与威廉·福克纳、海明威、德莱塞、辛克莱·刘易斯或者菲茨杰拉德的任何一部长篇代表作相媲美，一点儿都不逊色，非常厚重、扎实。我国早在20世纪80年代出版有湖南人民出版社的陶洁译本，很长时间脱销，直到前些年上海译文出版社出了新版，才解决了这本书一直不好找的难题。

最值得一提的是，1986年，罗伯特·潘·沃伦成为美国第一位桂冠诗人。美国的桂冠诗人，其中一项职能，是要在总统就职典礼或国家庆典上，写诗、读诗，作为一种祝词，是美国政府对诗人的文学成就的一种表彰。美国桂冠诗人还将在国会图书馆等地方举办讲座，完全是美国的一种文化荣誉。从他开始，美国桂冠诗人入选者，都是最为重要的当代诗人。

罗伯特·潘·沃伦出版有十多部诗集，1998年还出版了厚厚的《罗伯特·潘·沃伦诗全集》，这证明了他是当代美国最重要的诗人。所以，说起来，也许罗伯特·潘·沃伦作为一个杰出诗人更能令人信服。

罗伯特·潘·沃伦的诗歌高度风格化，语调、语言和形式感，都很独特。我最喜欢的一首诗是《深夜，水银柱不断下降》。这首诗沉郁、缓慢，带有一定叙事性，但根本上来说，是抒情性的，描绘了一个令人难忘的场景：在一个深夜，温度计的水银柱不断下降，表明温度在降低，而与之对应和相关的是，儿子对父亲的追忆。他父亲死于前列腺癌，深夜里，水银柱的下降和对父亲的怀念，在叙事性细节的倒叙中，不断回旋，在全诗组成的八个小节中，前后呼应，长长短短的语调，一步步使得全诗带有长篇小说的内在力量，描绘了父亲的一生。这是一首多少有些让人落泪的诗。

罗伯特·潘·沃伦的诗歌特点，在我看来，就是智性写作，创造了一种只属于他自己的叙述性的语调，语调风格就是沉稳、缓慢，带有悲哀、忧愁的色彩，将人生的悲喜剧缓慢地，如慢镜头一样展开。

我曾尝试翻译这首诗，但与已经翻译过来的某些版本对比，发现我的译文不理想，就放弃了，不再收录。这里我翻译的是他的两首短诗。从这两首诗中，可以看到他诗歌的叙事性巧妙地隐藏在抒情性里面，叙事和抒情也做得很均衡，就如他在诗歌和小说创作上都取得了巨大成绩一样。例如，他对场景的描绘如同画家，而在这样的场景中，记忆却随时被他呼唤而来，人生的别致场景也跟随到来，在白色的小屋跟前演绎。

他很擅长表达情感的丰富性。比如，对爱的人如何识别？他会在带有幽默、反讽和叙事性的表达中说出自己的观点。

豪尔赫·路易斯·博尔赫斯：迷宫世界与镜子（1899—1986）

一、博尔赫斯诗三首

老虎的金黄

金黄的夕阳就要落山
那凶猛的孟加拉虎我要再看一遍
它在来来回回地盘桓
在那铁条焊接的栅栏笼子间
毫无疑问这就是它的地和天
而别的老虎也会被关
布莱克诗里的老虎像火焰
而别的金黄也会闪现
那就是宙斯掷下的黄金圆盘
在北欧传说里叫作九夜指环

每一个夜晚都在九变九个地繁衍

各自再繁衍出九只，永远都不会完

随着岁月流逝，绚丽的色彩渐渐弥散

如今只剩下了斑驳的光影和模糊的光线

以及那初开的金盏

啊，老虎的金黄，啊，夕阳的无限

啊，神话和史诗的来源

还有你那金黄色秀美的头发间

我的双手多么渴望流连

我

我肯定比那个徒劳的观察者

在沉默的镜子里

注视着自己的映像更为

无聊和虚荣

沉默的朋友，我自己知道

除了遗忘不会有别的仇恨

也没有其他的宽恕更有效果，这是

神带给人类消除仇恨的奇妙钥匙

我这个人四海为家，有很多错失

却依然无法走出时间的迷宫
那简单而又复杂的,困难而又清晰的
个体和所有人的迷宫

我是什么也不是的人,不是战争中的剑
我只是回声、忘却
和一无所是的空虚

埃德加·爱伦·坡

在那大理石映照的坟墓里
被蛆虫毁坏的黑色死亡是结果
他所收集的,都是冰冷的象征
和死亡的胜利。他并不畏惧
他害怕的,只是爱的阴影
那才是人们共有的幸福
蒙住他的眼睛的,不是发光的铜和铁
也不是墓碑和大理石,而是
玫瑰花,就像在镜子的反面
他孤独地隐身于那不可测的命运
去创造黑暗的梦魇
也许只有在死亡那里
他才依旧能够孤独而坚决地

完成着属于他自己的壮丽凶险的奇迹。

(邱华栋　译)

二、时间的圆环

豪尔赫·博尔赫斯是 20 世纪最重要的小说家之一，也是拉丁美洲"文学爆炸"的奠基人。当我们回望整个 20 世纪的小说，可以看到博尔赫斯那无法回避的身影笼罩在很多人之上。但是，对于他的整个人和整个写作，各种评价仍像云雾一样缠绕着。比如，墨西哥作家卡洛斯·富恩特斯就批评博尔赫斯："文学上的天才，政治上的白痴。"而纳博科夫则说："远看是一个很壮观的城堡，当你走近，再走近，会发现里面是一个空的舞台，没有任何东西。"

那么，博尔赫斯果真像上述两位作家所说的那样，是一个政治白痴、一个内部空空如也（暗示其空洞和虚无）的小说家吗？让我们再来听听他自己的辩白。他说："我认为我不是一个现代作家，我是一个 19 世纪的作家。我并不觉得自己与超现实主义、达达主义、意象主义或文学上别的什么受人尊敬的蠢论浅说处于同一个时代，不是吗？我按照 19 世纪和 20 世纪初的原则来看待文学。"从这段自白中，我们会认为他是一个保守的、笃信 19 世纪文学创作理念的作家。可是，他又是 20 世纪最具创新精神的大作家。他不仅是 19 世纪的作家，也是 20 世纪的作家，更是 21 世纪及以后的作家。

让我们继续听听别的作家对他的评价吧。拥有秘鲁与西班牙双重国籍的作家巴尔加斯·略萨说："博尔赫斯不仅是当今世界最伟大的文学巨匠，还是一位无与伦比的创造大师。正是因为博尔赫斯，我们拉丁美洲文学才赢来了国际声誉。他打破了传统的束缚，把小说和散文推向了一个极为崇高的境界。"美国作家保罗·奥斯特说："博尔赫斯非常具有知识分子气质，他写的作品都很短小，也很精彩，涉及历史、哲学、人文等许多方面，我当然受过他的影响。不过，我不觉得我的作品和他相似。"另一位美国作家苏珊·桑塔格说："如果有哪一位同时代人在文学上称得起不朽，那个人必定是博尔赫斯。他是他那个时代和文化的产物，而他却以一种神奇的方式知道如何超越他的时代和文化。他是最透明的也是最有艺术性的作家。对其他作家来说，他一直是一种很好的资源。"

的确，苏珊·桑塔格说得很对，在整个 20 世纪，博尔赫斯都是"作家中的作家"，是可以带给很多作家创作灵感并能启迪他们的作家。因此，博尔赫斯是 20 世纪少数最伟大、最独特的作家之一。那么，他的写作到底贡献在哪里？在这一点上，他自己也说得很明白："时间是一个根本之谜，空间并不重要，你可以想象一个没有空间的宇宙，比如，一个音乐的宇宙。时间问题是一个真正的问题，时间问题把自我问题包含在其中，因为说到底，何谓自我？自我即过去、现在，还有对于即将来临的时间、关于未来的预期。"在这段话中，他明确说明了他的指向：他的小说全部都是关于时间的，甚至人物都是拿来作为时间主题的陪衬的，他的小说是关于时间的小说，不是关于空间的，他的小说的主人公甚至就是时间本身，而不是那些符号化的人。

1899年8月24日，博尔赫斯出生于阿根廷首都布宜诺斯艾利斯的一个中产阶级家庭。他的父亲是律师，同时还是一个语言学家和翻译家，并通晓心理学，善于演说，信奉无神论，有一个规模不小的家庭图书馆，收藏了大量英文、法文、德文等各种欧洲语言的人文著作。母亲有英国血统，家教很好，因此，博尔赫斯从小在父母、外祖母以及家庭教师丁克小姐的培养和熏陶下成长，他在家里接受的，是地道的英国式教育，他的英语甚至比西班牙语都要好，很小就开始囫囵吞枣地阅读大量英语作家的作品。6岁的时候，他就先用英文写了一篇关于古希腊神话的文章，又用西班牙语写了一篇叫作《不幸的面甲》的作文，获得了家庭教师和父母的热情鼓励。9岁的时候，他进入正式的学堂，直接读四年级，开始系统地学习西班牙和阿根廷的古典文学。一战爆发后，父母带着他来到了中立国瑞士，在那里，博尔赫斯以旁观者身份体验到了一战的悲剧氛围。同时，他努力地学习法语和德语，一直到战争结束。高中毕业后，在英国剑桥大学继续学习英国文学。后来，在西班牙等欧洲国家游历一番之后，1921年，他回到了阿根廷，与一些阿根廷先锋派作家、诗人团体接触紧密，创办了文学杂志《多棱镜》和《船头》，发表了大量介绍欧洲现代主义流派的文章，推动了阿根廷现代主义文学的发展。这个时期，他的写作热情很高，创作体裁主要是诗歌和随笔，出版有诗集《布宜诺斯艾利斯的热情》（1923）、《面前的月亮》（1925）和《圣马丁的手册》（1929），随笔集《探讨集》（1925）、《希望的领域》（1926）、《埃列瓦斯托·卡列戈》（1930）、《探讨别集》（1932）、《论永恒》（1936）等。他的诗歌在题材上受到描绘郊区风情的本土诗歌风格的影响，在表现技法上则深受象征主义、超现实主义的影响，表现了他对生活的看法和隐秘的情感。他的随笔则着重讨论一些抽象的事物，关于时间、存在、永恒等。我觉得他的诗歌写作是他随笔的反面印证，而他的随笔写作则是通向他的小说写作的桥梁。他的随笔开始出现他后来小说中出现的元素，比如具象的描绘和悬念，表达的却是抽象的概念，尤其是随笔集《论永恒》，出现了他后来小说中的全部主题。

1935年，博尔赫斯出版了他的第一部小说集《恶棍列传》，内收9个短篇小说，大都曾发表在报纸副刊上，是一些关于强盗和恶棍的传奇性很强的小说。他以简洁的叙述手法，将那些鲜为人知的匪徒的生活以片段叙述的方式展现出来。有趣的是，其中一篇还取材于中国，叫作《女海盗金寡妇》，说的是一个女海盗头子金寡妇在中国东南沿海做海盗，和政府军对抗，之后因前来剿灭她的政府军放出了风筝，她忽然感到了天网恢恢和巨大困惑，最终投降的故事。这个小说集中，还有一篇是他的小说代表作，叫作《玫瑰街角的汉子》，讲述的是一桩发生在阿根廷的扑朔迷离的凶杀斗狠案件。小说中的人物在房间外面的打斗最终造成了挑衅者的死亡，可是到底是谁杀死了那个人，却并未交代。但小说的最后暗示故事的讲述人有着重大的嫌疑。不过，博尔赫斯本人并不很看重这篇叙述精妙、情节扑朔迷离的短篇小说，他在1970年出版的《随笔》中说："我如今觉得它不真实、矫揉造作、人物虚假。我从来不把它看成是一个起点。"

《恶棍列传》这本小说集，显示出博尔赫斯驾驭短篇小说的高超能力，他可以自由地将一个时间和空间跨度都很大的故事，浓缩成篇幅很小的短篇小说。不过，这本小说集里的小说故事性大都很强，并不带有他后期小说的幻想性和时间性的特征。1938年，在图书馆担任助理馆员的博尔赫斯，因一次偶然的受伤事件住进了医院，在高烧中他似乎得到了什么灵感，病痛退去之后，他写出了带有幻想色彩的第一篇小说《特隆、乌克巴尔、奥尔比斯·特蒂乌斯》。在这篇小说中，出现了时间主题、镜子、百科全书等符号，是他对于时间、图书馆、人类知识和永恒等问题的探讨。我想，他一定是把这篇小说当作他的一个真正的起点。从此，他似乎找到了小说写作的窄门，并打开门，义无反顾地走了进去。

三、沙上写字

1941年，他出版了后来被广泛关注和赞扬的小说集《小径分岔的花园》。这个集子收录了短篇小说《特隆、乌克巴尔、奥尔比斯·特蒂乌斯》，还有《吉诃德的作者彼埃尔·梅纳德》《圆形废墟》《巴比伦彩票》《赫尔伯特·奎因作品分析》《巴别图书馆》《小径分岔的花园》七篇作品。这些小说都带有浓厚的玄学色彩，探讨了时间和现实、知识和心灵、镜子能否显示真相等问题，使他的小说迥异于其他小说，似乎表面上戴有伪饰的哲学探讨的面具，实际上却是由虚构的情节、虚构的书籍、虚构的人物组成了一个看似真实但根本不存在的世界。比如，《圆形废墟》中讲述了一个老魔法师来到一个圆形的废墟，在废墟上他发现，这里原来是火神的神庙，他来这里要完成一个任务：梦见或用梦来创造一个世界上原先不曾有过的人。不知经过多少个夜晚，他一点点地终于梦见了一个完整的人，他向这个人传授宇宙的奥秘和对火的崇拜，最终这个老魔法师才发现，自己原来竟是别人梦中的一个影子和产物。

《小径分岔的花园》是一篇带有中国元素的短篇小说，也是他的短篇小说代表作。小说讲述的是在一战期间的间谍战，以一个叫俞聪的青岛高等学校的英语教授——他实际上是一个间谍——的口述记录构成。在俞聪的祖先建造的一座中国迷宫式样的花园建筑中，间谍们展开了追逐和反追逐。最后，俞教授不得不以杀掉一个无辜的、名叫艾伯特的人，来通知柏林的情报部门，他们应该轰炸一个叫艾伯特的英国城市，摧毁那里的英国炮兵阵地，完成了他的艰巨任务。而俞教授却有着无限的悔恨和对这个间谍游戏的厌倦。小说探讨了历史的另一面，将对中国迷宫花园的探讨、第一次世界大战、死亡和时间的探讨，组合成一个奇妙的故事。在小说中，俞教授和追捕他的马登上尉关于中国迷宫式花园的对话是其中最精彩的部分，也是理解小说的钥匙。

博尔赫斯的《杜撰集》出版于1944年，这个集子将《小径分岔的花园》里的篇目也收录进来，还收录了九个新的短篇小说，加起来一共十六篇。新的小说包括了《博闻强识的富内斯》《刀疤》《叛徒和英雄的主题》《关于死亡和指南针》《秘密的奇迹》《关于犹大的三种说法》《结局》《凤凰教派》《南方》。于是，这个短篇小说集就成了博尔赫斯最具代表性的集子。新收入的九篇小说题材上大相径庭，但主题都和时间、记忆、命运、永恒有关，带有浓厚的幻想色彩。《博闻强识的富内斯》讲述了一个有着奇异的记忆能力的人的故事，他不仅能记忆任何一条书籍上的知识，还记得关于这种知识的感觉、思维的纹理等痕迹，令人叹为观止。《刀疤》讲述了一个叛徒出卖自己同伴的故事，而讲述者采取的，是以讲述别人的经历来陈述自己的卑鄙行为的巧妙手法。《关于死亡和指南针》中，一个侦探故作聪明，结果使自己陷于匪徒给他设下的圈套，被打死了。《秘密的奇迹》讲述了一个被判处死刑的人运用记忆和想象，延长了一年自己的生命，但实际上，他依旧是在规定的时间里被枪决了，作品探讨了时间的绵延。《南方》讲述了一个阿根廷青年受到了奇特的启示，只身前往南方，去迎接一场命中注定的你死我活的决斗。小说集中的短篇小说题材的跨度之大、幻想性和对某种不可捉摸的命运的摹写令人咂舌。

博尔赫斯一生钟情于短篇小说写作，在他有着旺盛精力的中年阶段，他对短篇小说越来越驾轻就熟。他说："所有的长篇小说都有铺张之嫌，而一个短篇小说却可以通篇精练。"的确，博尔赫斯是20世纪最重要的短篇小说家之一，他用这种短小精悍的体裁，创作出像匕首般锋利、像巨石般有力，同时又像云雾般轻巧的小说。

他的第四部小说集《阿莱夫》出版于1949年，其中收录了十七个短篇小说，包括《永生》《釜底游鱼》《神学家》《武士和女俘的故事》《另一次死亡》《埃玛·宗兹》《德意志安魂曲》《扎伊尔》《神的文字》《两个国王和两个迷宫》《等待》《门槛边的人》《阿威罗伊的探索》《阿莱夫》等。其中有些非常短小精悍，翻译成中文只有三四千字，充满了对幻想和未知世界的虚构与想象。《阿莱夫》是最有代表性的一篇，讲述了一个奇迹：在阿根廷他一个朋友的地下室里，有一个阿莱夫，就是能看见所有的时间和空间、能看见万事万物在同一个时间和地点涌现的东西。这本集子的幻想性和知识背景更加生动复杂，似乎全人类的知识谱系都被博尔赫斯拿来作为写作的素材和灵感的源泉了。

博尔赫斯一生都和图书馆有着密切的联系，图书馆是他工作和学习的地方，也是他所有小说萌发的源泉。1946年2月24日庇隆当选阿根廷总统，因为博尔赫斯在反对庇隆的一份知识分子的宣言上签了名，结果被庇隆政权的爪牙免去了市立图书馆馆长的职务，并且为了进一步羞辱他，他们还勒令他去当市场的家禽检查员，检查鸡、鸭等的交易情况。博尔赫斯愤怒地拒绝担任这可笑的"家禽检查员"，并发表了一封公开信表示抗议，得到阿根廷一些知识分子的声援和支持。1950年，在阿根廷作家们的支持下，博尔赫斯当之无愧地当选为阿根廷作家协会主席，这等于给了庇隆政府一记有力回击。后来，专权的庇隆下台之后，1955年10月，新政府重新任命博尔赫斯担任了阿根廷国立图书馆的馆长。

他的第五部小说集《布隆迪的报告》出版于1970年，收录了《第三者》《宵小》《马可福音》《遭遇》《老夫人》《决斗》《布隆迪的报告》《瓜拉基尔》等十篇小说，故事精巧、叙述从容，距离上一部小说集的玄学和神秘气息比较远，呈现出一种澄明和清晰的气质。他的第六部小说集《沙之书》出版于1975年，收录了《另一个人》《代表大会》《三十教派》《奇迹之夜》《镜子与面具》《贿赂》《圆盘》《沙之书》等十三篇小说。其中，《沙之书》讲述了一本像沙子一样可以流动和变化的书籍的故事，显示了人类知识的变化无穷和复杂性。他的最后一部小说集《莎士比亚的记忆》出版于1983年，收录有《蓝色老虎》《莎士比亚的记忆》《1983年8月5日》等四个短篇小说。《蓝色老虎》讲述的是在印度某地出现了蓝色的老虎，而故事的讲述者还发现当地有一种石子，会在手上不断繁殖，每次打开手掌，那些石子的数目都会变化。小说继续探索时间和无限的主题。

博尔赫斯创作的短篇小说加起来约有八十篇，其中一些介乎随笔和小说之间，难以清晰界定文体。就是靠着这些短篇小说，博尔赫斯确立了他在小说史上不可动摇的地位。其中，《埃玛·宗兹》《玫瑰街角的汉子》《叛徒和英雄的主题》《第三者》等短篇小说还被改编成了电影。不过，电影往往将小说中的故事抽取出来进行演绎，丧失了小说的深刻主题。

博尔赫斯还说："一切伟大的文学最终都将变成儿童文学。比如爱伦·坡的作品，比如《一千零一夜》，孩子们单纯地沉迷于手中的书。"

晚年的博尔赫斯功成名就，喜欢到处漫游，尽管他的视力越来越糟糕。他到处讲学，在美国、欧洲一些国家，他是非常受欢迎的智慧老人。他的旅途的终点是日内瓦，因为在这里，他度过了难以忘怀的少年时光。1986年6月14日，他以落叶归根的方式死在了日内瓦。博尔赫斯一生成就辉煌，但是爱情生活却很不顺利，晚年双目失明，仍以口授的方式继续创作。他很长时间里都处于单身状态，由他年迈但精力充沛的母亲照料他的生活。在他去世前不到两个月，他和自己的日裔女秘书玛丽亚·儿玉结了婚，并宣布她为他财产的唯一合法继承人，全权保护、整理和出版他的作品。博尔赫斯一生获得了很多荣誉，包括担任阿根廷国立图书馆馆长、布宜诺斯艾利斯大学教授等，他还获得了阿根廷国家文学奖、福门托奖（与贝克特分享）、意大利佛罗伦萨第九届诗歌奖、巴西美洲文学奖、以色列耶路撒冷文学奖、墨西哥阿方索·雷耶斯奖、西班牙塞万提斯文学奖（与赫拉尔多·迭戈分享）、墨西哥奥林·约利兹利奖，和法兰西学院金质奖章、德意志联邦共和国荣誉勋章、秘鲁太阳勋章、法国文学艺术骑士勋章、英国爵士爵位、西班牙阿方索十世大十字勋章、意大利大十字骑士勋章等，但是，最终他未能获得诺贝尔文学奖。如果他获得了诺贝尔文学奖，我想，那是他给诺贝尔文学奖增添了光辉和荣誉，而不是相反。

半个多世纪以来，贴在博尔赫斯身上的标签也非常多：极端派、先锋派、超现实主义、幻想文学、神秘主义、玄学派、魔幻现实主义、后现代主义，这些标签似乎都呈现了他的一个侧面、一个部分或一个阶段。我觉得，博尔赫斯就像他笔下的《沙之书》中的沙子那样，是变幻莫测的。他的创作从题材上来分的话，包括了诗歌、随笔和短篇小说三大块。截至1985年出版诗集《密谋》，他生前一共出版了诗集十四部、短篇小说集六部、随笔集十多部，此外，还有很多翻译、对话、访谈、演讲、序言、读书笔记等，还有他和作家比奥伊·卡萨雷斯合写的一些侦探小说和幻想小说，这些构成了他全部的文学写作（中文版五卷本全集实际上并不全面）。其中，短篇小说的成就最高，而随笔则是他的小说和诗歌的有力支撑。这三种文体他驾轻就熟，三种文体也相互辉映。而跨越和联通三者的，则是他的哲学思想和玄学观点。他早年深受柏拉图和叔本华等人的唯心主义哲学以及尼采的唯意志论的影响，并从休谟和康德那里接受了不可知论和宿命论。他对笛卡儿的思想也了然于胸，在上述哲学家的观点的基础上，他采用时间和空间的轮回与停顿、梦境和现实的转换、幻想和真实之间的界限联通、死亡和生命的共时存在、象征和符号的神秘暗示等手法，把历史、现实、文学和哲学之间的界限打通，模糊了它们的疆界，带给我们一个神秘的、梦幻般的、繁殖和虚构的世界，在真实和虚幻之间，找到了一条穿梭往来的通道，并带领我们不断地往返，并获得神奇的阅读感受。

四、玛丽亚·儿玉：他的月亮

从我第一次阅读博尔赫斯的小说至今，已经有二十年的时间了，我也经常和他的一幅我从杂志上剪下来并放在相框里的照片对谈。1992年，在我大学毕业前夕，我终于下定决心从图书馆里将王央乐先生翻译的《博尔赫斯短篇小说集》以借书然后又"丢失"的形式，花了五倍于书价的钱，给弄到手了。因此，我才没有遗憾地离开了校园。这些年来，我把这个中文译本读了很多遍，是我能反复阅读并且从不感到厌倦的书。后来，更多的翻译家把他的作品翻译成了中文，但是，我总觉得还是王央乐的那个译本好。我从翻译家林一安、陈众议那里了解到，王央乐的译本有不少错讹之处，比如《交叉小径的花园》应该翻译成《小径分岔的花园》等，他们认为，在不否定王央乐的开创之功的前提下，在博尔赫斯的小说汉译本中，王永年的翻译是最讲究、最准确的。

翻译家的观点也许是正确的,但是,我经常拿不同的汉译本做对比阅读,还是觉得王央乐的译文似乎更有语感,更像是博尔赫斯本人用汉语写下的文字。另外,这可能有"先入为主"的意念在作怪。比如,最近有人就做过一个实验,他们分头阅读《堂吉诃德》的不同的汉译本,结果,都对最先阅读的那个译本印象好。我也做了一个实验,先后阅读了金隄先生和萧乾先生的《尤利西斯》的译本,结果,我更喜欢金本一些,因为我先读了金本——这也许是一个读者接受美学的问题,但是,却把我们阅读博尔赫斯的经验引入了一个更高的境界。

我觉得,博尔赫斯很难被模仿的原因在于他小说的主人公是时间而不是人。博尔赫斯的小说总是趋向于玄学和虚无,从零开始最后仍归结为零。在他的写作背后,有着渊博的知识作为支撑,他把人类的各种知识谱系和典籍都变成了写作资源,并融进他独特的幻想。因为,他是以阿根廷国立图书馆里的八十万册书作为支撑的。他的作品是一个自足的世界,表面上与现实没有关系,但如同"强劲的想象产生事实",他又再造了一个文学的宇宙。我想,也许只用一些简单的词就可以呈现博尔赫斯作品的特征:镜子、迷宫、蓝色老虎、不断增殖的石片等。这些东西都是恍惚的、虚拟的、捉摸不定的,如同时间在遇到质量大的客体要弯曲一样,宇宙本身都是在不断弯曲和膨胀的。世上的大多数作家都很入世,关心的都是现实和历史问题,最多是一些小说技巧问题,在文学的观念上,很难像博尔赫斯那样趋向于虚无，也没有博氏那渊博和无比庞杂的知识背景。因此，博尔赫斯永远只有一个。

博尔赫斯真正来到中国，是在 2000 年，那是他的夫人玛丽亚·儿玉来中国参加博尔赫斯的中译本全集的首发式，这也是博尔赫斯离我最近的一次。受到阿根廷驻华大使馆的邀请，我来到使馆，在发布会上，我抚摩着和阿根廷国旗颜色一致的、蓝色封面的《博尔赫斯全集》，抬头看见屋顶的枝形吊灯，它像点燃在烛台上的蜡烛一样，照亮了屋子里所有的人，就像是博尔赫斯本人在散发着光亮。这一刻是亲切的、温暖的，因为在座的人无一例外都是博尔赫斯的崇拜者。玛丽亚·儿玉的声音舒缓，她头发花白，容颜和照片上没有差别。她有些激动，为有这么多博尔赫斯的中国读者而高兴。

我听不懂她在说些什么，但我知道，她说的每一个词都与博尔赫斯有关。我觉得，这一刻博尔赫斯是与我们在一起的，就在不远的地方，虽然他已双目失明，看不见周围的一切，但他也在静静地谛听。玛丽亚·儿玉是博尔赫斯的"月亮"，因为他曾写过一首诗《月亮——给玛丽亚·儿玉》："在那片金黄上有那么多的孤独 / 夜晚的月亮已不是那个月亮 / ——那个亚当最早见到的。许多世纪 / 不眠的人们用古老的悲伤 / 充满了她。看吧。她是你的镜子。"就在前一天，玛丽亚·儿玉来到了八达岭长城，把博尔赫斯的中译本全集放到了长城的砖墙上，象征着博尔赫斯来到了中国。据说，博尔赫斯是非常想到中国来看看的。晚年，在一次访问日本的旅行中，几乎看不见东西的他，曾久久地抚摩着一块汉字石碑。

博尔赫斯的作品的中国素材，一直是我很留心的，除了短篇小说《小径分岔的花园》和《女海盗金寡妇》中的中国素材，他还写了关于《红楼梦》和《水浒传》的短评，对像《中国神话故事与民间故事》《满洲官员》《一个野蛮人在亚洲》等有关中国的书也很有兴趣。对《红楼梦》，他是这么评价的："这部小说一定会使我们感兴趣的，这是优于我们近三千年的文学中最有名的一部小说……全书充满了绝望的肉欲，主题是一个人的堕落和最后以皈依神秘和佛教来赎罪。"在评价《水浒传》的时候，他说："这部14世纪的'流浪汉体小说'并不比17世纪西班牙同类的小说逊色，而在有些方面还超过了它们。比如它完全没有说教，有时候，情节的展开像史诗一般广阔，对超自然的和魔幻方面的描写令人信服。"从这些评价中，可以看出他对中国文学那敏锐的判断力和杰出的鉴赏能力。

如今，在他去世十多年后的某一天，玛丽亚·儿玉带着他的全集来到了中国，来到了长城上。她没有想到，在中国会有那么多人喜欢博尔赫斯。她是一个充满灵性的人，我听说，在北京的某一天，她在车内看到东岳庙附近的下午光线非常美丽，后来，她就再去那里寻找那种光线，可惜没有再看到。她不停地念叨，不相信她看到的光线已经消失了。这就像博尔赫斯的生命已经消逝了一样，玛丽亚·儿玉也已经看不到他了。也许，他已藏身于他的文字迷宫之中，就像他写下的书，最终消失在那有着八十万册书的图书馆里一样。

博尔赫斯是最近一百年来少数杰出的短篇小说作家之一，我碰到的中国作家中，没有一个不喜欢他；当代很多先锋派作家受他的影响都很大。博尔赫斯和卡夫卡一样奇特，是最值得关注的一个拉丁美洲作家。幻想和对时间的文学测量，玄学和知识的古怪联姻，是未来小说生命力的保证。

约瑟夫·卢·吉卜林:"日不落"帝国的作家(1865—1936)

一、吉卜林诗二首

林 中 路

他们关闭了那条林中路,在七十年前。
后来,风雨又接着将它破坏
现在你肯定不会知道
在他们种树之前
有一条林中路穿过了树林。
它隐身于灌木丛与石楠花
和细碎的银莲花下
看守树林的人才能看出
在那林雀筑巢之地的阴凉处
曾经有一条路,穿过这树林

但是，假如你在一个夏日的夜晚
穿越这片林子
当夜幕在鳟鱼吐泡的池塘上降临
在水獭配偶的地方——它们
从不惧怕人类，因为它们很少见到人
你会听到一匹马的杂沓的嘶鸣
和一条裙子在露水中掠过的细碎声
正在从容地缓慢穿过这条
雾气弥漫的、孤寂的林中路
好像他们非常熟悉
那条早就消失在树林里的路——
可是，现在，树林里，并没有那条路

假　　如
——给十二岁儿子的告诫

假如众人无所适从
你能独自判断而不是人云亦云
假如遭受别人猜忌怀疑
你还能自信满满并不辩解
假如你有理想
又不会轻易迷失方向

假如你有智慧

又不会骄傲自满

假如你在成功后不会得意忘形

倒霉时也敢于承担结果

假如你看到美丽的梦想变成一堆残砖破瓦

也矢志不渝

假如千辛万苦得到了功成名就

却能够再度出发,即使功亏一篑

假如你和农夫攀谈也很谦虚

和贵族漫步也不会谄媚

假如别人获得的爱情无法影响你

假如你任何时候都卓尔不群

假如欲望不能使你动摇意志

你能平心静气面对一切

那么,你的涵养就会如宇宙一样宽广

而那时候你就是个真正的男人了

我的儿子!

(邱华栋 译)

二、大英帝国时代的作家

日不落帝国——大英帝国一度在全球拥有很多殖民地,

确实做到了她的国土上的太阳永不落,因为从属于她的国土遍布全球。因此,这一时段出现在英国的一些作家,随着大英帝国的版图扩张,也是足迹遍布世界,有一种独特的气质。他们用他们的眼光观察世界,用他们的笔书写世界,记录了大英帝国——日不落帝国的辉煌、得意和日渐没落。这群作家中,就有约瑟夫·卢迪亚德·吉卜林。

在政治态度上,吉卜林被认为是大英帝国殖民政策的坚定拥护者,因此,很长时间以来他都饱受毁誉。他把英国在海外殖民地的拓展政策看作英国拯救世界的方法和功绩,因此在政治观点上鼓吹强权、崇尚非道德主义和殖民扩张。

不过,他的文学创作却呈现出另外一种面貌,那就是,一种独特的异国情调弥漫在他的作品里,反而使他的作品呈现出欣赏乃至推崇其他民族文化样态的美学效果,而且,他的作品带有强烈的浪漫主义风格,成为一个时代的独特文学。这一点是很多人包括他自己都始料未及的。而文学的模糊性、复杂性也正在于此。

吉卜林 1865 年出生于印度孟买,那时的印度正是英国的殖民地。他家世显赫,家族中出了不少大人物,与英国首相也是亲戚。他父亲是一所大学的建筑学教授。在一个印度保姆的精心照料下,吉卜林茁壮成长。他从小对各门类艺术耳熟能详,能够以艺术家的眼光看待印度文化。后来,他被父母送回英国读书,但他很不喜欢英国。大学毕业之后,他逃离了沉闷压抑的英国本土,回到了印度,在印度的媒体当记者,开始在全世界到处游历,足迹遍及亚洲、非洲和北美洲。这一阶段是他最为自由自在的人生阶段。

之所以说吉卜林是一位诗人,是因为他最开始的文学创作体裁就是诗歌。1886年,二十一岁的吉卜林出版了他的第一部诗集《歌谣汇编》,这部诗集带有歌谣体风格的通俗晓畅,简洁明快,有彭斯的乡谣风格,显示了吉卜林的灼人才华。

因此,吉卜林以一个诗人的面目登上英国文坛,但写诗毕竟不能争取更大的影响和更多的经济收益,他后来停下写诗,接连写了多部短篇小说集,这些描写印度和世界各个角落的丛林、山村、荒野和多民族的短篇小说大受欢迎,使英国人看到了异国情调和别样的传奇。

不过,写诗似乎仍是他最喜欢的事情。1892年,他又出版了第二部诗集《军营歌谣》,以军人的口吻来写诗歌,结果大受欢迎。回到英国之后,他写下了长篇小说,但都不成功。1894年,他出版了后来影响深远并使他获得诺贝尔文学奖的小说《丛林之书》,翌年又出版了续集,获得了巨大成功,由此奠定了文学大师的地位。

《丛林之书》写的是一个叫莫格列的狼孩的故事,他是一个孤儿,被母狼养大,从此成为丛林里的精灵,并与狼虫虎豹为伍,与一只大老虎成了仇敌。最终,他从人类那里取来了红花——火种,改变了森林和所有动物的命运。

这是一部寓意十分复杂的作品,既可以当作寓言、童话和儿童文学作品来看待,同时也是一部成人作品。吉卜林以非凡的想象力，将各种森林野兽的心理活动——揭示了出来，将动物拟人化、人格化，使动物具有人性的美和善良，从而带给了读者独特的审美感受，是浪漫主义文学流派的集大成之作。

吉卜林的创作除了丛林题材，还涉及印度英国人、印度人、英国海外士兵的生活，他还很擅长写短篇小说。在描绘印度人的时候，他并未过多表现英国白人文化的优越感，相反，在写那些英国士兵的故事时，能够描绘他们内心的紧张和沮丧、灰暗和挣扎，并赋予文本一种难得的讽刺精神，呈现出一系列别样的文学世界和人物形象。他对印度文化有着欣赏心态，并不以救世主自居，使英国本土读者能够看到一个真实的印度。

进入20世纪之后，他的小说代表作是长篇小说《基姆》，并出版了诗集《五大民族》以及儿童小说集《本该如此的故事》等。1907年，年仅四十二岁的吉卜林获得了诺贝尔文学奖，成为该奖有史以来最年轻的获奖作家之一，即使到今天，仍保持着这个纪录。我印象里，后来加缪和布罗茨基也是四十多岁获奖，但都比他获奖时的年龄大几岁。

后来，在第一次世界大战中，吉卜林的独子约翰在比利时战死，这对他的打击非常大，从此，他看待世界的眼光变得保守而消沉了，后期作品带有某种神秘的象征主义特点，比如小说集《各种各样的人》《债主和借债人》《极限与挑战》等。

确实，吉卜林的家庭生活有很多不幸，他的女儿约瑟芬在六岁的时候就夭折了，儿子十八岁在一战中阵亡，这些不幸事件都在他中年后的人生中打下了很深的悲观主义烙印，进而也改变了他的文风。

1936年，七十一岁的吉卜林病逝于伦敦。死后，他获得了国葬的荣誉，被葬在了威斯敏斯特大教堂的"诗人角"墓地。

一战后，他曾经创造出流传多年的一个金句："他们的名字永远活着。"这句话是诗，被很多人镌刻在墓碑上。吉卜林的诗歌风格以通俗晓畅闻名，并不抽象复杂，还带有着鲜明的歌谣体，好读，也很好理解，是英国19世纪从较为传统的风格向复杂的现代主义转变的一个写作过渡。在他之后，现代主义大师艾略特横空出世，成为开一代新风的大诗人。有意思的是，无论是唯美主义流派的奥斯卡·王尔德，还是意识流文学大师詹姆斯·乔伊斯，或者现代主义开山者艾略特，他们对吉卜林都非常喜爱，对吉卜林在大英帝国作为"日不落"帝国时期荣光的书写者，都表达了敬仰。这一点是我们要留意的，因为文学大师总是要完成自己的阶段性使命的。

在我看来，吉卜林的浪漫主义和民谣诗歌体，对英国的诗歌史来说依旧是一个高峰，不可忽视。

这里收录的他的两首诗歌即体现了他的诗歌风格。前者描绘了一条林中路，在这条象征人生之路的林中路上，有着一个令人心碎的爱情故事，但时光已逝，如今，林中路上只有一个影子可资回忆。第二首诗，是他写给自己十二岁的儿子的，从中可以看到他作为父亲的殷切希望，尽管这一殷切希望最终因儿子死于一战而破灭，这首诗却被保留了下来。

阿摩斯·奥兹：以色列人的记忆与形象
（1939— ）

一、阿摩斯·奥兹诗两首

大 海

二十座平顶小房子，构成了山谷里的一座村庄
高地的阳光炽烈如瀑
在山溪的回首之处，有六个登山者
大部分是荷兰人，正懒懒地躺在垫子上打牌
保罗出王，瑞克出局，他不再玩牌了
用大衣和帽子把自己包裹住
慢慢地呼吸着这高地上的新鲜空气
冷，他望过去，看见了
壁立万仞的山峰，和几朵蜷曲的云
一枚隐现在正午的多余的月亮

假如你不小心
深谷里会有产道里的气息
他的膝盖隐隐作痛,而此时,大海开始召唤

海底的鸟

幼鸟在树枝上引诱了我,在我死之前
呜哩啦呜哇啦,它的羽毛掉落
抚摸我
把我裹进了大海的胞衣

很多个夜晚,我的丈夫在夜晚流泪:
她到底去了哪里
我灵魂的爱恋,我孤苦的孩子漂荡在远方
我为他祈求。
孩子般的新娘啊,你是水手的妻子
你穿着我的睡衣,你有他们的爱就可以了
我的身体已经消失,变成海豹,在海里

(邱华栋　译)

二

阿摩斯·奥兹主要是一个小说家。他的诗作不多，但很有形式感，就是断句、顿句都带鲜明的语言节奏，很多意象有隐喻色彩。

2007年和2016年，阿摩斯·奥兹本人两度来到中国。在译林出版社举行的读者见面会上。在对话中，我说："阿摩斯·奥兹本人比他的著作晚来到中国达十四年之久。1993年，阿摩斯·奥兹编选的短篇小说集《以色列的瑰宝》的中文译本由河南人民出版社出版，其中收录了他本人的一个短篇小说《风之路》；接着是1998年，他的第一部长篇小说《何去何从》由译林出版社翻译成了中文出版；再后来，他的十二部长篇小说已经有九部被翻译成了中文，这些著作已经先于他本人带给了中国读者一个鲜明的阿摩斯·奥兹的形象。今天，他本人来到了中国，和中国的作家、学者与读者进行面对面的交流。我很兴奋地看到了他本人，正在和阿摩斯·奥兹来到这里之前、以他的九部作品出现在中国读者眼前的形象，奇妙地重叠了，并继续带给中国读者以丰富的想象和美好的感觉。

"对以色列文学和文化，我所知甚少，除了《圣经》，我阅读过以色列的犹太文化经典著作《塔木德》。对当代以色列作家的作品，我和大多数中国读者一样，读过的也为数不多。比方说，我阅读过现代以色列小说大家阿格农的几部作品，还阅读过诗人耶胡达·阿米亥的诗歌——他本人在生前也曾经来过中国，他的诗集《开·闭·开》不久前才被译成了中文。此外，还有一些以色列当代作家，比如大卫·格罗斯曼的作品《证之于：爱》等，也受到了中国读者的欢迎。但是，谈到当代以色列作家和诗人的作品，我举不出十本书来。而在以色列当代作家中，作品被译成中文最多、在中国影响最大的作家，就是阿摩斯·奥兹先生。如果说上述作家通过他们被译成中文的少量作品所带给中国读者的是一个不算很清晰的侧面像，那么，十四年来，阿摩斯·奥兹的作品不断地、一部部地被翻译成了中文，带给我们的则是一张越来越清晰的正面相片。"

在我发言的时候，阿摩斯·奥兹认真听着翻译传译，露出微笑。他认为，了解一个民族最方便的捷径，就是去读这个民族的作家所写的书，尤其是文学作品。显然，他把以色列人的文化、生存景象和喜怒哀乐带给了我们，使我们看到了别致的、和中国一样有着悠久历史文化渊源的以色列犹太人的广阔的心灵世界和生存图景。

1939年，阿摩斯·奥兹出生在耶路撒冷城，他的父母亲在20世纪30年代，受到犹太复国主义思想的巨大影响，毅然从俄罗斯辗转回到了当时的巴勒斯坦地区。他的父亲博学多才，通晓十多种欧洲语言，梦想能到大学当教授，但生逢乱世，一生壮志未酬。他的母亲也有很强烈的文艺气质，喜欢文学和音乐，因此，敏感而细腻的母爱也使阿摩斯·奥兹从小在一个充满了文艺气息的家庭里长大，阅读到大量经典文学作品，尤其是以色列经典作家的著作和19世纪俄罗斯作家比如列夫·托尔斯泰等人的作品。在阿摩斯·奥兹十二岁那一年，他那多愁善感的母亲忽然自杀，这使小阿摩斯·奥兹和父亲的隔阂加深了。十四岁，阿摩斯·奥兹就离开了只有父亲的家庭，悄然来到以色列的集体公社组织"基布兹"生活，还把自己的父姓改成了"奥兹"，这个词，在希伯来语中是"力量"的意思。他的出走和改名，都是为了想告别父亲，获得一种独自生活的能力。

"基布兹"是20世纪以色列一个非常特殊的社会和社群组织，由20世纪初期回到以色列的犹太人移民所组建，有点儿类似我们新中国成立之后曾经存在过的人民公社那种集体组织，带有一定的共产主义色彩。因为，在"基布兹"中，大家要一起劳动，劳动获得的东西也要共同拥有和分享，在这个集体中大家的地位理论上完全平等，要彼此互相帮助，财产由专门的人管理，但是属于所有的人，人人有份。不过，"基布兹"里的生活条件和劳动条件却很艰苦。可以想象，十四岁的阿摩斯·奥兹离开了父亲，毅然投身到"基布兹"中会是一个什么样子。据说，一开始，他根本就不会劳动，不会干农活儿，大家还经常拿这个跟他开玩笑。但是，小阿摩斯·奥兹有自己的盘算，他一边尽快地适应环境，熟悉周围的人，一边把自己立志要当作家、要去讲述别人的故事的理想告诉了大家，因此，在必须分享一切的"基布兹"里，大家在接受了这个有些特别的少年之后，就开始轮番把自己的经历告诉他，与他一同分享，这成为阿摩斯·奥兹早期写作的最重要的来源。此后，一直依靠劳动自食其力的阿摩斯·奥兹被"基布兹"送入大学学习文学和哲学，毕业之后，他在集体公社"基布兹"中教书达二十五年之久，其间也从事文学写作。后来，他还获得了牛津大学的硕士学位和以色列特拉维夫大学的荣誉博士学位。离开集体公社的学校后，他一直在以色列本－古里安大学任教，教授文学史和文学写作课程。

阿摩斯·奥兹属于早慧型作家，1965年，二十七岁的阿摩斯·奥兹出版了短篇小说集《胡狼嗥叫的地方》，将视点放在耶路撒冷地区的犹太人和"基布兹"这样的集体农庄性质的生活上，去表现当代以色列犹太人的情感和生活方式，其主题主要是人性中的爱和恨、社会中的理想和现实之间的距离，以可信、可悲、可叹、可爱的犹太人群像，一鸣惊人地崛起于以色列文坛。在阿摩斯·奥兹之前，早他一辈的杰出小说家阿格农（1888—1970）已经奠定了现代希伯来语文学的基础，是以色列现代文学的开山者。阿格农于1966年获得了诺贝尔文学奖，这给以色列作家以巨大的鼓舞和信心。阿格农的作品也深刻地影响了阿摩斯·奥兹。深受犹太文化影响的阿格农，其作品带有经典现实主义的特征，着力于描绘犹太复国主义思想兴起时期东欧和以色列犹太人的复杂心路，在长达半个世纪的创作生涯里，他以《婚礼的华盖》《宿客》《一个简单的故事》《逝去的岁月》《只是昨天》《希拉》等长篇小说，以及二十多部中短篇小说、自传、散文随笔、书信集等作品，给以色列现代希伯来语文学树立了一座丰碑。在阿格农的作品中，他表现了哈西德教派的深层影响决定着犹太人的日常生活和精神意识，表现了犹太人传统的生活方式在20世纪上半叶那剧烈变动的社会大潮面前逐渐崩溃的过程，表现了犹太人的心灵在传统的束缚下和现代社会的召唤中显得无所适从的特殊状态，以复杂而丰富的写作呈现出以色列人精神世界的分裂和痛楚。而阿摩斯·奥兹继承了阿格农描绘犹太民族文化的浓郁笔调，但在对人性的开掘和表现力上，在对20世纪下半叶现代以色列人的精神世界的把握和描绘上，更加具有批判的锋芒，达到了一个崭新的高度。可以说，最终，经过四十年的努力，阿摩斯·奥兹已经取得了与阿格农比肩而立的文坛地位。

阿摩斯·奥兹很快就在文学之路上出发了。1966年，阿摩斯·奥兹出版了第一部长篇小说《何去何从》。这部小说的风格是非常朴素的现实主义风格，在扉页上，他把小说题献给了自己的母亲。根据情节可断定，小说是完全取材于阿摩斯·奥兹在以色列集体公社"基布兹"的生活体验。尽管他后来对"基布兹"这种社会体制一直持批判态度，认为这种体制和日益变化的以色列社会现实的距离越来越大，已不能适应现代以色列犹太人的处境，但在"基布兹"中人和人的关系、人的存在状态还是成了他特别关注的东西。长篇小说《何去何从》实际上讲述了三个家庭之间的生活故事。这三个犹太家庭都是多少有些残损的家庭，都是那种有问题的、混乱不堪的家庭。对家庭生活的描述，是阿摩斯·奥兹毕生喜欢的一个题材，因为家庭是社会的细胞，是人类生活的基本场景，从家庭入手，一个民族的生活方式就全部显现了。小说中的这三个家庭，其中一个是诗人兼教师鲁文的，他的妻子和自己的堂兄偷情后私奔了，有流言传说他的女儿诺佳被卡车司机埃兹拉强奸了；而第二个家庭中，卡车司机埃兹拉的老婆、女教师布朗卡又是鲁文的同事，传说鲁文和布朗卡有私情，所以丈夫才一怒之下强奸了鲁文的女儿作为报复。当流言传播开来，喜欢诺佳的男青年拉米——第三个家庭出场了——的母亲坚决反对他们的恋爱关系，她不能接受儿子娶一个被强奸的不洁的女孩子。于是，三个家庭中的每个人都不知道自己应该到哪里去，不知道应该如何处理生活中的难题。小说就这样把三个家庭的关系纠结在一起，呈现出当代以色列人的婚姻、家庭、性爱和文化传统之间的复杂关系。阿摩斯·奥兹还把小说的背景放到了"基布兹"这么一个封闭的环境里，将三个家庭中两代人的命运和以色列当代日常生活一并呈现，并隐约批判了决定犹太人文化性格的传统因素，把一种社会和政治制度对人的影响和个人性格与内心的冲突结合起来，创造出一种略带喜剧特点的文学风格。

阿摩斯·奥兹很善于从人和人之间最紧密的关系——家庭关系、爱情关系和情人关系入手，书写人性的多侧面。1968年，阿摩斯·奥兹出版了他的早期代表作《我的米海尔》。这可以说是一部爱情题材的悲剧小说，带有心理分析小说的浓厚色彩。小说的故事背景选在阿摩斯·奥兹很熟悉的圣城耶路撒冷。小说中的叙述者是女主人公汉娜，这是一个充满了自主意识的女性。她幻想拥有美好的婚姻和爱情，很想嫁给一名学富五车的学者。但是，她遇到了地质系的学生米海尔，两人很快坠入了爱河，不久就结了婚。婚后，米海尔忙于自己的事业，疏于和妻子汉娜的感情交流，使汉娜渐渐产生了不满。但他们的婚姻又没有明显的矛盾和问题，这使汉娜的内心充满了挣扎、焦虑和愁闷。其实，她本人也有一些心理问题，最后，根据主人公的自述可以看出，汉娜无力摆脱外表看起来毫无问题的婚姻，但她的精神已开始濒临崩溃，并出现了自杀的倾向。《我的米海尔》对女性的心理分析非常细腻生动，有触目惊心之感。据说，汉娜的形象取材于阿摩斯·奥兹的母亲，是他向自杀的母亲的献礼。在小说中，阿摩斯·奥兹能够细腻地把握女性的内心世界，同时还对以色列现代家庭关系进行了精妙的精神分析和社会学分析。

我想，阿摩斯·奥兹的父亲和母亲的冲突，最终导致他母亲自杀，是阿摩斯·奥兹一生的巨大阴影，也是他后来离开家庭，走向广阔的社会并走向文学之路的源泉和动力。我感觉《我的米海尔》这部小说最动人的地方还在于，对耶路撒冷这座城市的精微描绘以及对以色列人的日常生活和情感世界的精确把握，小说获得了巨大成功，被翻译成了二十多种语言，再版五十多次。小说所呈现的汉娜和米海尔的婚姻的情况，似乎描绘了一种普遍的人类状况，因此，《我的米海尔》成了阿摩斯·奥兹早期的代表作,也是他最受读者欢迎的小说之一。

三

在阿摩斯·奥兹所写下的绝大部分小说中,其地理背景大都是耶路撒冷这座石头城和像"基布兹"这样的以色列特有的集体公社组织,同时,犹太人文化传统和丰富的自我意识,是他小说的核心,而人性的复杂和幽暗在日常生活中的表现,是他的小说着力呈现的重点。我有时觉得他的小说有些流于保守和传统,在形式上似乎并没有进行过多的实验,没有突出的现代主义或者后现代主义小说特征,而他的作品却有着一种强度,其中总是洋溢着一种特殊的情调和氛围,那是一种犹太味道非常浓烈的文化小说的味道。这就像我阅读列夫·托尔斯泰的小说那样,那种沉郁、悲怆的俄罗斯文化气息弥漫在小说中,掩盖了小说形式本身的笨重和拖沓。

阿摩斯·奥兹的前两部小说大获成功之后,他的第三部长篇小说《触摸水,触摸风》出版于1973年,作品继续探讨犹太人家庭内部的复杂关系,但在题材上有所重复,因此并未引起更大的反响。他的第四部长篇小说《沙海无澜》(1982)有点儿像《何去何从》的姊妹篇,这两部小说出版的时间间隔有十六年,小说的地理背景和《何去何从》一样,也放在了"基布兹"里。小说的叙述者是第三人称,描述一个在"基布兹"生活了二十二年的青年约单拿在沉闷的家庭环境里感到的不适：他和作为政治家的父亲产生了冲突，和妻子的关系也很冷淡，这些都是约单拿想摆脱的困境，因此，他很想远走高飞。当一个俄罗斯青年哲学家来到他家做客，并引起了他妻子的注意时，他感到，机会来了，于是他趁着大家不注意，悄然离开了家。他的离去使父母之间爆发了激烈的争吵，妻子似乎也意识到了什么，对在她家中留宿的俄罗斯青年保持了距离。小说由此开始叙述约单拿离家出走后的经历，构成了小说最动人的部分。他一开始想穿越可怕的沙漠地区，前往约旦的红石城。在危险的边境，他感受到了战争和死亡的威胁。在黑夜里，他想了很多，担心自己被巡逻边境的阿拉伯士兵射杀。到达边境后，他在以色列士兵驻扎的一座军营中留宿，并且和一个萍水相逢的女兵有了鱼水之欢。这一路上，他接连体验到了性爱的欢愉、死亡的威胁和黑暗中沙漠地带的空旷与无边无际。当他在兵营中听说约旦的红石城爆发了激烈的战斗冲突之后，就决定不再继续前行了。最终，他悄然返回了"基布兹"的家庭。他回来之后，大家如释重负，但是也感到不解，问他到底去了哪里、看到了什么，他都讳莫如深，不想解释。不过，这次远足，使约单拿感到了生命的脆弱和无常、人生的短暂和缥缈。他决定和父母、妻子一起好好相处、好好生活，也和那个喜欢他妻子却没有得到回应的俄罗斯青年哲学家一起友好相处，同时也暗示了他和父亲那一代的隔膜将一直存在。在小说的结尾，他的父亲在日记里写道："冷漠的大地，神秘的苍天，永远威胁着我们的大海，还有那些草木和候鸟。死亡主宰着一切，连岩石也死一般的沉寂。我们每个人都有残酷的一面。每个人都或多或少是个杀人凶手，即使没有杀人，也可能正在杀害自己。"小说以对人生某种不确定的复杂状态的描述，将主人公生活中展开的开放式的可能性作为自己的结尾。

阿摩斯·奥兹的小说格局并不大，但他如同一个雕刻师那样，在细微处见长。1987年，他出版了长篇小说《黑匣子》。这是一部书信体小说。书信体小说在19世纪比较常见，在20世纪也有长足发展，但总体上处于衰落状态，我觉得这种小说形式显得比较笨拙，不容易往更深的地方开掘。可阿摩斯·奥兹能熟练地掌握书信体小说形式，并在其中加进去一些电报和其他文本，这就使书信体小说显得不那么笨拙了。在这部小说中，他继续他最拿手的叙述经验，那就是，描绘男女关系的变化所导致的家庭问题和纠纷：阿里克塞和妻子伊兰娜最初的感情很好，他们结婚之后，也度过了一段热烈而幸福的时光，然而不久，人性的复杂性和他们的性格缺陷、男人和女人之间的控制欲和占有欲，使他们之间爆发了"战争"，结果两人分手了，在对方的生活里彻底消失了。七年之后，已经重新组建了家庭的伊兰娜因无法管教越来越桀骜不驯的儿子，不得不求助于前夫阿里克塞，于是，在他们的鱼雁往来中，小到这两人过去的婚姻生活，中到现在的婚姻处境，大到以色列和犹太人在当代中东的地位和社会问题，纷纷有所涉及，以色列人的社会和现实境况、与阿拉伯人的冲突等重大问题也涌现出来，使小说如同一个有着巨大扇面的折光镜那样，将当代犹太人生活的全景画面都折射了出来。而小说在爱情、性、婚姻、代沟、种族、国家、政治等各个主题上，都有所探讨和挖掘，可以说是一部举重若轻的小说，同时书信体的形式也发挥了妙用，读来妙趣横生，而"黑匣子"则是一个寓意丰富的象征。

阿摩斯·奥兹小说中的女性形象是非常饱满、突出和丰富的。1989 年，阿摩斯·奥兹出版了颇具争议色彩的长篇小说《了解女人》，更显示了这一点。小说的主人公约珥是一个以色列特工，他是以色列情报机构"摩萨德"的成员，"摩萨德"是能够与苏联时期的"克格勃"和美国的中央情报局齐名的著名情报机构。作为一名特工，约珥有着超人的分析问题和解决问题的能力，但现在他遇到了一个巨大的难题：一个暴风雨的清晨，他的妻子不慎触电身亡，当时一个男邻居在前往救助的时候，也触电身亡。一个男人和一个女人都触电身亡，这个事件在当地引起了很大的社会震动，自然也会有一些非议和谣言。受到了家庭瞬间分崩离析的打击，约珥无法承受，就提前退休了。他打算对家庭有所补偿，开始和母亲、岳母以及女儿一起生活，亲自操持家务。在他的周围都是和他有着最亲密关系的女人，因此他也逐渐进入一个女人的世界。他忽然发现，由母亲、岳母和女儿所构成的这个女人的世界，和他的特工组织"摩萨德"完全不同，甚至是一个完全相反的世界……小说有着对主人公进行精神分析的风格，以细致精妙的笔触，描绘了这名"摩萨德"前特工的生活世界，把约珥寻找自我、发现自我的精神旅程描绘得深入浅出、淋漓尽致，还带有一点存在主义的味道。在小说的结尾，约珥到一家医院做义工，继续寻找生命的意义，也发现了妻子死亡的真相——妻子是清白的，所有的谣言都像是写在水上的文字一样随水漂走了。我觉得，在阿摩斯·奥兹的小说序列里，《了解女人》是一部相当突出的作品，它浓郁的精神分析的笔调、注重心理描绘的手法、对女人精神世界的呈现，结合一个充满怀疑精神的男性特工的心灵悸动，都是非常到位的。《了解女人》可以说是一个男人发现自我之书，在他逐渐了解到生活和女人的真相的时候，他也找到了自己存在的意义和生活的意义。

从总体上说，阿摩斯·奥兹并不喜欢在小说的形式上做更多的探索和冒险，他的小说都有着现实主义的外壳，有些小说只能算是现实主义风格的微弱变形——书信体、精神分析和结构现实主义等，他对小说内部的时间和空间的运用并不突出。但是，在他的第七部长篇小说《费玛》（1991）中，就有了明显的现代小说意识：小说对限定时间内人物的活动有了精确的空间和时间感。我感觉，这部小说明显受到了《尤利西斯》和《追忆逝水年华》的影响，小说的内部叙述时间是从1989年1月12日到1989年1月17日这六天，主人公是一个中年男性诗人费玛，他的正式职业是一家妇科诊所的前台接待。小说似乎带有浓厚的自传色彩，不过，我经过仔细阅读和分析之后发现，小说中的诗人费玛完全是生活中的阿摩斯·奥兹的一个反面，而他的主要生活经历倒是和阿摩斯·奥兹很相像：费玛的母亲也是自杀而死。只不过和阿摩斯·奥兹不一样的是，费玛处理起自己的生活很弱智、很糟糕，他和妻子关系紧张，他的精神状态也不稳定，喜欢沉浸在自己的文学世界里。他怀念自杀的母亲，经常梦见母亲的形象，并把她的形象不断写成诗歌。他和妻子离婚了，妻子到美国定居后又和别的男人结婚了，他感到很内疚。他思想激进，带有犹太复国主义思想，但行动上是一个矮子，非常迟缓。他诗歌写得很好，却又没有任何行动能力。总之，这部小说呈现了一个精神世界和外部的生存景象严重分裂的、非常普通和平庸的以色列当代人的生活状态。他在六天里的生活：吃饭、睡觉、交往、回忆、上班、性交——精细地描绘了他一边沉浸在琐碎的日常生活中，一边不断地通过自由联想和下意识的心理活动，对自己过去和女人之间的交往、对以色列的当代政治和社会问题以及文化处境做的联想和评述，以此呈现出他的整个存在状态。比如，他还幻想和政府的内阁成员对话，在自己的大脑中虚构了一个百年之后生活在以色列的人物，并和这个虚构的人对话，探讨以色列的未来。

　　阿摩斯·奥兹把《圣经》与犹太经典著作《塔木德》对以色列人的日常生活和行为方式影响深远的文化辐射也投射到小说主人公的身上，对他的日常行为做了更为深入的分析，描绘出以色列人的深层文化心理积淀。我十分喜欢这部小说，它算是一部我中意的、小型的、经过了删节和某些修正的《尤利西斯》和《追忆逝水年华》，以一种给人亲切而不是令人生畏的方式，把以色列人的生存景象带给了我们。和阿格农那样秉承了犹太人复国主义理想的第一代希伯来语作家善于描绘英雄人物不同，阿摩斯·奥兹属于第二代作家，他更喜欢把笔触伸向普通人，以以色列普通人的存在状态来折射整个社会、国家、民族和人性的状态。这样的写作显得更平实、逼真，也更加亲切，极具感染力。

阿摩斯·奥兹说："我的小说主要探讨神秘莫测的家庭生活。家庭是古老的社会构成单位，大概也最为神秘。现代中国和以色列之间尽管差别很大，但我相信，我们在家庭生活的组合、家庭生活的温情、家庭生活的深处等方面有共同之处：传统和现代、价值观念与情感通常带有普遍性。"1994年，阿摩斯·奥兹出版了长篇小说《莫称之为黑夜》。小说描绘了年龄差异比较大的一对夫妻之间的故事：西奥和诺雅在南美洲某个国家旅行的时候认识了，并很快成为情侣，两人一起回到了以色列的一座偏僻的沙漠小城市结婚并居住下来。但是，随着他们婚姻生活的展开，以色列沙漠小城那种沉闷、闭塞的氛围逐渐吞噬了两人的生活。这两个人的婚姻生活从表面看非常平静，内里却充满了角逐、争斗和埋怨。西奥由过去的战斗英雄变得猥琐和沉默，而他担任中学英语教师的年轻妻子诺雅则以和其他男人发生性关系的方式来排遣生活的平庸和内心的郁闷。后来，诺雅开始帮助一个从俄罗斯回来的犹太音乐家，试图寻找生活的重心所在。《莫称之为黑夜》在叙述上带有轻盈的语调，以夜晚般的从容、神秘和幽暗，描绘出人性的幽暗和温暖交织的微妙。

阿摩斯·奥兹在这部篇幅不大的小说里显示了他卓越的叙事才能，那就是，他没有只是描绘一对似乎不那么般配的夫妻之间的悲剧生活，而是把两人的生活延展开来，扩大到社会学的层面，将20世纪90年代以色列人的精神面貌和生存处境表现了出来，这就是阿摩斯·奥兹的高明之处。反观那些水平低劣的小说家，他们一般往往会对夫妻关系的远近和互相背离进行精微刻画，却看不见其背后的社会背景和文化背景，更看不见人性中更为丰富和复杂的内容以及和外部世界的广阔联系。所以说，阿摩斯·奥兹是属于那种典型的善于以小见大，从描绘家庭入手，进而描绘以色列人、以色列社会乃至全人类共通性的大作家。

阿摩斯·奥兹后期的长篇小说还有《地下室中的黑豹》（1995）、《一样的海》（1998）等，因为没有中文译本，我没有读到过。除了早期的短篇小说集《胡狼嗥叫的地方》，他还出版过两个中篇小说集《一直到死》（1971）和《鬼使山庄》（1976），都是从很小的地方切入人物的内心，然后展开一个细腻和微观的世界，在形式上也更加灵活，是他长篇小说序列的重要补充。

四

2002年，阿摩斯·奥兹推出了他最厚重的长篇小说《爱与黑暗的故事》。这部小说翻译成中文在五十万字左右，是阿摩斯·奥兹小说中篇幅最长的。可以说，阿摩斯·奥兹在写这部小说的时候，动用了他最重要的写作资源——他的家族历史。《爱与黑暗的故事》呈现了以色列百年风云在一个家族的历史和生活中的浓重投影。小说的设计可以说是雄心勃勃的，从中可以看出阿摩斯·奥兹的宏大追求和超越自我的努力。写这部小说的时候，他已经越过了六十岁的门槛。看来，他一般不轻易动用自己的一些写作资源，不到觉得能够完整和彻底使用那个资源的时候，他就不去动它，直到感到时机成熟了，感到小说将破土而出了，他才下笔。小说将犹太人和阿拉伯人两大民族之间的百年恩怨展示了出来，20世纪发生在中东地区的重大历史事件，在小说中都有回声，并影响着小说中的人物命运。小说的叙述者是第一人称"我"，也就是作者的化身。从他自己的出生写起，然后展开了一个家族三代人的命运。他的祖父母是在20世纪最初的二十年里，从波兰和乌克兰移民到巴勒斯坦的，他们深受犹太复国主义思想的影响。在他们的理念感召下，第二代，也就是叙述人"我"的父亲，被祖父母寄予了很高的希望，祖父母希望儿子在《圣经》和《塔木德》等典籍的滋润和照耀下，成长为一个大知识分子和学者，而不是成为受到当时一些激进思想影响的人。但是，到了"我"这一辈，则对上述两代人都产生了叛逆思想。当"我"的母亲自杀之后，叙述者"我"就离开了家庭，毅然来到了"基布兹"，成了老派的犹太人家庭在文化上和思想上的叛逆。最终，"我"

在艰难求生存的道路上，逐渐成为一个著名作家，实现了自我的价值，也实现了祖父母对后代的希望。

阿摩斯·奥兹自己说过："我写了一部关于生活在火山口下的以色列人的小说。虽然火山近在咫尺，人们仍旧坠入爱河，感觉嫉妒，梦想升迁，传着闲话。"在这部最厚重的小说中，爱和黑暗像水一样滋润和漫溢。阿摩斯·奥兹将自己的家族故事与以色列的历史演变和处境完美结合，描绘出以色列人的现实处境和整个当代人类社会的现实处境。

我看到，在书写爱与善主题的时候，阿摩斯·奥兹更像是一个温情的男人，一个善良的教士，一个慈祥的父亲和兄长，一个温和的、被女人所喜欢和钟情的男人。在他的很多小说中，他都在描写男人与女人应该如何相处，人与人之间应该如何互相尊重和互相爱护，不同的种族应该如何在文化差异中寻找共同点，然后共同生存下去。

阿摩斯·奥兹于1995年出版了一部篇幅不大的长篇小说《地下室的黑豹》，这是一本从少年角度观察成人世界的小说，呈现了1947年巴勒斯坦地区脱离英国人的管辖以及以色列建国前夕的情况。小说虽然没有直接书写犹太人和阿拉伯人的冲突，却追寻了冲突的根源。小说主人公是一个十二岁的孩子，他的直接观察对象就是自己的父母。通过对父母的观察以及他和一个英军士兵的来往，将当时的历史氛围以成长小说的视角给予了绝妙的呈现。最后描写了无比宏大的主题：背叛和爱、民族主义和战争、成长的烦恼和困惑等。小说的内容似乎很轻巧，但背后涉及的主题却很庞杂博大，语言纯净、简洁、生动、具体，是一部不可忽视的作品。

阿摩斯·奥兹对小说的形式感非常在意和重视，他的小说总是先找到要表达的东西，然后他就给自己的小说寻找恰当的形式感。1999年出版的诗歌体小说《一样的海》，可以说是他小说中的另类，至少在小说的形式感上来说是这样。诗体小说这种样式不能说已经完全死亡，至少也是大为式微了，因为诗体小说的叙事功能被散文体小说完全占据并放大，因此，诗体小说不仅难写，更主要的是读者不大爱看了。但阿摩斯·奥兹的这部诗体小说不仅让我感到并不厌烦，甚至在阅读中产生了浓厚的兴趣，就在于《一样的海》的生动。这部诗体小说每一节的片段都像一首很短的诗歌片段，不超过一页，所以叙事的节奏在抒情诗歌的篇幅中推进，甚至有些像一出诗剧，因此显得不那么冗长和疲乏。这本书说的是六十岁的阿尔伯特的家庭成员之间的故事，继续着阿摩斯·奥兹擅长的家庭主题，在家庭环境中，展现了人性的丰富和微妙。一样的海，不一样的人。

阿摩斯·奥兹最新的长篇小说是出版于2007年的《咏叹生死》，这个时候，阿摩斯·奥兹已经六十八岁了。年迈的感觉袭击了他的心灵，使他体验到死亡和生命的压迫感。小说在探讨生命和死亡的意义上有着全新的呈现。可以说，阿摩斯·奥兹总能将自我的体验不断放大到人类的境遇中，呈现尖锐和疼痛的一面。2009年，他又出版了篇幅较短的长篇小说《生死诗韵》，讲述了一个喜欢观察当代以色列人生活的作家一天夜晚所遭遇的故事。小说带有沉思性，将一个作家创作内外的思考和对生活的观察巧妙结合了起来。

在中文的阅读世界里，阿摩斯·奥兹为我们全面打开了通向以色列人的心灵世界和现实处境的门和窗户，让我们看到了以色列人的生存图景和生命体验，他们的悲欢与歌哭，他们的焦躁与不安，他们日常生活中的烦恼和欢喜，他们的精神状况和宗教世界的苦闷和欣悦，他们寻找心灵家园和文化故乡的哀愁。阿摩斯·奥兹用他的十多部长篇小说和其他大量的中短篇小说、诗歌、政论随笔、文学文化评论以及儿童文学作品，为我们建立了一个丰富的文学世界。

阿摩斯·奥兹热切地关心现实，还出版有文学评论和政论随笔集《在炽热的阳光下》（1979）、《在以色列的国土上》（1983）、《黎巴嫩斜坡》（1987）、《局势报告》（1992）、《天国的沉默》（1993）、《以色列、巴勒斯坦与和平》（1994）、《我祖母的真正死因》（1994）、《故事的开头》（1996）、《我们所有的希望》（1998）等十多部，因此，阿摩斯·奥兹还有另外一个形象，那就是，他是一个呼唤和平的斗士。

这个和平斗士的形象是那么巧妙地和他的温和犀利的小说家形象结合在一起，成为一个统一的阿摩斯·奥兹。他从来都是敢于担当社会责任的——他是当代以色列少数公共知识分子之一，多年来，他不断通过小说、政论和散文随笔等作品，对困扰以色列人生存的重大社会问题发言，大胆批判，对巴勒斯坦和以色列之间的纷争，不断呼吁采取和解与和平的方式来解决，这些都是很多人所激赏的，也是一些以色列极右人士所痛恨的。在战乱和恐怖事件频仍的中东地区，在炮火和死亡的恐惧仍旧笼罩在巴勒斯坦和以色列人民头上的今天，作家何为？阿摩斯·奥兹做出了有力的回答——作为一个文化勇士和社会活动家，他呼吁和平，以他并不宽大的身影，发出了有力的声音，成为中东和平曙光出现的报喜天使。

我想，阿摩斯·奥兹首先是爱与善的书写者。在他的多部小说里，家庭和爱情生活所导致的人性复杂的变化，是他不断书写和探询的主题。他的每部小说都在讲述爱——这种在今天这个混乱的世界里越来越稀缺的东西是如何被我们每个人所渴望，如何被我们每个人所梦寐以求，因为爱是我们每个人、每一天都需要的如同氧气一样的东西。但是，对爱的追寻，却因为文化的、政治的、经济的、社会的、人种的等诸多因素，变得艰难而复杂。而讲述当代人类社会追寻爱与善的艰难的故事，正是阿摩斯·奥兹的拿手好戏。他因此获得了很多褒奖，包括法国费米娜文学奖、德国歌德文化奖、西班牙阿斯图里亚斯王子文学奖等国际大奖，也成为近年诺贝尔文学奖有力的竞争者。

在与阿摩斯·奥兹对话当中，我说："中华民族和犹太民族都是饱经沧桑的古老民族。您在致中国读者的一封信中曾经说，'我不但希望我的小说让富有人情味儿的中国读者感到亲切，而且要在战争与和平、古老文化身份在现代的变化、深厚的文化传统的重建与改变方面，唤起人们对当代以色列状况的特殊兴趣'。我想，您肯定能够在面临着相似的复杂文化处境、经受同样巨大变革的中国完美地实现。而您本人来到中国，更说明了这一点。"

玛格丽特·阿特伍德：加拿大文学女王
（1939— ）

一、玛格丽特·阿特伍德诗六首

你抓住我的手

我的手被你握紧
感觉突然置身于电影情节
就像是演员在表演
而我竟然被迷住了

我们跳着华尔兹圆舞
穿越了誓言无法覆盖的地域
我们在庭院的棕榈树后面相会
你为此爬错了别的窗户

无关的人正在离开
而我总是要等到剧终
因为我买了票,需要
看到戏的结尾

在看到澡盆时,我将你
从我的身上剥下
以雾气
和融化的电影胶片的方式

我最终还要面对这一切
我上瘾了,爆米花
和陈旧绒毛的气息
依旧存在了好久

没有什么能

没有什么能比得上爱情,将血液
重新派遣到语言里
海滩和散开的沙砾与岩石的碎片
之间差别巨大,坚硬的楔形文字
柔软的海浪形成的花体字,骨骸

液体的鱼卵，沙漠，沼泽盐碱地
死亡里有一种绿色的推动
使得元音显得丰盈
就像是嘴唇或潮湿的手指
在围绕着这些软体的卵石位移
天空并不空荡，在那里
接近你的眼睛，如此靠近
几乎融化，以至于你能用嘴唇
品尝和捕捉到，像盐的味道
能触动你的，也正是你所能触动的

赞美蛇的诗

啊，蛇，你是诗歌存在的
理由之一：

一条细线穿过
干枯的树叶中间的存在
当宁静到来的时候

那不是时间本身
却造就了时间
一个来自死亡的提醒声，隔着

什么，显得无声无息。一种左右的位移
一种消逝，一块石头下隐藏着先知

我知道你在何处
即使我没有看到
我留心你的踪迹
在早上的空白沙地

我看到交叉的跑动
穿过一只眼，我看到残杀

啊，长长的词条，冷血而完美

所有的事情只是一件事

不只是一棵树，但是树
大家看见的，它将永远消失，被风扯开
在风中飘舞
仿佛一次又一次。是什么在推动世界转动

而后它变成夏季，这不仅是
杂草，树叶，赝品，也许是

另外的一些词语。当我的
眼睛逼向语言的可能性。猫
带着被分开的脸庞,一半黑色,一半橘黄
在我的皮衣后面做窝
我喝茶,手指扣紧杯子
要加倍留心
这些改变是不可能的。桌子
和奇怪的托盘轻柔地变形,瓦解它们自己

你出现了,是因为我在凝思你
在冬天的餐室,任何一棵树或者词句
正贴近我,盘桓片刻,又转瞬消逝
但是你和你自己跳舞的模样
在这地砖头上奏响一首往日之歌,平静忧伤
又如此令人迷醉,勺子在手中挥动,一把
飘扬得挥洒的头发
在你的头上飘动,它是你的,惊讶的身体
的部分,我喜欢这愉悦。我还想说
虽然只有一次,可能永不再
持续下去;我要,我要
此在。

"睡"的变奏曲

我喜欢看着你睡眠
这也许从来不曾有过
我愿意看着你
睡眠。我愿意睡眠
和你一起,到
你的睡眠里。当它那幽深黑暗的波浪
抛洒在我的头顶

我想和你一起穿越那光亮的
绿色枝叶摇曳的树林
与潮湿的太阳和三个月亮一起
走向你肯定会进去的山洞
走向你最吃惊的恐惧感

我愿意给你那银白色的
枝条,这小小的一朵白色花
将保佑你的幸运符
从你担忧的梦里,从那忧愁的核心地带
我愿意跟着你走上那很长的台阶
再一次变成带你回来的小船
细心地呵护一朵火焰花朵

在捧着的两只手中
你躺在我的身边,而你进入它
轻轻地进去,就像一次简单的呼吸

我愿意我自己是那一口空气
在你的身体里,只是
停留片刻。我愿意是空气,不被察觉
而又不可缺少

分　　别

我们告别,分手

可我们却站在原地不动
等待着什么,踟蹰着
就要动身离开,不再回来
仿佛我们不会再相见

这痛苦的一刻永恒地定格
创痛只在心里留存

我们的脸色不再难看成碎片,让笑容
演绎出

我们爱情的密码

瞬间，跳出爱的回旋舞

（邱华栋　译）

二、"可以吃的女人"

对我们来说，加拿大是一个遥远的寒冷国家。她在美国的北部，看上去大部分国土似乎终年都被冰雪覆盖，寒冷异常。如果你还没有去过那里，不用发愁，你可以通过阅读这个国家的作家的作品来了解她。一直到20世纪50年代，加拿大现代文学似乎都很不起眼。但是，在20世纪后半期，加拿大小说家在美国文学的巨大阴影下顽强地显露出他们的身姿。其中，玛格丽特·阿特伍德和爱丽斯·门罗这两位女性小说家，可以比肩任何同时代的美国作家了。爱丽斯·门罗是一位短篇小说大家，发表了数百篇短篇小说，玛格丽特·阿特伍德则是一个真正的多面手，她以宏大的视野和细腻的笔调，改写了北美洲文学的版图。如今，年过八十岁的她已经出版了四十多部各类著作，包括十二部长篇小说、十多部诗集，还有多部短篇小说集、随笔集和文学评论集，因此，玛格丽特·阿特伍德被誉为"加拿大的文学女王"是当之无愧的。

1939年，玛格丽特·阿特伍德出生于加拿大渥太华，她的父亲是一位生物学家，喜欢研究各类昆虫，她的母亲是一位营养学家。我想，这样一个家庭出身，对造就一位杰出作家来说，并没有什么特别的地方。那么，为何玛格丽特·阿特伍德能够成为20世纪后半段最好的加拿大小说家呢？首先，玛格丽特·阿特伍德从小就喜欢阅读，五岁的时候，她就阅读了格林兄弟的童话集。童话后来成为影响她的作品风格的重要元素，她自己也承认了这一点："我一生最经常读的书，就是《格林童话》，我一直在读这本书，或从头读到尾，或跳着读，断断续续地读。"在她的童年岁月里，主要是父母指导她进行阅读。1946年，她跟随父母迁居多伦多，开始在约克学校的杜克分校上学。七岁的时候，她以一只蚂蚁为主角，写了一些诗歌和一篇小说。这是她最早的文学创作。1957年，十六岁的玛格丽特·阿特伍德进入多伦多大学维多利亚学院学习英语文学和哲学，她的老师中有一位著名的神话原型文学理论的倡导者——诺·弗莱教授，她从他那里获得了不少的教益。1961年，她大学毕业，在这一年，她自费印刷出版了第一部诗集《双面的普西芬西》，随后，她到美国哈佛大学攻读文学，在1967年获得了哈佛大学的文学博士学位。后来，她就一直在加拿大和美国的一些大学里担任教师和驻校作家。

很多小说家最初都是从诗歌写作走进文学殿堂的。在她的第一本诗集《双面的普西芬西》中，那种带有超现实主义风格和女性的敏感的诗句，已经使人看到了她可观的未来。1966年，她又出版了第二本诗集《圆圈游戏》，这本诗集在1967年3月获得了加拿大的最高文学奖——总督文学奖，这对时年二十七岁的玛格丽特·阿特伍德来说，是一种巨大的鼓励。1968年她又出版了诗集《那个国家的动物》，将加拿大的寒冷、偏僻、美丽、粗犷的大自然写进了诗篇中。之后，她就开始写小说了。1969年，她出版了自己的第一部长篇小说《可以吃的女人》，小说获得了非常高的评价。《可以吃的女人》的主角是加拿大一个受过良好教育的年轻女人，表面上看，她一切顺利，事业发展和爱情生活都波澜不惊，但是，她的内心却很焦虑，尤其是对自己的婚姻，更是感到恐惧，以至于后来进食都变得困难了。在婚期即将来临的时候，她给自己烤了一个形状像女人的大蛋糕，把它献给了丈夫，表示要和自己的过去断裂开来，于是丈夫有些莫名其妙地吃掉了这个他新婚妻子身形的巨大蛋糕，这个女人从此也进入一种新的生活形态里，因此，"可以吃的女人"是小说中的一个核心的意象。这部小说带有浓厚的女性主义思想意味，刚好和20世纪60年代后期在北美洲闹得越来越凶的女性主义和女权主义浪潮相配合，因此，今天看来意义非凡。我把这部小说看作是玛格丽特·阿特伍德的精神自传，她实际上书写了她作为女性即将进入婚姻之中的精神困顿。不过，我作为一个男性读者，读这本小说的时候，我总是觉得她写得有些矫情和夸大其词。我一向支持较温和的女性主义，反对女权主义者——那些疯女人试图将这个本来就很疯狂和混乱的世界搞得更加糟糕。不过,《可以吃的女人》这部小说在写法上有新颖之处，很注重结构，这在玛格丽特·阿特伍德的所有小说中都很明显。小说一共分为三个部分，第一部分是第一人称叙事，到第二部分则变成了第三人称叙事，由隐藏起来的作者出面进行全知全能的讲述，到了第三部分，则又变成了第一人称，叙述者重新变成了女主角，这种叙述角度的不断变化使小说能够从不同的侧面、从外部和内部反映女性微妙和复杂的内心世界，显示了玛格丽特·阿特伍德自觉继承现代主义小说技巧，并融汇女性的直觉、勇于创新的能力。

对于玛格丽特·阿特伍德来说，这个阶段既是她创作的第一个阶段，也是长袖善舞的时期，她在诗歌、小说和文学评论的写作中的收获都很丰厚。1970年，她出版了两部诗集：短诗集《地下程序》和叙事长诗《苏姗娜·莫迪的日记》。短诗中，她似乎继承了奥登以来的英语诗歌传统，并且将法语诗歌中的超现实主义风格带入语言里，对日常生活中隐藏的习惯性力量做了精确呈现。长诗《苏姗娜·莫迪的日记》可以和她的小说《可以吃的女人》对比着阅读，书写了一个女性在表面的日常生活和隐蔽的内心世界之间的巨大裂隙。1971年，玛格丽特·阿特伍德再接再厉，又出版了诗集《权力政治》，以女性意识和诗歌的凝练，表达了对性别角色、社会权力结构和女性社会地位的看法。这是她尝试将宏大的社会主题融合到诗歌中的一次成功。

1972年，她出版了在加拿大影响深远的文学评论著作《幸存：加拿大文学主题指南》。这本文学论著着重于自加拿大文学诞生之后，它的生存意识、精神的确立和主角地位。她认为，代表美国精神的是一种拓荒精神，代表英国精神的是一种岛屿精神，也就是向海洋要边界的拓展意识，而代表加拿大精神的，则是一种生存意识和生存的精神。因为，长期以来，加拿大都是一个地广人稀的蛮荒之地。因此，在这里，生存就成了所有人和动物的第一要义，这种精神既渗透在加拿大人的生活中，也贯穿在加拿大文学史上所有的文学作品中。在这本论著里，她旁征博引，深入浅出，从很多加拿大作家的笔下，找到了与大自然和生存主题有关的大量例证。可以说，正是由于这本书的出现，才正式确立了加拿大现代文学的特性，确立了加拿大文学作为一种独立的文学地域的存在，玛格丽特·阿特伍德功莫大焉。

三、"跳舞的女孩们"

由于第一个阶段的四面出击，玛格丽特·阿特伍德在加拿大文坛声名鹊起，很快，她就进入创作力爆发的时期，也就是她创作生涯的第二个阶段。在《幸存：加拿大文学主题指南》出版的同一年，她还出版了第二部长篇小说《浮现》。

《浮现》是一部篇幅不大的长篇小说，用的是第一人称叙事的手法来结构作品。但是，在小说叙述的内部时间上，玛格丽特·阿特伍德做了时间的压缩——小说内部的叙述时间只有几天，完全是通过女主人公的内心联想和独白以及意识的流动，"浮现"出主人公几十年的人生经历以及和她相关人物的命运。小说中的女主角前往寒冷清净的加拿大魁北克地区的一个偏僻乡村，去那里寻找自己失踪的父亲，和她同行的有好几个朋友。在湖畔居住下来，她在寻找父亲的几天时间里，发现了父亲留在木屋里的很多蛛丝马迹。过去，她很少去体察父亲的生活，现在，她开始探察父亲的心灵世界。同时，魁北克地区壮丽的风景使她震撼，她也渐渐地进入父亲崇尚大自然之美、热爱大自然、与自然和谐的精神世界里。在寻找父亲的几天时间里，她的好朋友、被大都市文明影响和异化的大卫与安娜夫妇的表现，让她失望和忧虑。后来，她发现，父亲在这里所做的事情是去描摹湖边的古代岩画，最终，她发现了父亲沉落湖底的尸体。在找到父亲尸体的同时，她似乎明白了现代都市文明对人性的扭曲。她决定，不和大卫夫妇一起返回大城市了，而是留在魁北克的那个湖畔小岛上，去寻求一种更贴近大自然的生活方式。小说的主题显然是亲近大自然、反对工业文明对人性的扭曲和毁坏自然环境，这个主题尖锐而清晰，并不断地以回旋的方式出现在她后来的作品中。

玛格丽特·阿特伍德一直坚持写作诗歌，诗歌成为和她小说写作并驾齐驱的文学表达。按说，从诗歌进入文学殿堂的小说家后来凭借小说暴得大名之后，很少再写诗了，可是，玛格丽特·阿特伍德是一个特例。1974年，她出版了诗集《你很幸福》，诗风亲切生动，表达了她作为新嫁娘从婚姻里感受到的美好和喜悦的心情。1976年，她还出版了《诗歌选集》，收录了她早期的上述多部诗集中的精粹之作，算是一个阶段性的总结。

　　1976年，她还出版了自己的第三部长篇小说《神谕女士》。她花了整整两年时间来写作这部小说。《神谕女士》仍旧是一部探讨女性精神世界和生存状态的作品，这是玛格丽特·阿特伍德一生所重点关注的文学主题。主人公叫琼·福斯特，小说以第一人称的叙述角度，让她自己讲述她作为一个女性的整个成长历程：她的少女时代、她的爱情和婚姻、她在加拿大社会寻求个人独立的事业追求等，描绘出一个试图不断逃离和躲避社会外部烦扰的女性那敏感而脆弱的心灵世界。后来，在朋友的帮助下，琼·福斯特甚至为自己安排了一次溺水假死的事件，她偷偷跑到意大利躲避了起来，而她的一个朋友却被警察认为是杀害她的凶手而逮捕了，背了黑锅。此时，琼·福斯特必须再次现身，才能证明帮助她逃跑的那个朋友的无辜。最终，她出现在了警察面前。小说得出结论，在现代社会里，一个女性如果企图逃避承担女性角色是非常困难的。从叙事的风格上讲，这部小说带有轻松的喜剧效果；在文本的形式上戏仿了英国早期的浪漫主义小说；在结构上，以现实和回忆交织的手法，将小说内部的时间进行了自由的伸缩处理，空间很大，是一部成功的作品，也进一步奠定了玛格丽特·阿特伍德在北美文坛的地位。

　　她的短篇小说写得也很好，我觉得，和擅长写短篇小说的爱丽斯·门罗相比，她只是略微逊色一点儿，主要是因为产量太少了。1976年，她出版了短篇小说集《跳舞的女孩们》，里面一共收录了十五个短篇小说,从女性经验和视线出发,广泛地探讨了女性成长中遇到的问题,内容涉及了强奸、婚外恋、肥胖问题、分娩等女性特殊的现实存在和遭遇。在小说的叙述风格上,很有节制力,在形式上采用了丰富的现代主义表现手法,几乎每一篇小说的叙述角度和结构方式都不一样,将写实手法、内心独白、电影蒙太奇的运用结合起来,表现出现代社会中女性越来越复杂的内心世界和她们要面对由男人所主导的外部世界时的各种心态。这本书还获得了加拿大优秀短篇小说奖。当然,她的创作成就主要体现在长篇小说上。她的第四部长篇小说是《有男人以前的生活》(1979),讲述了一个三角恋的家庭悲剧,采用了多个主人公进行叙述的手法,使小说形成了多声部的效果,带有结构现实主义的实验痕迹。小说呈现了当代加拿大一个中产阶级家庭的生活是如何在道德伦理日益滑坡的年月里逐渐破损和崩溃的过程,内容涉及了婚姻的疲倦、夫妻的背叛、通奸、自杀等。小说中最有趣的地方,我觉得是作者把主人公安排为在安大略皇家博物馆工作的职员,而博物馆中有很多来自加拿大荒野上的人类史前遗留物,以那些遗留物来映衬当代加拿大中产阶级家庭的复杂生活,现代文明和古代文明通过博物馆这个中间介质连接到了一起,形成了浓厚的反差和反思的气氛。在小说中,中产阶级家庭不仅内部有冲突,在外部世界里,种族、多元文化、男女性别和阶层矛盾纷纷呈现,在小说里都得到了丰富的呈现和表达。

玛格丽特·阿特伍德是一个全能作家,她能够不断地拓展自己的写作空间，在出版一部长篇小说的间隙，她往往要出版诗集、随笔评论集和短篇小说集。她早年深受童话影响，她也很喜欢为孩子们写作。1977年，她出版了《反叛者的日子，1815—1840》，以通俗易懂的方式，给孩子们讲述加拿大历史上的风云事件；1978年，她出版了一部带有童话色彩的儿童故事《在树上》。短篇小说集《黑暗中的谋杀》（1982）则将一些耸人听闻的当代刑事案件作为创作素材，《蓝胡子的蛋》（1983）是从著名的童话《蓝胡子》中汲取了营养，带有自传色彩，隐蔽地描绘了她的家庭环境带给她的一些影响。

玛格丽特·阿特伍德的第五部长篇小说《肉体伤害》出版于1981年。和她前面的四部小说一样，这部小说的主人公仍旧是一位女性，不同的是，小说的地理背景发生了变化，不再是加拿大了，而是转移到了加勒比海地区的一个虚构的国家，叫作圣安托万。女主人公是一位记者，在她很小的时候，父母就离婚了，她是在只有母亲和外祖母的女性家庭里长大的。后来，她结婚了，但婚姻却失败了，她还得了乳腺癌，切除了半边乳房。这种生活上的接连打击和挫折使她意志消沉。于是，女记者前往那个正在进行选举的加勒比海岛国采访，却卷入了当地的政治事件，在政治动荡中，在一系列的误会和纠缠中，她被当成了间谍而关进了监狱，最后，是加拿大外交人员出面才将她营救出狱。小说探讨了女性从婚姻、家庭、肉体上和外部世界的政治、历史等多个方面所遭受的伤害，将当时女性生存境遇的复杂性展现给我们。小说的叙述方式采取了将女主人公的现实处境和她的内心活动对比的手法，以结构上的两个层次建筑起小说的复调特征。

四、"小说是对社会的监护"

玛格丽特·阿特伍德是一个社会责任感很强的作家。在她创作的第三个阶段中，这一点表现得尤其明显。她的第六部长篇小说是《使女的故事》，出版于1985年，带有一定科幻小说的色彩，但是却具有相当的现实批判性。这部小说是关于人类未来前景的，写这部小说的时候，她曾经在一次演讲中这么说："小说创作是社会道德伦理观念的一种监护，尤其是在今天，各种有组织的宗教活动肆虐横行，政客们已经失信于民。在这样一个社会，我们所借以审视社会一些典型问题、审视我们自己以及我们相互之间的行为方式、审视和评判别人和我们自身的形式已经所剩无几了，而小说则是仅剩下的少数形式之一。"通过她的这段话，可以看出，玛格丽特·阿特伍德相信小说的社会功能和介入现实的能力依旧强大，她像过去关心女性问题那样，开始以更开阔的视野关注自然环境和政治与现实问题。

在《使女的故事》中，玛格丽特·阿特伍德虚构了一个可怕的未来：美国已经被一伙宗教极端分子控制和改造，并成立了一个叫基列的共和国。在这个国家里，对《圣经》的崇拜达到了亦步亦趋的地步，完全是按照原教旨的思想来控制人民。而每个家庭外部的威胁，诸如环境污染、核废料散布、社会动荡与道德堕落，都一步步逼来。在这样的社会里，女性则退步到只能在家庭里活动，成为男人的生育和泄欲的工具。比如，"使女"就是一个特殊的女性群体，她们的功能主要是给基列共和国的上层人物繁衍后代，她们存在的意义，说白了，就是她们有子宫和阴道。说到这里，我想大家都明白了，这部小说描绘了未来女性生存方式的一种可能性，玛格丽特·阿特伍德把对当代社会的女性问题的探讨，延伸到未来社会里继续进行了。小说的结尾是开放性的，一个企图反叛的使女有两种命运：她也许被抓，即将遭到惩罚；也许，她真的逃脱了，但是，她又能逃到哪里去呢？

小说有着某一类科幻小说所经常描绘的未来社会那令人窒息的黑暗性质，也没有给我们指出一条光明之路。但是，我觉得，整个小说的叙述和结构都非常有特色，是以现在进行时的状态，来描述未来发生的故事，第一人称的叙述使读者有一种小说的故事发生在当下的感觉，读者可以和书中的人物一起经历未来。小说涉及的当代社会问题和女性问题都非常尖锐——社会环境和生态环境双重恶化、宗教极端组织和宗教激进主义肆虐、恐怖主义崛起、邪教盛行、环境保护面临困境，因此，人类面临着前所未有的挑战。可以说，《使女的故事》属于延续了《一九八四》《我们》和《美丽新世界》那样的"反乌托邦"小说的传统，是这个传统的最新成果，它的出版在当今时代恰逢其时，起到了警示当代人的作用，是一部忧患之书。另外，在小说中，玛格丽特·阿特伍德抖搂出来的各门学科的知识非常庞杂，显示了她的博学多才和学者化的倾向。有人统计过，这部小说涉及了文学、艺术、圣经学、生物学、电子技术、遗传学、心理学、互联网络、经济学、历史学、医学等各个领域。小说在市场上很成功，不仅成为畅销书，还进入布克奖的决选名单里，获得了美国《洛杉矶时报》小说奖、英联邦国家文学奖，还使作者再次获得了加拿大最高文学奖"总督文学奖"。

玛格丽特·阿特伍德的小说写作越来越得心应手和驾轻就熟了。她的第七部长篇小说《猫眼》出版于1988年。这是一部可以和弗吉尼亚·伍尔夫的杰作相媲美的小说。小说的主人公是一位女画家，她在一次回家乡举办画展的时候，回忆起自己多年来和朋友、父母、男人之间的关系，以女性成长的经历和视角，展现出了一幅由个人史、回忆和联想所组成的斑驳画面。小说一共有十五章，每一章的题目都是一幅女画家的作品的名字，也是对小说中人物的命运、人生所处的阶段的一种暗示。从小说的结构上讲，其内部有两个层次的叙述时间，一个是现在时，功成名就的女画家回到家乡举办一个画展，然后，她在不断地回忆，由此进入小说的过去时，也就是小说的第二个时间层次，将她和女伴们、男人们、亲戚们错综复杂的关系和命运都呈现了出来，以大量的自由联想、下意识和内心独白，表现了一个女性的精神世界，称量了成长中的痕迹、死亡、性、男人、爱情、婚姻、成功、父母这些要素在她生活中占据的比重。小说的最后一章，也就是第十五章，是小说全篇的统摄和总结，这一章的名字叫"猫眼"，猫眼指的是一种漂亮的蓝色玻璃弹子，是女主人公少女时代的爱物，她在家乡找到了它，她通过它看到了这么多年来她所经过的全部生活。小说的叙述风格细腻动人，在呈现女性和女性、孩子和父母、男人和女人的关系上都非常精妙。我觉得，在某种程度上，玛格丽特·阿特伍德是弗吉尼亚·伍尔夫的绝佳传人，在女性视角上有更上佳的表现力，她在开掘人物的精神深度上，比弗吉尼亚·伍尔夫更加宽阔。

在《猫眼》获得了成功之后，她在下一部长篇小说出版前的四年时间里，出版了很多著作：儿童小说《安娜的宠物》，讲述了一个女孩子的成长烦恼；三部诗集，有两部是新作结集——《发掘一组往事》和《蛇的诗篇》、一部诗歌选集《诗歌选集二：诗选和新诗1976—1986》，收录了十年时间里她自认为的代表性作品。此外，她还编辑了《牛津加拿大英语诗歌选集》《加拿大文学名家食谱大全》《牛津加拿大英语短篇小说选》《最佳美国短篇故事》等，显示了她旺盛的文学创作、鉴赏和编辑能力。

在1991年和1992年，玛格丽特·阿特伍德还接连出版了两个短篇小说集《荒园警示录》和《好骨头》。《荒园警示录》收录了以加拿大独特的地理环境为背景的短篇小说，主题是环境保护、人与动物、人与自然的关系。《好骨头》则是一部形式看上去很混杂，但是大都和当代加拿大日常生活有关的系列短篇，一些小说带有戏谑和喜剧色彩，另外一些小说则直接取材于社会新闻。从语言上说，她的短篇小说能够精确地描绘细节，还能够像海明威的短篇那样简洁生动，实践了她的"小说是对社会的监护"的理念。

她的第八部长篇小说《强盗新娘》出版于 1993 年。小说讲述了四个女人的故事，其中三个是成功的中产阶层女性，有历史学教授、商人、店员等，她们因为另外一个经历复杂的下层女性而把各自的生活联结了起来，呈现出一幅有趣的关于女人生活的画面，仿佛是四个女人手拉手，在跳一种女人形成的圆圈舞蹈一样。在小说中，还表现出与主人公有关的各种矛盾，比如，尖锐的两性关系、种族冲突和歧视、战争带给主人公的内心阴影等。和玛格丽特·阿特伍德的不少讲究结构和叙述的小说一样，这部小说采取了多个视角来讲述，让每个女人现身说法，使每个人的讲述都互相映衬、斑驳陆离，真的是四个女人一台戏。根据玛格丽特·阿特伍德自己的说法，写这部描写四个女人和进入她们生活的其他人的小说，其灵感来自塔罗牌——一种绘有人物并能够演绎出故事的扑克牌，因此，人物的命运带有偶然性和开放性的神秘结局。我觉得，在她整个小说创作的序列里，《强盗新娘》是中等水平偏上的作品，它在继续探讨女性在当代社会中存在的各种问题，和她们的选择背后的无选择，但是主题重复，技巧也谈不上多么新奇，只是比较好看而已。

玛格丽特·阿特伍德的第九部长篇小说《别名格雷斯》

出版于1996年，这使她保持了每三四年就出版一部新小说的速度。这部小说使玛格丽特·阿特伍德实现了一次对自己的超越。这是一部带有浓厚的后现代色彩的小说，也是一部历史题材的小说，以加拿大历史上著名的、发生于1843年的一次女仆谋杀雇主的案子为素材，讲述历史中的女人的命运。小说交替采用了第一人称和第三人称的方式叙述，有的章节还插入了其他的情节，有的章节则由一些书信构成，有的章节是对话，有的章节则是主人公的内心独白，技巧上最为丰富和成熟。玛格丽特·阿特伍德写这样一部历史小说，还是想从一个发生在19世纪的扑朔迷离的女性犯罪案件，来讲述女性在特定历史环境里的悲惨命运，以20世纪的视线来重新打量那个历史时代的气氛，以一个历史中的女仆的命运来呈现女性的反抗和奋争。小说的结局和历史事件一致：最终，那个女仆获得了大赦，还和一个爱她的男人建立了一个美满的家庭。

五、为什么写作？

玛格丽特·阿特伍德的后期写作进入化境了。她第十部长篇小说是《盲刺客》，出版于世纪之交的2000年，是她最重要的一部小说，这本书使她摘得了当年的英语文学最高奖布克奖。此前，她几次入围都功亏一篑。

《盲刺客》也是她所有的小说里篇幅最长的，约合中文五十万字。小说内容宏富、结构复杂、叙述精巧，采取了俄罗斯套娃式的一环套一环的叙述方式,大故事套着一个小故事,小故事里又套着一个更小的故事,抽丝剥茧,进行层层的叙述。小说以艾丽斯和劳拉姐妹俩的人生命运作为主线,表现了20世纪加拿大人日常生活与情感世界的画面。小说里的时间跨度有六七十年,在小说刚开始的时候,女主人公艾丽斯已经是八十多岁的老人了,她回忆起和自己的性格完全不同的妹妹劳拉的叛逆生活,这是小说的第一条时间线索和叙述层次。妹妹劳拉最终自杀身亡,这带给了她无尽的思念。在回忆中,艾丽斯的脑海里不断地重现当年所有的场景,她和妹妹劳拉一起成长的细节和故事,就成了小说的第二个时间线索和叙述层次,此时,其他次要人物也纷纷登场;小说的第三条时间和叙述线索,是劳拉发表的一部小说《盲刺客》的故事情节,作为一个插曲故事套在里面,是小故事里面更小的一个故事。于是,整部小说就这样将多重的讲述、多个层面的时间叠加在一起,创造出一种非凡的艺术效果。而且,在小说的叙述过程中,玛格丽特·阿特伍德采用了报纸拼贴、时空倒错、意识流、对话与潜在对话等很多现代主义小说的表现技法,多层次地挖掘人物复杂的内心,在一个悲剧性的人生故事之外,还以结构的美、语言的美、女性细腻感受的美来打动我们。可以说,这是她的全部作品中最厚重的一本。我想,如果有一天玛格丽特·阿特伍德获得诺贝尔文学奖了,那么,这本书肯定是被重点提及的作品。

  一个好作家一定是要不断地突破自我,尝试自己的各种可能性的。玛格丽特·阿特伍德也是这样，她似乎有着多重面孔，她从来都不愿意重复自己，她往往在写完一部历史的或当代题材的小说之后，必定要来一个华丽转身，进行新的题材的探索。玛格丽特·阿特伍德的第十一部长篇小说《羚羊与秧鸡》出版于2003年，和她的《使女的故事》一样，这是一部带有科幻色彩的"反乌托邦小说"。我们知道，科幻小说是一种大众通俗性类型小说，一般以某类科技知识为基础，讲述发生在未来社会里的幻想故事。一般的科幻小说文本不怎么讲究语言、形式、结构等小说艺术手法，在艺术上比较粗率。但是，在整个20世纪的大作家中间，有几个人以科幻小说作为外壳创作的作品，却突破了旧科幻小说的局限和窠臼，比如，英国女作家多丽丝·莱辛的系列长篇小说五部曲《南船星座中的老人星》等，讲述了银河系的故事，展现了人类的未来可能性；卡尔维诺的短篇小说集《宇宙奇趣》是想象力加现代科学知识的完美结晶。玛格丽特·阿特伍德创作的《羚羊和秧鸡》这部小说，说的是在未来的某个年代，人类发明的高科技已经完全控制了整个世界的故事。主人公秧鸡是一个可怕的、在网络时代长大的生物天才，他创造了一种病毒，企图毁灭人类，又培育出一种摆脱了人类所有缺陷的"羚羊"人，当有缺陷的人类毁灭之后，地球上就剩下了秧鸡和"羚羊"人，而他们面对的世界，却更加可怕。小说描绘了生物科技、医药科技和其他高科技的发展，可能会给人类带来一种毁灭性的打击，以此警告我们，要想有真正美好的未来，必须要改变我们现在的生活方式，对科学技术的发展进行审慎的控制和约束。

玛格丽特·阿特伍德的第十二部长篇小说，是一部神话原型小说，叫作《珀涅罗珀》，出版于 2005 年。这是英国一家出版机构邀请全球一些作家创作"重述神话"、讲述自己民族神话的一次尝试，有些命题作文的味道，中国作家苏童、李锐、阿来、叶兆言也参加了这个项目。小说《珀涅罗珀》取材于希腊神话《奥德赛》。在神话中，奥德修斯征战特洛伊之后，回家的旅程竟用了二十年的时间。在这二十年的时间里，奥德修斯的妻子珀涅罗珀对丈夫忠贞不渝，一边操持国务，一边抚养儿子，等待丈夫的归来，同时，还要不断地面对众多求婚者的骚扰。最后，她等回了丈夫奥德修斯，奥德修斯和成年的儿子一起杀死了那些求婚者，他们一家人重新幸福地生活在一起。即使是"命题作文"，玛格丽特·阿特伍德也显示了她的技高一筹。首先，她采取的叙述视角就很独特，是从珀涅罗珀的十二个被吊死的女仆的角度来进行讲述，而奥德修斯一家人则不是叙述的主角；其次，中间还穿插了诗歌片段，很像是十二个女人共同演唱的一出叙事歌剧，她们的独白互相映衬、互相补充，将神话中的珀涅罗珀的形象，以十二个女人的讲述牢固地树立了起来，是一部精到之作。不过，玛格丽特·阿特伍德的小说也有缺点，就是她有的小说我觉得写得有点儿"甜"，就是比较女性化的那种矫情的感觉。但是她的大气和宽阔，又掩盖了她的甜腻腻。

玛格丽特·阿特伍德的最新随笔集《帐篷》出版于 2007

年，以断片思考的方式，结构了一个卓越的女作家对当代社会的露珠般的智慧思考。此外，她还出版有随笔评论集《第二位的话：散文评论选集》（1982），收录了她写的大量书评和文学评论的精选，涉及女性主义、加拿大文学的特征和关于写作本身的一些技巧问题。

2009年，她出版了第十三部长篇小说《洪水之年》。这是一部涉及生态危机的警世之作。此外，她的文学演讲录《与死者协商》出版于2002年，是她在英国剑桥大学的演讲稿，分析了文学的历史，从古代神话到当代小说的各种表现形式，探讨了小说未来发展的各种可能性。在回答"为什么写作"这个问题时，玛格丽特·阿特伍德给出了她的可能是最为丰富的答案，她说："为了记录现实世界。为了在过去被完全遗忘之前将它留住。为了挖掘已经被遗忘的过去。为了满足报复的欲望。因为我知道要是不一直写我就会死。因为写作就是冒险，而唯有借由冒险我们才能知道自己活着。为了在混乱中建立秩序。为了寓教于乐（这种说法在21世纪初之后就不多见了，就算有，形式也不同）。为了让自己高兴。为了美好地表达自我。为了创造出完美的艺术品。为了惩恶扬善，或者正好相反。为了反映自然。为了描绘社会及其恶。为了表达大众未获表达的生活。为了替至今未有名字的事物命名。为了护卫人性精神、正直与荣誉。为了对死亡做鬼脸。为了赚钱，让我的小孩有鞋穿。为了赚钱，让我能看不起那些曾经看不起我的人。为了给那些浑蛋好看。因为创作是人性的。因为创作是神一般的举动。因为我讨厌有一份差事。为了说出一个新字。为了创造出国家意识,或者国家良心。为了替我学生时代的差劲成绩辩护。为了替我对自我及生命的观点辩护,因为若不真的写些东西就不能成为'作家'。为了让我这人显得比实际有趣。为了赢得美女的心。为了赢得俊男的心。为了改正我悲惨童年中那些不完美之处。为了跟我父母作对。为了编织一个引人入胜的故事。为了娱乐并取悦读者。为了消磨时间,尽管就算不写作时间也照样过去。对文字痴迷。强迫性多语症。因为我被一股不受自己控制的力量驱使。因为缪斯使我怀孕,我必须生下一本书(很有趣的装扮心态,17世纪的男作家最喜欢这么说)。因为我孕育书本代替小孩(出自好几个20世纪女性之口)。为了服侍历史。为了发泄反社会的举动,要是在现实生活中这么做会受到惩罚。为了精通一门技艺,好衍生出文本(这是近期的说法)。为了颠覆已有建制。为了显示存有的一切皆为正确。为了实验新的感知模式。为了创造出一处休闲的起居室,让读者进去享受(这是从捷克报纸上的文字翻译而来)。因为这故事控制我,不肯放我走。为了应付我的抑郁。为了我的孩子。为了死后留名。为了护卫弱势团体或受压迫的阶级。为了替那些无法自己说话的人说话。为了揭露骇人听闻的罪行或者暴行。为了记录我生存于其中的时代。为了见证我幸存的那些恐怖事件。为了替死者发言。为了赞扬繁复无比的生命。为了赞颂宇宙。为了带来希望和救赎的可能。为了回报一些别人曾给予我的事物——显然,要寻找一批共通的动机是徒劳的：在这里找不到所谓的必要条件，也就是'如果没有它，写作便不成其为写作'的核心。"（见《与死者协商》一书的导言《进入迷宫》中的章节）玛格丽特·阿特伍德精彩地概括和归纳了历史上各种"为什么写作"的答案，告诉我们，写作的理由千千万万，是没有一个固定答案的。

从20世纪到如今，玛格丽特·阿特伍德是一位显得越来越重要的小说家。她的小说涉及女性主义、科学幻想、文化冲突、全球化、历史、神话、童话等多种元素，很多作品都善于从女性的视角出发，去透视当下人类社会所面临的各种问题。她小说的写作手法包罗万象，广泛地采用现实主义、现代主义、后现代主义的表现技法，题材广泛，深度和广度兼具，创造出了一个气象万千的文学世界，不愧是加拿大的文学女王，也是当今在世的最好的小说家之一。

约翰·厄普代克:文学高原
（1932—2009）

一、约翰·厄普代克诗三首

垃圾焚烧

灯熄了，夜来了
灯泡的灯丝，不再用电荷说话
老婆入睡了，她的呼吸声低回徘徊
冰缓慢地碰到睡眠沼泽的尽头
这让他想到死亡
岳父的家在山顶，这让他得以想象
并感受生命的无常，岳父的家如同
玻璃屋一样，矗立在他未来的人生路上
他能看到所有的可能，也许只有两种选择
一种是令人愉快的结果：

生活犹如坚实的石头和飘摇的云朵
丰富如饱满的豆荚,支撑着
他的双手和膝盖的坚实土地:家
另一种,就是每天的垃圾焚烧
他喜欢热烈的火焰,那可能的危险
当他扔出去废旧报纸,破布
纸巾、信封和杯子的时候
有规律地破坏侵蚀着他即将崩溃的
生活

三　月

太阳十分紧张
就像风筝飞在天上
不可能挣脱
拉扯自己的线

有些日子天气很好
有些日子阴雨连绵
看似胆小的大地
忽然决定解冻

那些害羞的春芽

开始从枝头上探望

稍大的知更鸟

飞进了麻雀群里

幼小的番薯花

纷纷钻出土地

就像长着鼻子

在四处嗅闻空气

我们鞋子上的泥巴

带着好闻的气息

可我们依旧戴着

冬天的手套

锄　　地

我常常会担心年轻人

会失去

锄地所带来的快感

他们都不知道

这简单的劳动

带来了多少欣悦

而干旱的土地就像

裂开的所有疮疤，暴露着

黑暗土壤的破坏力

豌豆出苗，才能治愈沃土的伤口

顽强种子在地下生活得多么惬意

枝蔓开辟出一片崭新的土地

那个小男孩看似聪明，却多么无知

他从来都没有干过这简单

而有益无比的活计

（邱华栋　译）

二、为美国中产阶级画像，谱写风俗史诗

我们永远都需要这样一类作家：他平心静气地打量和研究某个地域的日常生活，然后不厌其烦地描述这个地区的人的世俗生活，其精细程度可以和最优秀的工笔画家媲美，却不表达武断的意见。约翰·厄普代克就是这样一位作家，这个多产作家才去世不久，但是音容宛在。在长达五十多年的时间里，他出版了长篇小说二十多部、十多部短篇小说集和多部儿童故事、诗歌、随笔、评论、自传等作品，总量已经超过了六十部。要想了解美国20世纪后半叶的文学和社会生活，约翰·厄普代克的作品是完全绕不开的。

约翰·厄普代克说："我努力迫使我对生活保持多层次和

多方面的感觉，我力图通过叙述形式去获得客观性。我的作品总是在反省，而不是在发表任何武断的意见。我认为，艺术家带给了这个世界过去不曾有的东西，却没有摧毁什么东西，我赞赏这样一种保守的反驳。"（见 1967 年答塞缪尔森的访谈）

1932 年，约翰·厄普代克出生于美国东部宾夕法尼亚州的西灵顿小镇一个普通家庭，据说，他的血统复杂，有德国、荷兰和爱尔兰人的混合血统。他的祖父曾经是修路工人，父亲是一个电工，负责电缆的接线工作，后来失业了，费了很多周折才落脚于一所中学教书。这样普通甚至是贫困的家庭出身，促使约翰·厄普代克一开始就明白必须要靠自己的勤奋才可以出人头地。因此，成为职业作家之后，他养成了每天都要写三页纸的写作习惯，这也是他的作品产量高、质量也很高的原因。

如果说约翰·厄普代克有某种最终走上了文学之路的诱因和契机，那么肯定是指他的母亲。她的文学修养很好，平时就喜欢写小说自娱自乐。她对约翰·厄普代克寄予了很高的期望，一直鼓励他当一个艺术家和作家。受到了母亲的鼓励，他从中学时代开始，就细心观察周围的人和事物，开始了写作，并经常拿自己的文章和杂志上的文章相比较。后来，他成为依靠观察外部社会和内心体验取胜的大作家，我觉得和他小时候的这种状态不无关系。因为福克纳说过，在"观察、体验和想象"三者中任何一个方面做得十分突出，就有了成为作家的可能性。在母亲的鼓励下，1950 年，十八岁的约翰·厄普代克考上了哈佛大学英文系。1954年毕业之后，他和新婚妻子玛丽一起去英国牛津大学的拉斯金美术学院学习绘画，同时饱览欧洲现代艺术的风采。一年之后回到了美国，他在纽约的著名人文杂志《纽约客》担任编辑。两年后，他突然辞掉了《纽约客》的编辑工作，和妻子一起搬到了马萨诸塞州的乡下隐居，从事职业写作。根据他自己的说法，他之所以离开繁华的纽约，是因为他得了严重的皮肤病，皮肤脱落以致他无法面对常人，因此迫切需要安静下来。就这样，他成了一个半隐居状态下的职业作家。

约翰·厄普代克首先讲述的就是人生经验的故事。他早期的长篇小说《马人》（1963）中的主人公形象取材于他当中学教师的父亲。在这部小说里，他把希腊神话传说中的半人半马的马人形象，和当中学教师的父亲的形象结合在一起，塑造了一个有着悲剧色彩的普通人，描绘了儿子眼中的父亲那种背负生活之累的形象。马人，是希腊神话中半人半马的怪物，这些怪物平时就躲在深山老林，其中，一个最有名的马人叫客戎，他被英雄赫拉克勒斯误伤，最后被天神宙斯赐死，获得了永生。《马人》是他早期最好的小说，用某种冷静、客观而悲悯的语调，细致地描绘了一个男人、一个中学老师在三天时间里要面对的各种来自生活的威胁：失业、欠账、被学生嘲笑，感到死亡逼近的困惑和恐惧，对生命意义和空虚感的思索，等等，来映射他平庸和努力挣扎的一生。小说以儿子的视角来打量和叙说，从结构上分为两个部分，希腊神话中马人的命运和现实生活中父亲的命运，两条线奇妙地交织在一起，是一部带有浓厚象征主义色彩和超现实意蕴的佳作。

其实，每个作家在他的作品中呈现的气质都是一致的，那种气质在语言的节奏上、作品的气韵中、传达的思想里、要强调的符号上，在情绪、判断和论点上，都是始终贯穿的。很少能有几个作家可以不断地变成"另外一个人"。也许，在绘画、音乐领域这样的艺术剧变容易实现，但对于文学却相当困难。因为作家的每部作品，都隐含着他未来生长成为更复杂的文学大树的基因、苗头和种子，没有无花之果和无因之由。因此，在约翰·厄普代克第一部长篇小说《贫民院义卖会》中，以带有怪诞和病态色彩的叙述，虚构了一个将来的养老院，这个养老院实际上就是美国福利社会的象征。在一个周末的假日，养老院里崇尚自由主义的老人们，对号称"人本主义"而实际上却很空虚伪善的新院长进行了一次没有结果的抗议和斗争。这部小说在具象的故事背后，是对美国标榜的自由主义的反讽，显示了作者对美国精神的分裂充满了忧虑和警惕，而这个主题在他后来的作品中也有表现。

眼下，来检视约翰·厄普代克的创作成绩，给他盖棺论定的话，"兔子"系列小说无疑是他的代表作。这部历时五十多年创作的史诗性作品，翻译成中文的总字数约有一百二十万字。如果加上那个出版于2000年的第五部，即用别人的眼光来怀念"兔子"的小长篇《怀念兔子》，便足有一百三十万字了。这样一个连续五十年写作的小说系列，有着宏大的篇幅和时间的跨度，可以和不少文学史上的长河小说相媲美。从他"兔子"系列小说的写作来看，他企图写作美国当代史诗的雄心是存在的。以《兔子跑吧》《兔子回家》《兔子富了》《兔子安息》《怀念兔子》为题目的五部小说，从1960年开始，几乎每隔十年就出版一部，简直让人觉得这样的节奏和预设有些机械，可是这个系列逐渐形成了美国中产阶层生活的一幅宏大的壁画，它宏阔地展现了美国20世纪50年代之后的社会生活打在一个普通美国家庭的各个成员身上的烙印，以及社会风尚、道德的激烈变化施加到这些人物身上的巨大影响。在这五部小说组成的大壁画上，美国普通人的生活活灵活现、细致入微、历历在目，可以看到最近五十年美国社会道德剧烈变化和物质极大丰富、宗教力量不断影响美国人的灵魂的复杂景象。

"兔子"系列小说的主人公叫哈里，他是一个性格上像兔子一样疑惧和敏感的人，在二战之后不断变化的美国社会风尚和道德危机面前，他无法忍受自己的婚姻，像兔子一样逃跑了，却最终因灵魂和肉体都无处安身，又回家了。在这种不断出走和回家的过程中，演绎着哈里和儿子纳尔逊父子两代人的人生悲喜剧和生活闹剧。而麦卡锡主义、20世纪60年代的性解放运动、越南战争、种族冲突和危机、阿波罗登月计划、嬉皮士运动、吸毒、石油危机、中产阶级的全面兴起、福利社会的问题和全球化时代的到来等，这些美国历史和社会的震荡与变化，也都投射到哈里一家，给他和他的家庭成员造成了巨大的影响，他的家庭时而分崩离析，时而又重新聚合在一起，和时代的变化同频，既承受了时代的痛楚，也享受了时代的欢愉。最后，在1990年出版的《兔子安息》中，约翰·厄普代克考虑到哈里已经经历了那么多人生的考验，就将"兔子"哈里给写死了。但是很多读者都无法接受"兔子"哈里死了这一结局，2000年，约翰·厄普代克又出版了一部小长篇《怀念兔子》，讲述的是"兔子"哈里死了之后，他的灵魂回到自己生活过的地方，看到周围人生活的场景，体验到了众人对他的怀念。"兔子"哈里仍旧在人间。

有时，我常想，为什么约翰·厄普代克对我来讲要比鲁迅和巴金这样的作家还要亲切？是因为约翰·厄普代克笔下的生活和故事、人物和命运距离我非常近，正在我身边的城市里发生着、变化着。他描绘的美国中产阶级人群的优越和烦恼、痛苦和焦躁、生活中的问题和精神上的焦虑不安，和正在蓬勃兴起的中国中产阶级的处境很相似，他的"兔子"哈里，也许就是我的一个邻居或一个朋友，就生活在我的周围。

和"兔子"系列小说广阔地展现美国人的日常生活有异曲同工之妙的，是他的长篇小说《农场》（1965）和《夫妇们》（1968），这两部小说都以宾夕法尼亚的小镇生活作为背景。《夫妇们》翻译成中文有四十二万字，出版后引起了广泛关注。它全景式地描绘了美国20世纪60年代性观念的激烈变化在一些中产阶层夫妇中发生的影响，性解放引发的换妻游戏、偷情和滥交，改变了一些夫妻的生活。"约翰·厄普代克是写性、写通奸和偷情的行家里手"这个说法，就是因为《农场》和

《夫妇们》出版之后才流传开的。在这两部小说中，他笔下的美国人像"兔子"系列小说中的哈里一样，在巨大的社会道德变革浪潮中找不到自我，生存空虚，在随波逐流中不断寻找自我，又纷纷迷失了自我。

约翰·厄普代克是一把锋利的美国社会的解剖刀，他为中产阶级画像，并谱写他们的日常生活和风俗史诗。阅读他的作品，你完全可以得到一种照相写实主义的印象，像"兔子"系列、《夫妇们》等小说，展现的是20世纪下半叶美国中产阶级世俗生活的全景观，即使你没有去过美国，读他的书，你也能了解美国人的日常生活状态。他的文笔华丽、雕琢，因为他学习过绘画，美术修养非凡，所以，写作时用笔就如同用画笔，笔触细致入微，喜欢不厌其烦地描绘那些精微的生活细节和场景，成了雕琢过度、过于繁复的洛可可文学艺术大师。同时，他也很擅长心理描写和意识流，但其作品的底色却是现实主义的。他的现实主义吸收了大量现代主义和后现代主义的技法，以此来充分表现斑驳陆离、丰富和复杂的美国当代生活。

三、他擅长的写作秘密：性爱、宗教、艺术与语言

我想，约翰·厄普代克是一个有着宏大构想的小说家，他虽没有把他的所有作品看成一个整体，比如威廉·福克纳的"约克纳帕塔法"系列，比如富恩斯特的"时间的年龄"总体构思，但在五十多年的写作生涯中，约翰·厄普代克一直在

将自己的小说疆域持续扩大。有评论认为，他在"创作最广义小说"（见《爱的插曲》序言），这种说法很有道理。因为，在今天这个信息和网络空前发达的时代，运用传统的纸媒来传送信息，本身就是一个巨大的挑战，在这方面，只有"创作最广义小说"，才可以适应新时代人们对文学的要求。这一点，首先在他写作的题材上就显露无遗。他的小说的题材背景虽然大部分是围绕美国东部某个小镇，但他经常放眼全球，笔触有时还延伸到了美国西部、东欧、南美洲和非洲，比如长篇小说《巴西》（1994）和《政变》（1978），还有依据神话和古典文学作品的材料所写的小说，比如《马人》和《葛特露和克劳狄斯——哈姆雷特前传》（2000）。在表现美国当代世俗生活的层面上，他像一个画家那样用文字尽可能包罗万象地描绘，写出了生活内部的冲突、矛盾和复杂性，以及悲剧与喜剧混杂的氛围，写出了"美国梦"诞生和破灭的过程。

有些评论家说，约翰·厄普代克的写作有三大秘密：性爱、宗教与艺术。他的所有作品都是围绕着这三个主题进行的。此话不无道理。但除了他这三个写作的秘密，我觉得他的语言风格也是非常突出的。他的小说语言精雕细琢、机警、细腻、柔和、清晰、准确，值得反复琢磨和玩味。他对下意识、潜意识的描绘也是很独到的。另外，约翰·厄普代克的小说在结构上虽不那么独具匠心，但是小说内部仍旧有着时间和人物命运发展的线索可以找寻。

在 20 世纪，美国的资本主义新教伦理面临着前所未有的冲击和挑战，这深刻地显现在约翰·厄普代克有关宗教题材的长篇小说三部曲《一个月的礼拜日》（1975）、《罗杰教授的版本》（1986）和《S》（1988）中。在这个系列小说中，他探讨了宗教对美国人的影响和由此产生的精神和社会问题。有趣的是，这个系列小说是对作为美国文学基石的小说《红字》的再解释和再阐发，三部小说分别从《红字》中原先的三个主人公的角度出发，以原先的牧师、医生和女主角海斯特的角度，探讨了美国当代社会的灵魂与肉体、精神和物质、社会和个人之间的复杂关系。这三部小说的主人公，分别是今天美国社会的牧师、教授和女人，以三个主人公的嬗变，显现了美国社会自《红字》所引发的传统宗教文化和现代美国社会世俗生活之间的激烈冲突。而三部小说的故事设定和人物视角却都不一样，显示出约翰·厄普代克观察美国社会和驾驭文学技巧的非凡叙述能力。

在涉及美国之外的题材的小说中，长篇小说《巴西》（1994）将一个背景放在巴西的爱情故事里写得波澜壮阔、大气磅礴。据说，他从来没有去过巴西，对巴西一点儿也不熟悉，但他靠着几本关于巴西的地图和资料，竟然把罗密欧与朱丽叶的故事搬到了现代巴西，小说情节的叙述时间跨度有二十多年，通过一对恋人的爱情故事，揭示了巴西的社会面貌、人文风情、政治经济社会问题和它那雄阔的南美地理特征。

在长篇小说《贝奇：一本书》（1970）中，小说的主人公则变成了一个犹太小说家，这个小说家带着国务院的特殊使命，前往东欧一些国家，做了一番观察和游历，他从东欧当时虚假的社会表象下，看到了东欧国家被僵化的意识形态钳制的精神空虚和麻木。1978年，他出版了长篇小说《政变》，首次把小说的地理背景放到了非洲。他虚构了非洲一个叫库施的共和国，描写该国一个独裁总统，在遭遇政变之后被迫流亡海外，以回忆录的文体讲述了其作为独裁者如何与美国等西方国家进行周旋，以及西方列强相互倾轧和角逐，最后却导致库施共和国内部混乱不堪的故事。结果，在他的专制独裁统治下，引发了人民的反抗，使他不得不流亡海外。小说从侧面讽刺了美国的非洲政策的自相矛盾。而小说的回忆录文体和题材的特殊性，也使得这部小说显得很别致。

"创作最广义小说"的努力，还体现在约翰·厄普代克对美国精神、美国历程的全方位把握上。他可以说是四处出击，最大限度地扩展自己的写作疆域。在长篇小说《东方女巫》（1984）中，他写了一群离婚的女巫，这些女人将魔鬼带到了偏僻的罗得岛上，破坏了罗得岛上传统的清教主义，释放出性解放时代人们内心的罪恶和忏悔。小说对美国的新教伦理的讽刺意味特别深重。在长篇小说《福特时代回忆》（1992）中，他用结构主义的形式，将发生在两个时空的故事融合起来，将福特总统执政时期的美国社会气氛传达得非常逼真和精细。他的长篇小说《圣洁百合》（1996）更是一部小型史诗，是对美国人在20世纪精神成长和物质丰富历程的描绘，伴随着美国电影工业基地好莱坞的发展变化，小说的时间跨度也有上百年，四代人接替出现，展现的是美国社会的风起云涌和波澜壮阔。小说将克拉伦斯一家四代人的轮替和成长，和美国好莱坞的电影科技发展与百年的道德变化纠缠在一起，给20世纪的美国人画了一幅成长肖像。《圣洁百合》体现出他试图解读美国社会本质的巨大努力，也是对整个20世纪美国技术和道德发展变化的反思。

在长篇小说《时间的终结》（1997）中，他把小说的背景放到了2020年前后。他觉得，或许那个时候将是他生命的终结时刻。因此，小说有着浓厚的悲伤气氛，以家庭作为叙述的背景，展开了对宗教和死亡的思考。2000年，他出版了长篇小说《葛特露和克劳狄斯——哈姆雷特前传》，又把小说的情节放在了中世纪的北欧。在斯堪的那维亚半岛上，一个国家的皇家宫廷里发生了阴谋和复仇事件。在小说中，约翰·厄普代克对《哈姆雷特》的故事进行了颠覆，用全新的观念，重新书写了丹麦王子的复仇故事。结果，使我们看到了更为复杂的、难以进行道德判断的人物形象。在这部小说中，他呈现出自己作为"创作最广义小说"家的巨大才能，显示了他作为文体家的深厚功力。小说分为三个部分，每个部分都用"国王被激怒了"作为开始的第一句话，文辞优美细腻，对中世纪北欧自然风景和内心活动的刻画非常到位，显示了他非凡的想象力、杰出的语言才华和结构能力。

长篇小说《寻找我的脸》（2002）写的是一个二十七岁的女记者去采访一个七十九岁的女画家的故事，通过女画家的自述，呈现出女性主义的历史面貌。小说里没有一个男人，有的是美国艺术界变化的风潮在一个女艺术家生活中掀起的风浪和波澜。和《寻找我的脸》相反，长篇小说《村庄》（2004）则是一部关于男性的小说，甚至还有作者自己的影子，主人公是一个退休的软件工程师，七十多岁，少年、中年和老年时期分别在三个村镇生活过。小说就是他对整个一生的村镇生活的回忆。《恐怖分子》是他的第二十二部长篇小说，出版于2006年。这部小说是他对美国"9·11"恐怖袭击事件的反思。像约翰·厄普代克这样的作家，是不可能对"9·11"不进行文学回应的。但小说中描写的恐怖分子不是极端的穆斯林，却是一个美国土生土长的埃及移民后代。最终，这个有着伊斯兰宗教背景的年轻人，慢慢变成一个宗教极端分子，变成了人肉炸弹，打算去炸毁林肯隧道。小说表现的是全球化时代美国的地缘政治和与其他国家的文化冲突带来的不安全感以及对不同文化之间冲突的焦虑感。2008年，他出版了最后一本长篇小说《东方女巫后传》。

约翰·厄普代克的短篇小说成就，一点儿都不在其长篇小说之下。在选材和写作手法上，也有异曲同工、互相映衬之妙。这些短篇小说结集为《同一个门》《鸽子的羽毛》《音乐学校》《博物馆和女人》《问题集》《相信我》，以及厚厚的《约翰·厄普代克早期短篇小说：1953—1975年》——这个大集子收录了他的一百零四个短篇小说。这些短篇小说大多是对美国中产阶级家庭出现的各种问题的探讨和发掘，写得十分精细与缜密，和另外一个美国短篇大家约翰·契佛的小说相比，他的短篇小说的题材更加广泛、视野更加开阔、写作技巧更加复杂多变。他本人也认为，他的短篇小说技巧超过了他的长篇小说，他曾说过："我可能还是短篇小说写得最好。总之，我对于短篇小说感到得心应手，而对于长篇小说，我有时则有些把握不准，几乎是缺少这方面的才能。"（见查里·瑞雷在1978年和他的一次谈话记录）而且，很少有作家能像约翰·厄普代克那样全面。他还出版了诗集《面向自然》《诗集》等。《自我意识》是他的一部自传，和他早期的另外一篇自传文章《山茱萸：童年回忆》相映成趣。在这样的自传文章中，可以看到他在小说里那样的激情文风和描绘内心感受与外部风景的细致笔触。2009年，他2000年以来创作的短篇小说《我父亲的眼泪》和他最后一部诗集《终点》出版。

不过，他的小说的题材经常重复，比如《村庄》和《夫妇们》，比如《兔子》系列和一些短篇小说。从写作技法上讲，他是一个比较保守的作家，如果他能有一些文学实验的勇气就更好了。不过，这也许是他为了获得更多的读者所做的必要妥协吧？另外，从小说叙述风格上讲，他有时候写得太密、太琐碎，一旦奔泻起来，就缺乏节制，减法做得少。像"兔子"系列小说，每一部都比上一部长，越写越长，但小说内部缺乏更复杂的结构，令人感到有些遗憾。当然，在这一点上，他比美国作家托马斯·沃尔夫要好很多，后者一旦写起来，根本就刹不住车，最后只得依靠编辑才能勉强将他那些如同大段无比绚丽的锦缎般的素材剪裁成有结构和故事的小说。约翰·厄普代克在这方面的控制力当然很好，不过他也有不很节制的问题。另外，他在政治上也很保守，态度暧昧，不愿批评美国政府。据说，一次美国作家聚会，很多作家猛烈批评美国政府的内外政策，轮到他发言了，他说："我觉得美国联邦快递的服务还是非常好的。"他这种温和的政治态度，也许就是他一直被诺贝尔文学奖排斥在外的原因吧。不过，对于这一点，他也是有辩驳的："《马人》写的是杜鲁门执政时期，《兔子跑吧》是艾森豪威尔时期，《夫妇们》只有在肯尼迪时代才可以写出来。我总是在描绘那些被政治笼罩的人们。"

约翰·厄普代克的小说还深受绘画艺术的影响，其基调是现实主义风格的，他的现实主义却不是美国的"新闻主义"小说那样的所见即所得和对新闻性的强调。他从不忽略文学与文字的美。他的现实主义广阔地吸纳了现代主义文学流派的经验和营养。比如，对意识流手法的运用，对象征主义和心理现实主义的借鉴，对书信体和结构现实主义的借鉴，对电影蒙太奇手法的掌握，对印象派画家风格的文学挪移，对人类神话和史诗资源的挖掘，对神话原型理论的再利用，用精细的文笔描绘微妙复杂的感觉等，都是他的小说的特点，这使得他的小说呈现出波澜壮阔的宏大气质和非常复杂而精细的写作特点。他可以说是少数几位掌握了美国主流社会审美阅读情趣的作家之一，写作量相当庞大，除了二十三部长篇小说和大量的短篇小说集、散文、游记、评论、诗歌和儿童故事，他还经常编选"美国最佳年度小说选"之类的文选，还写了有关如何打高尔夫球等的随笔集，是经常在《纽约时报书评周刊》发表重量级书评的人物，多才多艺。我认为，他的那些鞭辟入里的书评和文学评论的生命力都会很长。他有自己的写作秘密：性爱、宗教、艺术和语言，而且，他想做一个"创作最广义小说"的作家。从某种程度上说，他实现了自己的雄心。

2009年1月28日，约翰·厄普代克因肺癌去世了，比较突然。按说他应该再活十年才对。在我的感觉里，约翰·厄普代克如同一片广袤的平原，在这片平原上，有着铺展开来的最广义的风景。这是约翰·厄普代克带给我们的未来小说发展的可能性——尽量地开阔写作题材的视线，放大自己的内心体验和心灵感受，将人类生活着的平原与城市的所有风景，都悉数囊括其中。

埃德加·爱伦·坡：文学怪杰
（1809—1849）

一、爱伦·坡诗四首

致 海 伦

海伦，你美得如同古叙利亚小岛边的船
在往日里，小船驶过跳荡的海波
把离乡的人从疲惫的旅行中
拉回故乡的大地

那些海风将你吹拂
你的长发宛如风信子，你的美丽
的脸，水仙花的身姿，将我带回到
希腊时光和罗马帝国的辉煌里

瞧啊！在雕梁画栋的窗边
你美如雕像般站立
贝壳灯举在你的手里
啊，你就是神话中与爱神相恋的少女
你来自那里，我却永远不能靠近！

给河的献诗

多么美的河流！你的水能结晶
就像水晶，涌动的水流
是美丽本身的最佳象征
那是毫无遮掩的坦诚——
那是回旋曲折的艺术谜语
在一个纯洁的少女心里。
当她凝视你碧波荡漾的河面
波光粼粼，潋滟无边
为什么，这条最美丽的河
像是仰慕她的那个人
因为他心里就像此刻你的倩影
深深地印在水面——
她穿透灵魂的目光看到了他的心
因此才会泛起涟漪阵阵。

给——

我并不在乎我在人间的命运
只有一点尘世的缘分——
我不在意我多年的爱恋
被恨在瞬间推远——
我不哀叹我孤独的恋人
生活得比我幸福
但我悲伤你为我而悲戚
因为我,不过是一个匆匆过客

黄金国度

身披华丽的铠甲
英姿勃发的骑士
正穿过一片
被阳光覆盖的绿荫山坡
他的长途跋涉
一路高歌
在到处寻找黄金国度

可是他的两鬓渐渐斑白
虽然是一条好汉

心中也泛起了焦灼

因为他发现

走遍大地

都没有找到传说中的黄金国度

他坠落到地上

疲惫已极

一个游走的黑影从身边闪过

他问道："影子啊,哪里才是

传说中流着奶和蜜的黄金国度?"

"在月亮上面,走进那

山的阴影里,还要穿过

深深的沟壑,继续勇敢地不断前行。"

影子说,

"去吧,如果你真的想寻找那黄金国度!"

(邱华栋 译)

二、埃德加·爱伦·坡:美国文学怪杰

埃德加·爱伦·坡只活了四十岁。他虽然生命短暂却极具爆发力和开创性。生前几乎是默默无声,但他去世之后却

声名大噪，成为文学先驱、美国 19 世纪屈指可数的文学大家。对他的历史评价，我想，那是学者应该关心的事，而他文学创作的丰富性、独特性和开创性，最终成就了一个文学奇迹，这一点是我特别看重的。一个作家没有好的作品，肯定不会死后留名。

埃德加·爱伦·坡 1809 年出生于美国的波士顿，1849 年在巴尔的摩因病去世。他父母亲都是马戏团演员，居无定所，到处演出。他出生没多久，父亲便离家出走，抛弃了他们母子二人。母亲在他三岁的时候就病死了，从此他成了孤儿。后来，一对名字里有爱伦·坡的夫妇收养了他，他可以说是在养父母的养育下成长起来的，后来改名为埃德加·爱伦·坡。养父母供他上了弗吉尼亚大学，却又不给他充足的学费，因此，他和养父的矛盾很大，这成了他反抗社会和家庭的主要因素，也让他看到了人性的多面性。因为他那个时候已热衷于文学创作，在养父母看来，喜欢文学这种不挣钱的事就是不务正业，没有任何前途。养父母就不给他钱，希望他悔改，去学习谋生之道，但他们哪里料到，一个美国文学大师就此诞生了。所以说，有时对一个作家来说，生活便是最好的教科书。

埃德加·爱伦·坡的生活颇多波折，可以说，他那短暂的一生过得十分困顿，遭受了不少打击。埃德加·爱伦·坡的情感世界内向、敏感、丰富。在年轻时，他曾爱慕过一个成年女人，那个成年女性是他的同学斯坦纳的母亲。但斯坦纳夫人身体不好，死于 1824 年，年仅三十一岁。这一年，埃德加·爱伦·坡十五岁。这对他来说是一次十分致命的打击。斯坦纳夫人的美丽、端庄和典雅，成为他对理想女性的偶像式想象，斯坦纳夫人的去世意味着这一理想的破灭。《致海伦》就是献给斯坦纳夫人的。这些人生中的流离失所，诸如亲人的丧失，养父母的冷淡，都成了他日后文学作品的底色。

1836年，他娶了自己十四岁的表妹，两人感情很好。但年轻的表妹嫁给他没有多少年就死了。在妻子去世之后，他开始酗酒，身体每况愈下。这对他打击很大。到了1849年，四十岁的他因抑郁和积劳成疾而离世。

他全部的文学创作，如今保留下来的，有七十篇左右的短篇小说、六十多首短诗和一首没有写完的长诗。此外，还有几篇长短不一的游记，如《仙女岛》《巨人舞石柱林一瞥》等。

比如，《汉斯·普法尔历险记》，翻译成中文有三万多字，是一个中篇的体量，写的是登月飞行的神奇想象。在我看是一篇科幻小说，但他自己标明为随笔作品。另外一篇《阿·戈·皮姆的故事》翻译成中文有十多万字，共计二十五章，详细记载了1827年美国双桅船"逆戟鲸"号在前往南半球海域的过程中，发生在船上的叛乱与残杀。在那个时代，大航海时代的余波继续荡漾，而对于海洋的想象则是埃德加·爱伦·坡向往的事情。所以，这篇作品现在看来还有其独特的价值。

《罗德曼日记》也有几万字，写的是一个叫罗德曼的旅行探险家首次翻越北美大陆落基山脉的记述。共分六章，今天读来，很像是一个作家以第一人称写的小说。

我觉得最有趣的文本是埃德加·爱伦·坡写的长篇文章《我发现了——一首散文诗》，虽然题目里有"散文诗"这个词，可这篇长达七八万字的文章实际上是一篇散文。它还有一个副题：一篇关于物质和精神之宇宙的随笔。这个副标题是这篇文章的主题。这篇文章发表之后，只给他带来了十四美元的稿费，可见他的倒霉。

随着时间的推移，埃德加·爱伦·坡的短篇小说在英语文学中的地位逐渐升高，这与他作品的独创性和开放性有关。他的小说作品风格怪异、黑暗、扭曲和犀利，因此，天才般造就了很多现代主义小说的源头。比如，有的小说成为现代侦探小说的鼻祖，受到了柯南道尔的推崇；有的小说则成为科幻小说的先驱，被法国科幻小说大家凡尔纳赞赏，甚至还是类型小说之一——恐怖黑暗小说的大师。

同时，他又是一个带有象征派风格的诗人，波德莱尔就十分赞赏他，法国大诗人马拉美也喜欢他的作品。他早期的诗歌《帖木儿及其他》和《乌鸦》，就备受现代主义诗人的推崇，尤其是《乌鸦》这个文学形象和文学意象，竟成为象征主义的一个很重要的符号，成为埃德加·爱伦·坡文学写作的一个重要隐喻。就连日本推理作家江户川乱步和松本清张也很喜欢他的作品，20世纪出现了电影艺术，美国一些大导演都改编过他的作品。这么多后世的作家、诗人，都从他这里发现了创造性元素，进行了广泛的学习，他由此成了一代宗师。

埃德加·爱伦·坡的七十篇左右的短篇，现在很多都成了经典。他的短篇小说大都篇幅不长，都在几千字左右，非常好读、耐看，读者可以快速地完成阅读，他作品的语调和叙述的速度都很快，非常抓人。这是埃德加·爱伦·坡小说的一大特色。

他的作品想象力怪异，比如《毛格街谋杀案》，凶手竟然是一只大猩猩，真是出人意料。此外还有《金甲虫》《威廉之死》《黑猫》《活葬》《天蛾》《与木乃伊对话》《钟楼魔鬼》《失去呼吸》《跳蛙》《欺骗是一门精密的科学》《千万别和魔鬼赌你的脑袋》等多篇脍炙人口的小说，这些小说情节离奇、想象奇崛，探索了人类意识深层的幽暗地带，挖掘出人性深处不被表现的地方。因此，埃德加·爱伦·坡也是20世纪现代主义流派的先声和先驱。

埃德加·爱伦·坡的诗歌存世的只有六十多首。他生前出版的诗集有四本，都是沉寂无闻。1827年，他自费印刷了第一本诗集《帖木儿及其他》，收录了十首诗歌，一共印了五十本，现今存世的只有四本，在欧美拍卖会上，如今价格很高。1829年、1831年和1845年，又出版了几本诗集。尤其是1845年出版的诗集《乌鸦及其他诗歌》，这一版本现在在欧美的收藏市场上价格昂贵。但当时出版的时候与废纸相当。

他的诗歌观是这样的：

"在我看来，诗与科学论文的区别在于，诗的直接目的是获得快感，而不是求得真理；诗与小说的不同之处在于，诗的目的是获得含混的快感,而不是明确的快感,只有达到了这个目的的才算是诗。"

埃德加·爱伦·坡还提倡"纯小说"和"纯诗歌",但我觉得,他的小说一点儿都不"纯",相反却有着很多惊悚、吸引人的怪异、通俗的元素,他的诗也不是"纯诗",而是带有象征主义色彩的、充满意蕴和深邃内涵的、关于人生的变形的诗篇。

奥斯卡·王尔德：19世纪的唯美主义者
（1854—1900）

一、奥斯卡·王尔德诗三首

大海航行

大海的颜色幽蓝如宝石，而天空
却在燃烧，像炽烈的岩石在飞奔
我们的船帆升起，和风与帆相遇
向船东侧的陆地吹拂
在高高的船头上，我的目光亮了
看到了《荷马史诗》里的海岛就在眼前
那潺潺溪流，碧绿的橄榄树
奥德赛故乡的岛屿、山岩以及雪峰
船帆猎猎作响，扑打挺立的桅杆

白色的浪花欢笑在船舷边

船尾是姑娘嬉笑的欢闹

此时再无声响,西天边仿佛在燃烧

一轮红日从海面上巡游

我终于登上了梦想中的希腊山河!

济慈墓地

告别了世上的恶和自己的苦

他最终躺在上帝关怀的蓝纱下歇息

在生命最青葱的时候却被死亡剥夺

献身美的事业的人安息在此

他英俊如塞巴斯蒂安,走的时候也一样年轻

没有柏树为墓地遮阴,也没有杉树陪伴

只有紫罗兰闪烁着晶莹的露珠

在他的骸骨上编织了永远鲜艳的花环

他那最骄傲的心灵为人的悲苦而伤感

萨福之后最甜美的嘴唇

英语世界里最伟大的诗人

你的名字写在川流不息的水面———永远都在

就像我流淌的眼泪使记忆鲜活

如同伊莎贝拉的泪水,不停地浇灌着她的罗勒树。

石榴宫题诗

这本薄薄的小书,去吧
他用竖笛在欢乐地咏唱着
一个美丽脚踝的姑娘
让他读一读你的每一页
也许就会发现金色的少女
在书页里翩跹起舞

(邱华栋 译)

二、19世纪的唯美主义者

奥斯卡·王尔德是19世纪的文学天才之一。有的作家一生只写一种体裁的作品,比如,有的小说家除了小说,别的什么都不写。但也有作家小说、诗歌、散文、评论、童话、戏剧、学术著作、艺术评论等,都会涉猎。

奥斯卡·王尔德属于后者。他既是小说家,也是诗人,还是剧作家、童话和散文作家。他1854年生于爱尔兰都柏林,父亲是喜欢古董的医生,母亲是诗人。在他们的熏陶下,他对美好的事物有别样的敏感,对语言的美,天生就有超凡的捕捉能力。

成年之后,很长时间里他住在伦敦,一生毁誉参半的重要原因，是他虽然结婚了，还有孩子，却是一个同性恋者，并因此被判刑，进了监狱，不得不远离英国，最后于1900年客死他乡，死在巴黎。

奥斯卡·王尔德生活上离经叛道，惊世骇俗，曾打扮奇特，手持葵花或玫瑰行走在大街上，是唯美主义流派的最重要代表。

他最开始进行的文学创作是诗歌和童话。1888年和1891年，他先后出版了童话集《快乐王子》和《石榴之家》。在这些童话中，快乐王子成为他童话中一个鲜明的形象，是他内心的写照。

作为小说家，他有一部非常有名的长篇小说《道连·格雷的画像》，出版于1890年，是影响深远的一部小说。一直到21世纪，还有人将这部想象力奇特的小说改编成电影。小说中，一个叫道连·格雷的男人，不喜欢变老，因此请人在他年轻英俊时，画下他的画像。于是，神奇的事情发生了，生活中的格雷确实青春常在，一点儿都不显老，他纵情声色、沉溺于风云无边的生活，挥霍无度、放荡不羁，而画像上的道连·格雷却越来越衰老和丑陋，所有放浪生活的印记都打在了画像上，画像上的他眼神里充满了怨恨、愤怒和不满。有一天，道连·格雷偶然看到了画像上的他，发现了自己真正的面孔，于是怒不可遏，用剑刺向了画像中的自己。结果人们发现地上躺着一个已死的丑陋的老者，胸口插着一把匕首。而画像中的道连·格雷则恢复了年轻英俊的模样。

这部小说带有寓言、魔幻和奇幻小说的风格，但美学特质却是唯美主义的。小说中的几个主人公，如画家高尔华特追求艺术的永恒之美，贵族亨利爵士追求欲望的满足和享乐主义的舒服，他们俩都在争取道连·格雷的心灵，最终道连·格雷被亨利爵士的享乐主义所俘获，然后变老，这是自然规律，是谁都无法回避的。有意思的是，奥斯卡·王尔德自己说，这部小说的构思，情节是取材于美国作家霍桑的短篇小说《预言肖像》，心理描写和对心理隐秘地带的探索，受到了法国作家于斯曼的小说《逆流》的启发。《逆流》是一部成长小说，描绘了一个法国青年的自我成长。读者可以对照着看，这几篇作品之间的互文关系以及奥斯卡·王尔德的创造性发挥，他在自己的小说中的延展和表达，比如，小说的同性恋因素等。因此，文学文本一般都不是孤立的，而是相互之间有联系的。

　　奥斯卡·王尔德还写过一部短篇小说集《亚瑟·萨维尔勋爵的罪行》，但这部短篇小说集的影响力不大，远不如《道连·格雷的画像》。

　　作为戏剧家的奥斯卡·王尔德，主要写了几出喜剧，如《一个无足轻重的女人》《莎乐美》《文德米尔夫人的扇子》《一个理想的丈夫》《认真很重要》等，这些喜剧都以独特的手法，讽刺了维多利亚时期社会的伪善和习俗上的保守，风格喧闹而俗艳。

　　他还在狱中写下了《自深深处》（1905），这是一部散文体回忆录，在他死后五年才得以出版。作品取材于《圣经》的第一百三十首赞美诗，在这篇文章里，奥斯卡·王尔德主要在为自己的同性恋行为遭到惩罚而辩护，描绘了他感到的痛苦、时代对他的不宽容所导致的羞辱感，还有宗教信仰给他带来的信心。

需要强调的是，奥斯卡·王尔德的诗歌写作贯穿了他的一生。1881年，他出版了《诗集》，后又出版了诗集《斯芬克斯》和《瑞丁监狱之歌》。绝大部分都是短诗，也有个别长诗，比如《喀尔弥德斯》，这首长诗带有叙事性，描绘的是喀尔弥德斯从外面归来，恰逢市镇上在祭奠雅典娜女神。祭祀仪式结束之后，喀尔弥德斯从躲藏处出来，脱去了自己的衣服和女神雕像的胸甲，开始亲吻、拥抱和抚摩女神雕像，无法自拔。后来，女神显灵，惩罚他，将他淹死在海水里，他那洁白的尸体被冲上了岸，结果，林中仙子爱上了他这具早就没有了呼吸的躯体，呼唤着他再次醒来。这首长诗，我觉得是理解奥斯卡·王尔德诗歌唯美风格很重要的一个通道和样本。

他的短诗很多都是借用古希腊神话传说中的人物来呈现自己的美学追求。这在他的很多诗篇里都有体现。因为希腊文化是西方文化的源头，对来自源头的美的追寻，自然是奥斯卡·王尔德最为醉心的事情。在他的诗歌创作中，对美的追寻，对唯美主义理想的实践，是他的创作原则。他以诗歌来赞颂和追寻但丁、拜伦的足迹，并在诗歌中赞颂感官之美、颓废之美，追求一种灵悟感和瞬间的启发，这使得他的诗歌既有古典文学的精神，又开启了现代主义流派的大门。

在他的很多诗篇里，对爱之赞颂、对爱之痛苦呈现的内容很多。对爱的迸发、获取、失去，这一个个过程中的心理感受，他在很多诗篇里都表达得淋漓尽致。即使后来他因"有伤风化罪"被判刑、被关进了监狱，他依旧将诗歌作为自己艺术表达的最佳形式，写下了《瑞丁监狱之歌》。在这本诗集里，写下了监狱里的状况，讽刺了法律的"公正"，带有歌谣体特征。

可以说，奥斯卡·王尔德是从诗歌写作开始了自己的文学生涯，最后又以诗歌写作结束了自己的艺术生涯。

詹姆斯·乔伊斯：对神话的重构
（1882—1941）

一、詹姆斯·乔伊斯诗四首

给我女儿的一束花

多么娇弱的白玫瑰
被一双同样娇弱的手
拿着，她的灵魂单纯而洁白
与时光无情的水流争胜

玫瑰是那么娇弱和美丽
而更娇弱的，是你隐藏在温柔的眼睛里
一个未来的奇迹
我的性情忧郁的女儿

孤　单

月光的金色把夜晚笼罩
如同披上了薄薄的雾纱
灯火闪亮在沉睡的湖畔
如同银莲花摇曳的花瓣

灵动的芦苇对夜晚说话
说出了她那唯一的芳名
我的整个灵魂顿时惊喜
涌上来一阵羞愧的晕眩

看哪！这个男孩

从黑暗的时光里
诞生了一个男孩
欢乐和忧伤相连
我心被劈成两半

寂静在摇篮弥漫
小生命睡得安恬
唯愿慈悲和爱怜
去打开他的眼帘

生机勃发的幼年
反射映照在镜面
如同那虚幻世界
来来去去地往返

一个男孩刚刚熟睡
那个老人也已死去
被遗弃的父亲哪
请原谅你的儿子

潮　　水

饱满的潮水泛着霞光的金色
起伏的波浪线如同青藤摇摆不定
水鸟的翅膀在闪烁的海面上
掠过那些阴郁的时日

苍茫的大海冷酷而傲慢
将水草摇曳成烈马的鬃毛
沉思的时光俯身看着大海
带着审视和一点轻蔑

金色的藤萝在高涨的潮水中
展现成串的累累果实
宽广、闪耀着冷酷的就是潮水
你不定的性情！

(邱华栋　译)

二、一个人和一座城市：都柏林

　　挑战小说的写作难度似乎是 20 世纪小说家首要的工作，这一点，在 19 世纪小说家那里不是最主要的问题。我们从 19 世纪法国、英国、德国经典的现实主义小说家那里，从俄罗斯几大文学巨匠托尔斯泰、陀思妥耶夫斯基和屠格涅夫等人那里，都看不到挑战小说写作难度的努力。在 19 世纪，讲什么永远比怎么讲更重要，小说家无非在小说的长度上有所比拼，而这一点也不是他们有意为之。但是，到了 20 世纪，怎么讲，也就是以什么样的小说形式去装小说故事这瓶老酒，已经成为小说家迫不及待需要解决的问题。在对小说形式和难度的追求上，詹姆斯·乔伊斯到现在为止可能仍旧是一个高峰，同时也是一个阅读的难题。但这并不妨碍《尤利西斯》出版后的畅销和广泛流布——如今，任何一个文学专业的大学生，恐怕没有不知道这部小说的，尽管很多人没有看过。那些学习英语文学专业的研究生们，都必须面对詹姆斯·乔伊斯的两部被称为"天书"的作品——《尤利西斯》和《芬尼根守灵夜》。实际上,我觉得有些吃詹姆斯·乔伊斯研究饭的学者把他的作品的晦涩程度严重夸大了。至少在我看来,经过了八十多年的传播,詹姆斯·乔伊斯的作品已经越来越容易理解了,他也成了带有普遍特色的经典作家。

1882年2月2日,詹姆斯·乔伊斯出生在爱尔兰首都都柏林市。父亲是一名公务员,还曾做过商人和税务员,母亲有着良好的音乐修养,可以说,这是一个典型的中产阶级家庭。詹姆斯·乔伊斯在童年和少年时代就显露出文学才能,经常自编一些小戏剧,和弟弟妹妹在家里上演。中学时代,他也积极地参与学校里的剧社活动,扮演一些戏剧角色。1898年中学毕业之后,他进入都柏林大学学习哲学和拉丁语文学,并对爱尔兰的古典文学和神话传说进行过细致的钻研。在大学里,他写了不少诗歌和散文作品,在一些讨论会上还以"文学辩论家"而闻名。大学毕业之后,他离开了都柏林前往巴黎学习医学,却因母亲病危而中断了学业,又回到了爱尔兰。接着,他在一所私立学校教书,并开始发表一些诗歌和故事。本来,似乎詹姆斯·乔伊斯可能会沿着一条既定的方向,走一条学者化的道路,但这一切在1904年改变了——年仅二十二岁的詹姆斯·乔伊斯爱上了二十岁的餐厅女服务员诺拉。出于复杂的情感、文化和性格叛逆的原因,他同自己的天主教信仰决裂,这使他感到十分痛苦和憋闷。于是他索性背井离乡,带着不被家庭承认的女友诺拉,来到了欧洲大陆过流浪生活。这个选择对二十二岁的詹姆斯·乔伊斯来说是相当大胆的，甚至对每个人来说，都是一个重大的决定。来到了欧洲大陆，詹姆斯·乔伊斯一开始在现在属于克罗地亚的亚德里亚海海滨城市波拉担任语言学校的教师，后来，他又去罗马当了很短时间的银行职员，这份工作使他很不愉快。之后他在当时属于奥匈帝国、现在靠近斯洛文尼亚边境的意大利小城的里雅斯特继续担任语言学校的教师，在那里一住就是十年，还和诺拉生育了两个孩子。同时，他业余时间勤奋写作。一直到1920年，三十八岁的詹姆斯·乔伊斯一家在诗人庞德的帮助下，选择定居在法国巴黎，他才算真正结束了漂泊，能够专心地从事写作。

早在他离开爱尔兰来到欧洲大陆之前，他就已经开始写作长篇小说《青年艺术家的画像》，但没有完成。1905年，他完成了小说集《都柏林人》。据说，这部小说集的命运很曲折，遭到了超过二十家出版商的拒绝，一直到1914年《都柏林人》才得以出版。1907年他出版了诗集《室内乐》。1914年，他还完成了唯一的剧本《流亡者》。这是一个表露詹姆斯·乔伊斯在欧洲大陆四处漂泊心迹的剧本。他还把长篇小说《青年艺术家的画像》拿到英语文学杂志《自我主义》上连载，并开始了《尤利西斯》的构思。这个阶段是詹姆斯·乔伊斯写作生涯的早期阶段，其中以小说集《都柏林人》为代表作。《都柏林人》这部小说集共收录了他十五个中短篇小说，包括短篇小说《姐妹们》《偶遇》《阿拉比》《伊芙琳》《车赛以后》《两个浪子》《寄寓》《一朵浮云》《无独有偶》《土》《悲痛的往事》《纪念日，在委员会办公室》《母亲》《圣恩》和其中唯一的中篇小说《死者》。在这部现实主义风格的小说集中，他尝试用写实的手法描绘在他的记忆里留存下来的都柏林人的形象。小说从外部环境描绘了都柏林的集市、街道、酒吧、公寓，从精神层面刻画了都柏林市民的市侩气，刻画了浪子、投机政客、小职员、纨绔子弟、流氓、警察、艺术家、记者和市侩女人等众多形象，并从文化层面描绘了当地的婚姻、民俗、宗教和生活方式，有些小说具有浓厚的象征意味，一些小说的题目还具有双关含义，并引用了部分爱尔兰民谣。十五篇小说相互之间有一定联系，它们表面上看似乎没什么直接联系，但是詹姆斯·乔伊斯实际上是按照童年、少年、成年和老年的人生进程来处理小说题材的，因此这部小说可看成一个松散的整体。

我把这部小说看作由十五个片段构成的、关于都柏林的一部结构松散的长篇小说。《都柏林人》的写法后来在20世纪很多小说家那里成为某种成功的模式——美国作家舍伍德·安德森的《俄亥俄州小城纪事》（一译《小城畸人》），2001年诺贝尔文学奖得主、特立尼达和多巴哥作家奈保尔的《米格尔大街》，苏联作家巴别尔的《骑兵军》，墨西哥作家胡安·鲁尔福的《平原烈火》……在结构上都是《都柏林人》的衍生物或者说变种。当然，我没有证据表明他们全都受到了詹姆斯·乔伊斯《都柏林人》的影响。从《都柏林人》可以看出，虽然詹姆斯·乔伊斯已经离开了爱尔兰，但他仍通过这部小说集来复原他关于都柏林的全面记忆。进入詹姆斯·乔伊斯的文学世界的一个最重要捷径就是必须要了解他和都柏林之间的关系，因为他一生都和都柏林这座城市密切相关，他所写的全部小说，都是关于都柏林的。很少有作家像他这样和故乡城市的关系这么近、这么融洽和复杂。在詹姆斯·乔伊斯看来，只有离开了故乡，才能将故乡看得更加清楚。虽然他后来成为现代主义小说的先驱和集大成者，但在《都柏林人》这个小说集里，传统的现实主义手法仍占据了主流。他通过刻画一系列都柏林的风土人情，表达了他对故乡的怀念和不满相互交织的复杂感情。关于这部小说集，他在给某个友人的一封信中这么写道："我的目标是要为祖国写一章精神史。我选择都柏林作为背景，是因为在我看来，这座城市乃是麻痹的中心。对于冷漠的公众，我试图从四个方面描述这种麻痹：童年、少年、成年以及社会生活。这些故事正是按这一顺序撰写的。在很大程度上，我用一种处心积虑的卑琐的文体来描写。"在这里，他谈到的卑琐文体，指的就是小说描写卑琐的世俗生活时的现实主义手法。在詹姆斯·乔伊斯看来，这种手法因过于靠近实际生活而显得有些卑琐。这部小说的意识流色彩还不强烈，但心理刻画、对话和铺张、象征和意象的手法运用得很好。在这部小说中，依旧可以看出未来生成《尤利西斯》的某些因素，比如他对心理的描绘，对细节和对话中微妙感觉的把握，对结构的匠心，以及对都柏林的爱恨交织的感情，对都柏林的地理学意义上的描述等，这贯穿了他的一生。

三、一幅自我的精神肖像

每个作家似乎一生都在和自我搏斗，因为，每个作家写的实际上都是广义的自传。詹姆斯·乔伊斯也不例外。他一生都在用自己的经历编织一个丰富的文学世界。1915年，詹姆斯·乔伊斯全家迁居瑞士苏黎世。1916年，他的长篇小说《青年艺术家的画像》单行本在美国出版，《尤利西斯》的部分篇章也在一些杂志上发表，詹姆斯·乔伊斯因此在英语界获得了不少重量级的文化名人诸如大诗人庞德和叶芝的肯定和赞扬，并获得了一些资助，经济状况大为好转，于是加紧了《尤利西斯》的写作进程。

长篇小说《青年艺术家的画像》出版后，其新颖的写作手法和独特的文学风格立即引起了评论家和读者的热烈反响。但是，大家对这部小说褒贬不一，很多批评家认为这部小说结构松散、冗长杂乱，有些描写涉嫌淫秽，还有对天主教的攻击很难让人接受，等等。但是小说的独特个性还是让一些评论家感到了惊喜，他们认为詹姆斯·乔伊斯是一个前途远大的有才华的作家。这部小说来源于他早期的一部长篇小说草稿《英雄斯蒂芬》，经过改写和删削之后，变成了《青年艺术家的画像》。在这部小说中，开始出现了詹姆斯·乔伊斯式意识流的写作手法，大量对话以破折号来表明，潜意识和潜对话、意识流和内心独白，共同构成了多个层面的声音。这部小说的自传性很强,至少可以说是詹姆斯·乔伊斯的一部精神自传。小说的主人公斯蒂芬·戴达勒斯——一个有艺术天分的青年,怎么看都像是詹姆斯·乔伊斯的化身,小说的情节、时间、地点和人物关系,都是通过斯蒂芬·戴达勒斯的意识流动来表现的,而且很多细节也和詹姆斯·乔伊斯本人的经历一样。在这部小说里,詹姆斯·乔伊斯摈弃了《都柏林人》中残存的传统现实主义小说写法,大胆采用了内心独白和意识流动,将一个青年艺术家与周围环境的冲突和他的精神苦闷,他对待家庭、爱情、宗教和祖国的看法,以及他对外部世界的背叛和反抗,表现得细致、生动而具体,情绪饱满强烈。

"意识流"这个词是美国心理学家威廉·詹姆斯在他的《心理学原理》中第一次提出来的。他认为,现代人的特征是内心生活更加重要,一个人的真实存在必须要以他内心的连绵思绪作为其存在的重要依据。在人的意识层面中,下意识、潜意识、无意识都可以包括在"意识"这个概念中。自此,他的心理学理论在 20 世纪初开始影响欧美的小说家,敏感的小说家们认为只要写出了人内心的意识流动,就刻画出了时代、人物和生活的真实。詹姆斯·乔伊斯显然深受这种理论的影响,并创造性地以文学的方式将其运用得炉火纯青。《青年艺术家的画像》这部小说可以看作是詹姆斯·乔伊斯给自己的青年时代画的精神肖像,因其意识流手法的运用很像是在画一幅人的内心肖像。在这幅肖像画上流动着的是詹姆斯·乔伊斯的内心情绪、波澜和语言的河流,小说的内部时间线索是顺叙的、可感的，是根据主人公的成长线索来叙述的，并不过分跳跃。可见在对小说时间的处理上，这部小说走得还不是那么远，显示了某些现实主义小说的残存影响，而在一些场景的描绘上，仍可看到詹姆斯·乔伊斯高超的现实主义写作技巧。而要进入詹姆斯·乔伊斯的文学世界，《都柏林人》和《青年艺术家的画像》是两部入门级作品。由这两部他早期较成熟的作品，我们将顺利地进入他阔大而深邃的《尤利西斯》和《芬尼根守灵夜》的世界当中。

四、2月2日和6月16日，两个重要的纪念日

理解詹姆斯·乔伊斯，必须要记住两个日子对于他和他的作品的重要性：2月2日和6月16日。2月2日是詹姆斯·乔伊斯出生的日子，因此，在1922年的2月2日这一天，西尔维亚·比奇女士将《尤利西斯》全本以"莎士比亚书店"的名义，在法国东部小城第戎出版了。詹姆斯·乔伊斯选择自己的四十岁生日这一天出版自己的这部小说，显然是为了给自己庆贺。2008年5月，我曾到过第戎这座小城市，在安闲的街道上徜徉，在几个教堂之间穿梭，一边欣赏那些和巴黎街头女人气质完全不同的法国小城的美女，一边按照地图，悄悄地寻找着当时出版这本书的一些踪迹。可我什么都没发现，当年印刷这部书引起轩然大波的印刷厂早就不见了，但即便如此，我似乎依稀嗅到了当年《尤利西斯》在这里印刷出版的某种气味。

6月16日是詹姆斯·乔伊斯遇见妻子诺拉的日子，这对詹姆斯·乔伊斯来说，也是一个非常重要的日子。于是，他把小说《尤利西斯》中描绘的那一天的时间定格在6月16日。在这一天，《尤利西斯》中的两个男主人公，将在都柏林进行十九个小时的漫游。在十九个小时的时间里，他们穿行在都柏林的大街小巷，经历了各种事件，见识了各色人物，最后，一直到深夜，进入第三个主角——女主人公莫莉的睡梦中。在那个著名的梦境独白中，意识的连绵流动和表述出来的复杂的女性思绪和经验，以数万个词语的涌动，将我们引向黑夜的黑暗和人性灰暗的洪流中。

《尤利西斯》耗费了詹姆斯·乔伊斯巨大的心血。小说的发表和出版也非常不顺利，在杂志上连载的时候就遭到了"淫秽"的投诉。当时纽约"防止罪恶协会"甚至对连载这部小说的《小评论》杂志提出了抗议，使杂志不得不停止了连载，最后还是流亡在法国的美国人比奇女士开办的莎士比亚书店出版了这本书，而随后美国市场上出现的都是盗版。1924年，美国一家法院最终裁定这本书不是淫书之后，美国版才正式问世，而英国版在1936年才得以出版。1994年，中文译本在中国大陆第一次发行，已经距离这本书问世七十二年了。

《尤利西斯》对要表现的时空进行了压缩，但在内部又无限放大了。小说的时间段是1904年6月16日早晨8点到17日凌晨2点45分，近十九个小时，小说的空间背景是詹姆斯·乔伊斯的故乡都柏林。因此，这本小说也可以说是一部都柏林之书，它的很多地方都是严格按照都柏林的城市布局、街道和地图来书写的，而小说人物就像影子一样，飘动在都柏林的大街小巷里。小说的主人公一共有三个：曾经在《青年艺术家的画像》中出现过的青年艺术家斯蒂芬·戴达勒斯、广告业务员布鲁姆和布鲁姆的妻子莫莉。在整个小说的结构上，则和希腊英雄史诗《奥德赛》完全平行：广告员布鲁姆对应的是希腊神话中的奥德赛，斯蒂芬·戴达勒斯对应的是神话中的青年泰伦马卡斯，莫莉则对应神话中的帕涅罗帕。不过，这三个现代人已经不是《荷马史诗》中的英雄和英雄坚贞的妻子了，在十九个小时的时间和空间里，他们活动在都柏林市区，他们的行动呈现出和神话中的英雄完全不一样的一面：猥琐、世俗、渺小、日常、分裂、卑鄙、灰暗，由此解构了希腊神话史诗中英雄的高大和伟岸，从而对西方文明进行了嘲讽和颠覆。也就是说，詹姆斯·乔伊斯通过这部小说，展现了现代人在工业社会和资本主义制度下的精神分裂、孤独、苦闷、绝望和逐渐崩溃的精神图景。

五、白天之书：和神话平行

《尤利西斯》一开始就被詹姆斯·乔伊斯定位为白天之书，因为小说的主体情节都发生在白天。全书一共三部十八章，第一部有三章，多少有些像《青年艺术家的画像》的续篇，继续着斯蒂芬·戴达勒斯的家庭和成长故事。小说一开始讲述他的母亲病危，他从巴黎返回了都柏林，但是因和父亲不和，在一个旧炮楼里暂时栖身，靠教书养活自己，因此他很需要一个精神上的父亲。当他把炮楼的钥匙交给了合住在一起的医学院学生穆利根之后，他就打定主意离开炮楼了。小说的第二部是全书的主要部分，共十二章，讲述了犹太人广告员利波德·布鲁姆的生活：他和妻子莫莉的关系不很融洽，因为他们共同养育的孩子死了，他们之间出现了裂痕，而妻子有一个情人。这天早晨，布鲁姆去参加朋友的葬礼，思考了死亡，由此开始了一天的漫游。在这一部中，斯蒂芬·戴达勒斯只是配角，而利波德·布鲁姆是主角，他们在不同的场合同时出现，互相逐渐熟悉起来。当斯蒂芬·戴达勒斯与两个英国士兵发生冲突时，利波德·布鲁姆恍惚间把他看成是自己夭折的儿子鲁迪，他准备把斯蒂芬·戴达勒斯带回自己的家。小说的第三部有三章，和第一部在章节上相对称，讲述了布鲁姆带着斯蒂芬在都柏林的夜晚漫游的经历。他们先在一家小店盘桓，之后，布鲁姆带斯蒂芬回家，因为斯蒂芬答应教他的妻子莫莉意大利语。不过，斯蒂芬最后没有答应布鲁姆在他家留宿，而是离开了他家。布鲁姆回到了家中，发现妻子莫莉已经熟睡了，但他觉得卧室里似乎有些异样，对妻子和情夫可能发生的幽会产生了一些联想。小说的最后一章就是莫莉在半睡半醒的睡眠中的独白和意识流，这是全书很有名的一章，没有标点符号，只有意识流的语言流动。在莫莉的梦中，出现了丈夫、情人和少女时代的初恋对象等多个男人，还有对斯蒂芬的性幻想等，小说到这里就结束了。

《尤利西斯》中最重要的结构方式，就是它和《荷马史诗·奥德赛》的平行结构和互文的对应关系。整部小说暗含和对应神话史诗中奥德修斯离家浪游的故事，只不过是奥德修斯变成了现代人、广告员利波德·布鲁姆，而他是在都柏林的大街上漫游。至于詹姆斯·乔伊斯为什么要这么做，多年来，大量学者做了各种猜测和假设。其实，很简单，和神话的对应平行，在这部小说的立意方面，会引发一种特别的效果。因为神话产生于人类幼年时代对世界的想象，而在工业化时代，在20世纪，神话已经死亡，因此，詹姆斯·乔伊斯便设计出和神话并行的结构，来表现人类在当代世界的存在状态和真实境遇这个重要主题。同时，在小说中，詹姆斯·乔伊斯似乎在有意炫耀自己的博学，他使用了大量混杂的文体，以驳杂的知识和各种文学技巧，将小说变成了一个形式上的集大成的文本。小说中十八章的每一个章节的文体都完全不同：有模仿教义手册那样的教义问答，有模仿英语从古代到当代发展的各个历史时期的变化，有电影镜头和蒙太奇手法等。小说的十八章构成了人体的各个部位和器官的总体，假如小说能站起来的话，那么，前三章就是头部，中间十二章是躯干，后面三章则是下肢。小说中还有大量的影射、戏仿、比喻、拟声和音乐技巧，它可以说是小说、戏剧、散文、史诗、幽默和论文的结合体，小说还涉及神学、历史学、语言学、生物学、医学和航海知识等，实在是蔚为大观。在语言上，詹姆斯·乔伊斯使用英语写作本书，其间夹杂着法语、德语、意大利语、希腊语、拉丁语和希伯来语，甚至在有的地方还出现了梵文。有些英语词汇则是詹姆斯·乔伊斯自己创造的，这给读者、研究者和翻译者都带来了巨大的困难和乐趣。由于书中的主人公布鲁姆是犹太人，《尤利西斯》又可以说是关于爱尔兰人和犹太人两个民族的现代史诗，同时也是关于都柏林的一部百科全书。从这个角度来理解这部小说，就比较容易了。

詹姆斯·乔伊斯的小说可以用一天的不同时段来形容。《青年艺术家的画像》可以说是一部早晨之书，一部关于青年艺术家的成长之书，因此，它就像早晨一样清新、有朝气。而且，这部小说是詹姆斯·乔伊斯小试牛刀之作，小说形式和意识流风格的实验在这部小说中都是初步的、基础的，甚至是有些稚嫩的。因此，用清晨的气质和风格来形容这本书是贴切的。而《尤利西斯》则是一部关于白昼的书，虽然，小说的内部时间最终涉及夜晚，但它的整个气质是白昼的，是关于白昼的喧嚣和复杂、清澈和多样的。白昼还意味着理性，意味着清醒、意味着可以被表述和观察。在《尤利西斯》中，白昼的气质无处不在，到处都是很具体的清晰的设计，无论任何一个章节，都是可以度量和被分析的。在整部小说中，詹姆斯·乔伊斯就像一个严谨的建筑师，精心地设计着每一个章节、每一个段落和每一个句子，一直到每一个词语，都呈现出严密的风格和布局——只有在白昼中的清晰和严密、规矩和理性的情况下，詹姆斯·乔伊斯才可以设计得这样合理。因此，《尤利西斯》是一部和城市有关的白昼之书。

六、黑夜之书：梦中之梦

1939 年，詹姆斯·乔伊斯花费十六年之久辛苦创作的长篇小说《芬尼根守灵夜》出版了。这部小说可以说是一部黑夜之书，它用梦幻般的语言，表现了人在睡梦中的意识活动。但是，这本书也被称为"天书"——迄今为止，这本小说到底写了些什么、要表达什么，仍旧是一些读者和学者争论的焦点。

《芬尼根守灵夜》以芬尼根的一场噩梦作为中心，在他的梦中，爱尔兰和人类的历史像一场连续的梦境那样，从他的头顶像河流一样流过。小说没有完整的情节，也没有完整的故事，全部以梦和梦中之梦构成，以梦呓般的语言叙述而成。在小说中，做梦的人表面看是爱尔兰都柏林一个五口之家的家长叶尔威克，实际上，做梦者既有他和他的妻子，还有一个女儿和两个儿子，他们彼此的梦交织在一起，所有的做梦人也是抽象的一个整体，做梦者最后变形为整个人类在一起梦呓。小说中，大梦套小梦、梦中还有梦，最后又归为一个梦，这个梦就像流过都柏林的利菲河一样，连绵不绝，从而将人类的历史带向了远方看不见归处的尽头。小说充满了河流的气息，这条河流还化身为一个女人，到处都是梦呓，在梦呓中，灵魂的飘动和梦想的飞驰，夜晚月光下被拉长的影子和影子下自己的无限舞蹈，都是这部小说要捕捉的内容。小说在梦境中无限地展开，带给了我们黑夜的深度和广度。小说的内部时间基本上都是在晚上，根据某个学者的说法，《芬尼根守灵夜》的内部时间是晚上8点到早上6点，因此，它完全是一部关于夜晚的书、关于梦境的书、关于河流和人类历史的书。小说的结构分成四个部分，是按照意大利哲学家维柯的《新科学》对人类历史的划分，他把人类历史分为了四个阶段：神的时代、英雄时代、人的时代和混乱的时代。这四个阶段在人类历史中不断地循环往复。小说由此也相应地分成了四个部分，并把对人类的描述放到相应的部分里。我觉得这部小说还深受弗洛伊德精神分析理论的影响，它模糊地表达了性欲创造人类生存和延续，然后战争毁灭人类的循环历史观——是性本能、生存本能和死亡构成了人类历史的发展。

　　《芬尼根守灵夜》令人惊异地采用了几十种语言夹杂叙述，当然，主体语言是英语。以这种语言夹杂的方式叙述是詹姆斯·乔伊斯某种别具匠心的考虑，他认为，只有以这种方式，才能表现人梦境的复杂和人类文化的复杂与多层次。但也有人认为，詹姆斯·乔伊斯写这本梦书和天书，实际上是在故意愚弄读者，他在玩一个只有他自己快乐的智力游戏。可能詹姆斯·乔伊斯这一次走得太远了，远到七十年来都让人无法明白这是一本什么书的地步。这部小说的出版并没有引起《尤利西斯》出版后那样的轰动效应和热烈反响，从问世至今，它都是寂寞的，让人望而生畏，掩盖在《尤利西斯》的阴影之下。因此，詹姆斯·乔伊斯在完成了《芬尼根守灵夜》之后，再也没有写其他东西。他疲倦了，原先打算写的一部关于大海的史诗，也永远搁浅了。1941 年 1 月 13 日，在苏黎世，乔伊斯因十二指肠溃疡穿孔而去世。2010 年 3 月，经过两位学者历时十七年整理校订的新版《芬尼根守灵夜》出版了。这个版本相对老版本有九千多处改动，是两位学者根据詹姆斯·乔伊斯生前反复修改的十多次校样和手稿来校订的，必定会使我们在 21 世纪重新关注这部巨著。在我看来，詹姆斯·乔伊斯在写这部小说时，有着更加巨大的野心和雄心——《芬尼根守灵夜》是一部不同于他的其他小说，也完全不同于人类所有作家作品的奇特小说，因为，它本身就构成了一个封闭的巨大系统，小说本身就是人类历史、自然与社会、时间与空间、梦境与现实综合起来的存在。

七、对后世作家的影响

除了上述小说作品，詹姆斯·乔伊斯最开始的作品和最后的作品，都是诗歌。他九岁的时候就写过一首献给爱尔兰民族自治运动领袖查尔斯·帕内尔的诗，而小说《芬尼根守灵夜》最后的部分，恰恰是一首诗。除了他的第一部诗集《室内乐》，1927 年他又出版了诗集《一分钱一个果子》，加上一些集外的即兴诗和短诗，他一共创作了一百六十首左右的诗歌。他的诗歌还带有浪漫主义和象征主义流派的色彩，音乐感很强，有些浅显和直白，大部分诗歌都与情感有关，这和写作这些诗歌时的年龄有关。

因此，詹姆斯·乔伊斯的写作属于那种和自己的生命年轮与体验不断深化同步的作家。到了《芬尼根守灵夜》，他已进入只有自己知道在写些什么的孤绝境界了。詹姆斯·乔伊斯生前一直备受争议，实际上他一生都处在一种精神寂寞里，尽管他获得了欧洲文学界很多人的承认。1940年，他在给朋友的一封信中谈到了半年中他的小说的销售情况："《逃亡者》剧本零本，《青年艺术家的画像》零本，《都柏林人》六本。"如此惨淡的销售纪录肯定让他感到灰心和愤恨，而此时距离他去世已不到一年时间了。

随着时间的推移，詹姆斯·乔伊斯逐渐显现出他无比强大的影响力，近一百年来，《尤利西斯》和《芬尼根守灵夜》确立了它们在20世纪小说史中的核心地位。詹姆斯·乔伊斯的作品如同一个丰富的矿脉，不断地对各个民族的文学发展引发出一些爆炸效果来。他仿佛开启了一个巨大的闸门，将现代主义小说的洪水猛兽放了出来，源源不断地生成了现代主义在20世纪的奇观。可以说，詹姆斯·乔伊斯的作品成了很多杰出作家出发的源头，他们从《尤利西斯》和《芬尼根守灵夜》中获得了创作的灵感。比方说，在表现社会生活和城市景观的阔大方面，德国的亚历山大·德布林的《柏林，亚历山大广场》、美国作家约翰·多斯·帕索斯的《曼哈顿中转站》等三部曲，都受到了《尤利西斯》的影响；至于受到其采用的戏仿神话、内心独白、意识流和时空压缩、文本戏仿等手法影响的小说家就更多了。像美国作家巴塞尔姆的《城市生活》表现城市生活的物化特征，托马斯·品钦的《万有引力之虹》表现物的增殖和人类自毁倾向带来的末日恐慌感。还有，墨西哥作家卡洛斯·富恩特斯的《阿卡特米奥·克鲁斯之死》在意识流的借鉴和发扬上，就更进了一步。秘鲁作家胡里奥·巴尔加斯·略萨的《酒吧长谈》等小说，在结构上一定受到了《尤里西斯》宏大结构和精心布局的影响，并创造出拉丁美洲的结构现实主义这一流派来。而法国作家让·季洛杜的《朱丽叶在男儿国》、美国作家菲里普·罗斯的长篇小说《伟大的美国小说》，则是用滑稽模仿的形式，大胆借鉴了《尤利西斯》里的讽刺和幽默元素。在对时间的理解和运用上，我断定博尔赫斯也受到了詹姆斯·乔伊斯小说的影响。而意大利小说家卡尔维诺在小说的文体变换、符号混杂、叙述游戏上，也肯定受到了詹姆斯·乔伊斯的影响。1969年获得诺贝尔文学奖的荒诞派戏剧大师萨缪尔·贝克特从爱尔兰来到巴黎，在1928—1930年间一直在詹姆斯·乔伊斯身边担任秘书，更是深受其影响。同样，由于詹姆斯·乔伊斯的小说主人公是艺术家和犹太人，后来美国很多犹太裔小说家也都受到了他的影响，比如亨利·罗斯的《不如称之为睡眠》、索尔·贝娄的《赫索格》等作品，而弗吉尼亚·伍尔夫的《达洛威夫人》和《奥兰多》很可能借鉴了《尤利西斯》的某些篇章。可以说，很多20世纪的小说实验与探索，以及小说作为一门艺术的大量可能性，都是从这部小说里衍生出来的。詹姆斯·乔伊斯无疑是20世纪人类小说的一座高峰，一个令人感到炫目的开山者。

帕斯捷尔纳克:时代的人质
(1890—1960)

一、帕斯捷尔纳克诗二首

春　　天

麻疹病菌滋生在阴暗的长廊
走路的人脸上被雪粒击打
红黄的霞光照在了花斑马的头上
就像来自地狱的火苗在熊熊燃烧

城市寒冷如冬天凝固的泉水
源头却是那碧空如洗的蓝天
火漆封印了循环季节的比赛
双轮马车在远处孤单地闪现

圣马可广场

我一生都在沉默地躺着
仰望那无限伸展的白云
大海涌起了波浪,像来自母亲的慰藉
而《摇篮曲》已显得多余

海边的礁石和沙滩
早已被寡妇的泪水浸透
来自海底的呢喃
是送葬者脚下地板的吱吱吱声响

月光昏暗,如同陈旧的盔甲
早已装不下犬吠声声
牛犊成群在雾中出现
渔夫却向着草原奔去

他是那么高大雄壮,能与白云抗争
怎么?他不高大吗?
不久你就会真的知道
大海的轰鸣也压不倒他的桨声

(邱华栋 译)

二

我还记得电影《日瓦戈医生》结尾的那段镜头：在莫斯科街头，当日瓦戈医生忽然看到在熙熙攘攘的人流中，有一个女人的身影酷似他的恋人，他立即开始追赶她的脚步，想赶到她的前面去看看她的脸。但是，就在他紧张追赶的时候，他的心脏病发作了，他不得不捂住胸口停下来，大口地喘气，然后就倒在地上再也起不来了。他死了，他最终还是没有看到那个女人的脸，永远也不会知道那个女人是不是他失散的恋人。虽然这部电影是英国人拍摄的，却相当准确地表现了俄语小说《日瓦戈医生》的主要情节，塑造了可信的、鲜明的人物形象。我看了这部电影之后，又再次重温了小说《日瓦戈医生》，它仍旧具有令人潸然泪下的力量。

20世纪90年代初，苏联的政权体制，作为激烈的社会实验以悲剧性的解体而告终。和这个庞大的国家一起瓦解和坍塌的，还有无数粉饰那个历史时期的文艺作品以及当时走红的作家们——很多俄语小说家随着苏联的解体而失去了他们在文学史上和读者心目中的地位。相反，另外一些俄语作家则越来越突出地代表了那个时代。也许，作家天生必须要和所处的时代保持一种疏离关系，保持一种对视的、批判的、审美的态度，他才可能有价值，他的写作才会有意义。相反，一个作家如果和时代与权力媾和，去一味谄媚和唱赞歌，那么他一定会随着历史的消亡而一起消失。

鲍里斯·列奥尼多维奇·帕斯捷尔纳克，就是一个逐渐浮现出来的杰出作家和诗人。他1890年出生于莫斯科的一个艺术世家：父亲是画家，同时还是莫斯科美术、雕塑和建筑学院的教授，曾经为文学大师列夫·托尔斯泰的小说《复活》配过插图。母亲是钢琴家，音乐修养非凡。因此，他的父母经常举行家庭聚会，来的客人都是莫斯科文化艺术界的精英艺术家，包括大作家列夫·托尔斯泰、奥地利诗人里尔克等，这些大人物都是他父亲的座上客。在这样的家庭文化环境熏陶下长大，帕斯捷尔纳克难免对文学艺术有兴趣，并且选择从事文学艺术事业。从小学、中学到大学，他陆续学习了拉丁文、希腊语、英语、法语和德语。1909年，十九岁的帕斯捷尔纳克进入莫斯科大学哲学系学习。就读期间，他还到德国的马尔堡大学专门研修康德的哲学。帕斯捷尔纳克属于早慧的天才型作家，大学期间他就发表了一些诗歌作品，还在作家安德烈·别雷担任编辑部负责人的一家出版社担任编辑助理。1913年大学毕业后，他与莫斯科的很多诗人、作家、艺术家密切交往，出版了诗集《云雾中的双子星座》（1914）、《在街垒上》（1916）。这两部诗集收录了他的早期诗作，诗歌风格明显受到了"白银时代"象征主义诗人索洛古勃、安德烈·别雷、伊万诺夫、勃洛克以及未来派诗人马雅可夫斯基的影响，诗风多变，用相对晦涩和隐喻的手法抒发了他对爱情、命运、自然和历史的感受。在第一次世界大战期间，由于一次骑马导致的意外伤害，帕斯捷尔纳克没有去服兵役，而是去给别人做家庭教师，同时开始文学翻译。1922年，他出版了自己的第三部诗集《生活，我的姐妹》，诗歌风格摆脱了象征主义的晦涩，开始贴近社会生活和现实，显示了苏联十月革命之后正在创建的新社会带给他的希望和灵感，以及马雅可夫斯基对他的持续影响。

但是，十月革命所造成的激烈的社会变革也导致他的家庭发生了巨大的变化：他的父母和两个妹妹都在1920年流亡到欧洲。帕斯捷尔纳克经过激烈的思想斗争，最后决定留在新生的苏维埃共和国，在新政府的教育委员会下属的图书馆找到了工作，同时继续勤奋写作。可以说，在整个20世纪20年代，他的创作力有了第一次迸发：他发表了中篇小说《柳威尔斯克的童年》（1922）、短篇小说《空中路》（1924），出版了第四部诗集《主题与变奏》（1923），还完成了三首叙事长诗《崇高的病》（1924）、《一九〇五年》（1926）、《施密特中尉》（1927），这几首长诗都是他对苏维埃新政权的激情赞美——前者是对列宁的赞颂，后两首长诗则取材于1905年的一次没有成功的革命。在那次发生在圣彼得堡的革命运动中，一些以暴力手段试图推翻沙皇统治的革命者，最后被沙皇下令处死。由此可见，帕斯捷尔纳克一开始是以诗歌真诚地呼唤着俄罗斯的未来。20世纪20年代，斯大林和托洛茨基都接见过他，斯大林甚至提出来要他担当"时代的歌手"，也就是说，让帕斯捷尔纳克成为一个颂歌的写作者，去讴歌新时代的光明。但是，在20世纪20年代后期，随着苏联政权的逐渐稳固，政府对文化的控制逐渐增强，文网开始渐渐收紧。而帕斯捷尔纳克也十分敏感地觉察到了新社会对作家、艺术家的敌意。他不再那么乐观了。他开始有了反思，尤其是对俄罗斯优秀传统文化开始重视。他摒弃了"未来派"诗人完全反对俄罗斯传统文化的理念，20世纪30年代之后，他的创作发生了显著变化，他已经从一个云雀般赞美黎明的歌手，变成了深深地进行内省的诗人。

这首先体现在他的自传体随笔《安全保证书》（1931）中。这部散文集分三个章节，详细记述了他的家庭生活、他在国内和德国上大学的情况，以及与奥地利大诗人里尔克的交往，还有他在意大利的游历，在莫斯科和很多艺术家、诗人、作家们交往的情况，比如和诗人马雅可夫斯基的亲切往来。这部散文集呈现的是他对"旧时代"文化辉煌的记忆和怀念、对还没有被专政机器打碎的俄罗斯传统文化的依恋。1931年，他创作了叙事长诗《斯彼克托尔斯基》。在这首主题涉及俄国十月革命后红军与白军内战的叙事诗中，他着重描绘的不是历史的变革和必然性，不是政治和战争的残酷，不是现政权的合法性，而是大自然的永恒，还有对爱情的意义的捕捉。接着，1932年，他出版了第五部诗集《重生》，收录了他游历高加索地区所见到的当地风光，还有当地农民和牧民们淳朴的生活与感情。这部诗集隐约地呈现了他的世界观，即反对暴力革命、赞美大自然的美丽和人性的美好与光明。这些中性的作品，立即引起了苏维埃意识形态部门领导者的关注。在1934年召开的全苏第一次作家代表大会上,负责文化和宣传工作的政治局委员布哈林还在赞美帕斯捷尔纳克是"我们时代的诗坛巨星",但随后,一些以无产阶级文学评论家自居的人开始批评他"脱离生活"与"沉溺于自我"。

对帕斯捷尔纳克的批评声说明了时代的风向。到了20世纪30年代后期,斯大林展开了"大清洗"运动,使得苏联社会的空气越发紧张起来。一些"白银时代"的诗人,比如曼德尔施塔姆,很快被捕并遇害,这让帕斯捷尔纳克感到痛苦和困惑,促使他开始警醒和反思新政权的可怕力量,内心的痛苦使他无法专注于创作,心绪缭乱的他只好埋头去翻译一些经典的欧洲作家的作品,比如莎士比亚、歌德、席勒等人的作品,算是一个暂时的解脱。

三

1939年,第二次世界大战突然爆发了。随着德国撕毁和苏联签订的《苏德互不侵犯条约》,作为主要参战国的苏联,在后来的卫国战争中抵挡了纳粹德国的疯狂进攻。在那个战争年代,帕斯捷尔纳克也到达了战场第一线,写下了一些描绘士兵和侵略者作战的通讯和特写。同时,他诗歌创作的热情再度被激发,写下了很多诗篇,连续出版了自己的第六部诗集《在早班列车上》(1943)和第七部诗集《冬天的原野》(1945)。这两部诗集诗风大变,象征主义的晦涩与未来主义的空泛以及对现实的描摹，都不存在了，存在的是清澈、明亮、朴素的情感，是对战争中保卫自己家园的坚强的俄罗斯普通人的赞颂，是对这些构成了伟大俄罗斯民族脊梁的每一个个体生命的爱和赞美。最终，到1945年，苏联战胜了纳粹德国的进攻，拯救了自己，也保卫了人类的基本生存价值和信念。

就在第二次世界大战结束不久的1946年，帕斯捷尔纳克开始着手创作一部反映他所经历的这个大变革时代的长篇小说。此前，作为一个文学体裁的多面手，他在抒情诗、长诗、自传、散文、评论、中短篇小说、翻译等领域都有所尝试，就是没写过长篇小说。此时，五十六岁的帕斯捷尔纳克决定倾注全部心力去创作它。于是，他很快就投入这部长篇小说的创作中。到1955年，他终于完成了长篇小说《日瓦戈医生》的创作。这也是他唯一的一部长篇小说。很快，苏联国家文学出版社决定在1957年1月出版这部小说，同时也希望帕斯捷尔纳克修改其中的一些地方。《新世界》文学杂志也决定在书出版之前发表它。就在这个时候传来了消息，说这部小说的另外一部手抄稿已经落入意大利共产党出版者的手里，他们要以更快的速度出版这本书。《新世界》杂志的主编、作家西蒙诺夫立即写了一封退稿信给帕斯捷尔纳克，说他这部作品实际上仇视苏维埃政权，诋毁新的社会主义社会的诞生，拒绝发表这部小说。

此时的世界政治格局，早已形成了美、苏两国为首的两大阵营——资本主义国家阵营和社会主义国家阵营，彼此对峙，形成了冷战局面。在这种情况下，帕斯捷尔纳克的朋友担心小说无法在苏联问世，就将这部书的手稿偷偷带到了意大利。1957年11月，《日瓦戈医生》意大利文版首先面世了。接着，在不到一年的时间里，这部小说以英语、法语、德语、西班牙语和俄语等不同版本，在欧洲各国纷纷出版，成为西方希望掀开铁幕来窥探苏联文化动态的一个探空气球。此时，帕斯捷尔纳克还在创作戏剧三部曲《盲美人》，终因外界的喧嚷而无法完成。1958年10月，苏联作家协会做出了开除帕斯捷尔纳克的决定。半个月之后的10月23日，瑞典文学院则宣布，本年度的诺贝尔文学奖由帕斯捷尔纳克获得。他获奖的理由是："在现代抒情诗和俄罗斯小说传统领域取得的巨大成就。"但是帕斯捷尔纳克的获奖却引来了更大的麻烦，针锋相对的东西方两大阵营，以帕斯捷尔纳克获奖为焦点，展开了一次舆论的交锋。帕斯捷尔纳克本人也因此成为世界瞩目的中心人物。这一次，连当时还在台上、比较开明的苏联最高领导人赫鲁晓夫也被激怒了。他认为，这是西方人羞辱苏联政权的一次集体行动。在各方面的压力下，帕斯捷尔纳克不得不发表声明，表示自己主动拒绝接受授予他的诺贝尔文学奖，因此也就没有去斯德哥尔摩领奖。

　　这个事件引发的轩然大波，使得帕斯捷尔纳克心力交瘁，备受打击。他变得郁郁寡欢，神情落寞地生活在莫斯科郊区，也断绝了和当时莫斯科的很多文化人的来往。1959年，他完成了自己的第八部，也是最后一部诗集《等到天明时刻》，其中所收录的诗歌，抒发的都是他苦闷和悲凉的心境。比如在《诺贝尔奖金》这首诗中，他这样写道："我完了，像一只被围猎的野兽／别处自有人在，有自由，有阳光／而我的身后只是一片追捕的喧嚷／回顾逃出已然无望。／昏暗的林子，水塘旁边／横着松树放倒的躯干。／周边的通道全被堵截／一切已无所谓。悉听尊便。／可我干了什么肮脏的勾当？／是恶棍还是杀人犯？／我逼得整个世界正在——痛惜我大地的壮美而泫然泪下。／即使如此，即使行将就木／我相信终会有一天／善意将战胜／卑鄙和仇恨的凶悍。"在这首诗中，他的悲愤情绪十分浓郁。在这种状态下，他的身体也每况愈下，1960年5月30日病逝在莫斯科郊区自己的乡间别墅里。书桌上留下的，是他还未完成的长篇自传散文《人与事》。

四

从小说的规模和篇幅来看，《日瓦戈医生》也许算是一部中型史诗。"中型史诗"这个说法是苏联时期一个很特别的小说现象概括。史诗在人类文学史上占有突出的地位，古典史诗有荷马的《奥德修斯》、维吉尔的《埃涅阿斯纪》、奥维德的《变形记》以及《圣经》、英国叙事史诗《贝奥武甫》、中国少数民族史诗《玛纳斯》和《格萨尔王传》、汉族史诗《黑暗传》等。意大利文艺复兴前后，史诗代表作还有但丁的《神曲》和弥尔顿的《失乐园》。到18世纪之后，史诗逐渐演化成了小说作品。在小说历史的演化中，史诗特指那些篇幅巨大、动不动就好几卷的长河小说，这类小说一般都是场面宏大、人物众多、时间跨度也很大，秉承了希腊罗马神话和史诗的传统，使用的文体则是叙事体的形式。俄罗斯小说中，像《战争与和平》《静静的顿河》这类作品，都是史诗小说。这类小说在俄罗斯19世纪形成了一个高峰，开创了一个伟大的传统，因此，俄罗斯每个作家都在追求写作"史诗"。据说，果戈理在写作《死魂灵》的时候，也曾想把这部作品写成三卷本。而《日瓦戈医生》在篇幅上属于中等，翻译成中文有四十多万字，比一般的长篇小说要长，但比起18世纪和19世纪欧洲的史诗小说，篇幅至少缩短了大半。而《日瓦戈医生》的内部时间和空间容量却是史诗的结构和容量，因此不妨称之为"中型史诗"。有趣的是，到了20世纪七八十年代，苏联文坛出现了像艾特玛托夫的《一日长于百年》、邦达列夫的《选择》和冈察尔的《你的朝霞》，在小说的篇幅上又有所削减，但小说内部的时间、空间和人物的塑造依旧有史诗的气魄和风貌，就被称为"微型史诗"，一个"史诗"就这么分成了大、中、微三种类型。

在苏联时期，《日瓦戈医生》的命运和它作者的命运一样备受冷落，沉寂了几十年。一直到1988年的戈尔巴乔夫时代，《日瓦戈医生》在它完成三十多年后，才以俄文的形式在苏联首次出版。如果让我列举我最喜欢的十部20世纪的小说，《日瓦戈医生》肯定会迅速出现在我的脑海里。小说的叙述时间跨度有四十年，主人公是一个叫尤里·日瓦戈的医生，全书以他在1917年十月革命前后的经历和遭遇为主要线索，描绘了尤里·日瓦戈医生个人和整个风云变幻的大时代的关系——个人频频遭受历史变革的锤炼和击打，最终也没有塑造出新的灵魂，只是制造出一个个生命个体的悲剧。尤里·日瓦戈医生不仅医术精湛，还是一个具有人文精神和深厚俄罗斯文化修养的诗人。他在十月革命之前是一个怀着巨大热情的热血青年。他出生于西伯利亚的一个实业家家庭，父亲在沙皇俄国时期是一个官僚，也是一个既得利益者，在他很小的时候，他父亲就抛弃了他和患心脏病的母亲，在国外生活，挥霍完金钱、彻底潦倒之后，从火车上跳下去自杀了。日瓦戈则受到了当牧师的舅舅影响，对文学发生了兴趣。后来，尤里·日瓦戈来到了莫斯科读书，寄宿在一个化学教授的家里，和同样寄宿在那里的学生米沙·高尔东结下了深厚的友谊。而教授的女儿冬尼娅也很喜欢尤里·日瓦戈。等到尤里·日瓦戈从大学的医科专业毕业，冬尼娅从法律系毕业，他们就结婚了，还生了一个儿子。小说叙述到这里，似乎一切都在按照生活的正常逻辑进行。但很快战争爆发了，尤里·日瓦戈作为医生应征上了前线，在战地医院救护伤病员。在一次受伤之后，尤里·日瓦戈得到了一个叫拉腊的护士的精心照顾，结果，他对拉腊产生了感情。而拉腊的丈夫匹夏早就离家出走参加了红军，一直没有音信。尽管尤里·日瓦戈爱上了拉腊，但他知道自己是一个有家室的人，他克制住了自己的感情回到了莫斯科。

此时已是十月革命之后了，尤里·日瓦戈发现，莫斯科发生了惊人的变化：过去为沙皇俄国效力的权贵们全都被打倒了，莫斯科处于动荡、贫寒和饥饿当中，尤里·日瓦戈医生看到的是一个满目疮痍的莫斯科。他不理解为什么十月革命的结果会是这个样子。而作为过去殷实的中产阶级家庭，日瓦戈也发现自己的大房子被其他几个穷人家庭共同占据了，他的家庭立即处于物质严重匮乏的地步，并且周围的穷人对他也不信任，在生活的各个方面，都给他制造了障碍。对于这一段历史情境的描述，我记得无论是小说中还是电影里都表现得触目惊心、令人震撼。为了摆脱困境、改善生存条件，尤里·日瓦戈带着妻子冬尼娅和小儿子，还有老岳父，一起前往遥远的西伯利亚，那里有冬尼娅的外祖父留下来的一处农庄。在他们乘坐的火车向西伯利亚行进的途中，不巧正遇到红军和白军作战，尤里·日瓦戈目睹了城镇被烧毁，到处都是残垣断壁、人民无家可归的悲惨景象，革命和反革命的暴力对俄罗斯造成了巨大破坏。最终，尤里·日瓦戈一家到达了乌拉尔地区的那处农庄，过上了平静的生活。

一天，尤里·日瓦戈在乌拉尔街头忽然碰到了拉腊。原来，她也来到了西伯利亚，为的是寻找自己的丈夫。不久，平静的日子结束了，内战蔓延到了乌拉尔，尤里·日瓦戈被当地的红军游击队征用为随军医生，他不得不和红军游击队一起在冰雪森林里和白军作战，其间，他认识了拉腊的丈夫。原来，拉腊的丈夫匹夏现在已经成为红军的将军，还改了名字，叫斯特尼科夫。他有着铁一样的意志和无情的性格，一直在西伯利亚领导红军抗击白军。但是，尤里·日瓦戈医生受不了游击队生活的苦，偷偷跑回了乌拉尔的那个农庄。当他回到自己的屋子时，发现里面一个人都没有了，冰冷的天气连稿纸都冻在了桌子上，他发现妻子冬尼娅留给他的一张字条，因为她不知道他的死活，已经带着父亲和儿子又回到莫斯科了。

后来，尤里·日瓦戈医生就和拉腊同居了。此时，尤里·日瓦戈医生已被当地的红色政权怀疑为不可靠分子。他预感到自己有可能被逮捕，就跑到了一个废弃的农庄瓦雷金诺躲避，打算和拉腊一起，在那里建立两个人的小世界、两个人的方舟、两个人的天堂。可是，拉腊却因为被一个图谋占有她的商人阻挡，无法前来。最后，日瓦戈医生怀着凄凉的心境离开了乌拉尔，辗转回到了莫斯科，发现他的妻子带着孩子又移民到法国了。日瓦戈医生在莫斯科艰难地求生存。有一天，他在街上看到了一个快速走动的妇女的背影很像拉腊，就在后面追赶她——于是，就出现了我在本文开头所描述过的那悲剧性的一幕——尤里·日瓦戈医生因为心脏病发作而死去。拉腊听说了他的消息，赶来参加他的葬礼，葬礼结束之后就被安全部门的人带走，后来下落不明。她的丈夫匹夏虽然指挥红军打了不少胜仗，一度令白军闻风丧胆，但后来也不被重用，在20世纪30年代的"大清洗"中，被怀疑当过白军，被逼自杀身亡。在小说的结尾，日瓦戈医生的同父异母的兄弟安格拉夫出现了，他是苏维埃军队里的将军，是他收集了日瓦戈生前的所有诗作，并且出版了它们。他还找到了日瓦戈和拉腊生下来的一个女儿，担负起抚养自己兄弟的遗孤的责任。

《日瓦戈医生》这部小说分为上下部，一共十七章，从情节发展来看，上部主要讲述了日瓦戈的童年、在莫斯科的求学和十月革命前后的那段岁月，下部则描绘了日瓦戈前往西伯利亚的经历和见闻。在小说的结尾，以日瓦戈医生留下来的二十四首诗作为全篇的结束乐章。整部小说一共塑造了一百多个人物，他们都围绕在日瓦戈医生的周围，在他的经历中隐现。小说清晰地表达了对以暴力手段进行革命的怀疑态度，对俄国十月革命之后采取的激进政策造成的后果的痛恨，对俄罗斯古典文化在内战中被毁灭的悲哀。但是我最喜欢的，是这部小说中弥漫着的一种沉郁的语调。在小说的叙述语调上，帕斯捷尔纳克显得很从容，仿佛压低了嗓音一样缓慢地、沉着地给你讲述日瓦戈医生的悲惨遭遇，章节的分布紧凑而有序，有交响乐般的细密布局，很多篇章都带着强烈的抒情色彩，这与帕斯捷尔纳克是一位杰出的抒情诗人有关。他用诗人的句子和画家的笔，细致地描绘了打动他心灵的俄罗斯大地上的万物，又为这些在革命中被毁灭而痛惜。他认为文化和大自然是不朽的，是任何革命和任何暴力都不能真正摧毁的。

关于这部小说，帕斯捷尔纳克自己说："我想通过这部小说描绘俄罗斯最近四五十年的历史面貌，同时通过沉重、悲伤的主题，使这部作品成为我表达自己对艺术、对福音书、对人在历史中的生存等的看法的书。"他已经实现了自己的这个初衷。

凭感觉，我一度觉得，日瓦戈医生这个角色有些布尔加科夫的影子——是不是这个医生角色的原型是他呢？因为，布尔加科夫就曾经是一个医生，还几次被迫当过白军和红军的随军医生，目睹和经历了俄国内战的痛苦岁月。但经过仔细阅读和对比，我打消了这个念头。尤里·日瓦戈医生是帕斯捷尔纳克自己创造出来的一个有着鲜明时代感的文学人物，是他自己隐秘的内心自传。因为作家的一切作品，从广义上来说都是作家的自传，不管你写的是什么人、讲的是什么故事，都是作家表达自我的一种形式。帕斯捷尔纳克和布尔加科夫有相似的一面，他们一个是神学家的儿子，另外一个则是艺术家的儿子，他们都深受东正教神学的影响，在自己的作品里都表达了救世主基督是人性的最高象征这么一个理念。不过，两个人的遭遇不一样，《大师和玛格丽特》写于斯大林搞"大清洗"前后的阶段，《日瓦戈医生》则写于赫鲁晓夫当政相对开明的时期，而帕斯捷尔纳克不必担心自己的作品不被读者认同，布尔加科夫在临死的时候还在担心自己作品的保全和最终的问世。

《日瓦戈医生》是帕斯捷尔纳克倾注全部心血书写的他经历的整个时代的侧影和传记。他说："艺术家和诗人，是时代的人质。"这明确地表达了他对诗人和艺术家社会职能的看法。因此，尽管尤里·日瓦戈在职业上被他塑造为医生，可医生同时又是一个诗人，日瓦戈成为20世纪前半叶俄罗斯历史的文学象征性人质，而帕斯捷尔纳克本人和他的主人公一样，是那个时代的真正人质。人与历史的关系是这部小说的主题。帕斯捷尔纳克通过这部小说，表达了他的历史哲学，同时，俄罗斯的文化和宗教、俄罗斯的伟大文学传统的方方面面，都以各种形式体现在这部小说里。

  如果说作家、艺术家、诗人是时代永恒人质的话，那么，《日瓦戈医生》也就成了苏俄特定历史时期的写照和永恒的画像。我想，在《日瓦戈医生》结尾处的二十四首诗歌中，埋藏着帕斯捷尔纳克对时代的全部感受和他最后的遗言。比如，在最后一首取材于《圣经》的诗篇《赫弗西曼花园》中，圣彼得要用剑保护耶稣，耶稣基督对圣彼得说："争执不该用刀剑解决，人，收起你的剑吧。"这表达了帕斯捷尔纳克对任何暴力的否定。诗篇中还表达了当一个人面临苦难而无法避免的时候，那就以甘愿接受苦难和牺牲来完成自己价值的信念。这显示出帕斯捷尔纳克卓尔不群、毫不妥协的气质。虽然小说后来遭到了强烈的批判，一些批评者认为，他把人道主义的抽象概念奉为圭臬，而把革命的正当暴力造成的破坏当成了罪恶是十分片面的。但历史是最公正的。她最终以苏联的全面解体和崩溃，宣告了帕斯捷尔纳克秉持的人文理念的胜利。

纳博科夫：小说魔法师（1899—1977）

一、纳博科夫诗五首

一夜间所发生的

一夜间所发生的，令人如此怀念
那必定是一场安静的雪
我的灵魂如何学习遗忘
这恐怕要在睡梦中才能完成

这不过是精致的幻觉
是什么迷扰了我多年
一个人在起床时所需要的
既非床本身，也非自己的形体

日落时分

在我年轻的时候
每当日落时分
我都经过同一张长椅

每当日落时分
你会看到
天边明亮的云和一只金龟子

那长椅和腐烂了一半的木板
就靠在那粉色的河的高处

在那些遥远的时日里
笑容慢慢离开了你的脸

对于心灵,那些时光早已死去
终有一天,它们还会回来

我们如此坚定地相信

我们如此坚定地相信生活让我们彼此相连
然而如今我回首过去,结果却令我震惊

我的青春轻易地驳倒了我
好像它们从未发生，也从不属于我

假若要执意探寻，便如同遭遇了海上的迷雾
在你与我、浅与深之间
我看到了电线杆，你从后面跑来
跑入夕阳里，跑过你生命的半程

你在我面前凝滞不动，有如一个虚幻的人物
仿佛那些出现在小说第一章里的英雄
而长久以来，我们相信
从低沉的幽谷到高高的荒原之间的路，从未有过裂痕

无论如何

无论俄罗斯的金线在这片战争的土地上如何闪耀
无论灵魂如何融化在怜悯之中
我决不会屈服，决不会停下脚步

厌恶了猥亵与残暴以及逆来顺受地被奴役
不，不，我叫道
我的心灵依旧敏锐，依旧渴望流亡

我仍然是个诗人,请把我驱逐出去

雨

当雨声在夜晚滴答响起
树木摇动着它们的手势
我在床上感受着这一切飞速的变化
雨滴像锡兵一样迈着快捷的步伐
匆忙地走过所有的屋顶

雨滴前行在古老的道路上
滑行、减速又再加速
就这样过了很多绵长的年月
它们永远无法抵达最后一处地方
无法抵达往昔的最深处
因为,那里是太阳所在之地

(邱华栋　译)

二、纳博科夫在欧洲流落

1958年,弗拉基米尔·纳博科夫的长篇小说《洛丽塔》出版,这在20世纪是一件惊世骇俗的事件。这部探讨性畸恋的小说将美国20世纪50年代保守的面具和幕布撕裂开来，为20世纪60年代美国爆炸般的性解放和各种社会运动掀开了帷幕。从此，纳博科夫也由文坛小圈子进入世界大众的视野，并逐渐成为20世纪最优秀的小说家之一。

纳博科夫1899年出生在俄罗斯圣彼得堡，他的家世显赫，祖父当过沙皇时期的司法部部长，父亲是一名法官，反对沙皇统治，后来参加了二月革命之后成立的改良政府。因此，纳博科夫从小就受到了良好的文化熏陶。后来，由列宁领导的十月革命更加激进地将俄国引向了新的方向，历史的车轮使旧俄罗斯快速演变成了一个庞大的国家——新苏联。在那个动荡的时期，小纳博科夫由父亲带着流亡到了德国。从此，纳博科夫就再也没有踏上祖国的土地。1919年，他进入英国剑桥大学学习俄罗斯文学和法国文学，1922年取得文学学士学位，回到了柏林。他父亲当时是流亡在欧洲活跃的自由派分子，因为办报纸刊发自由派观点的文章，惹怒了同样流亡的右翼君主派分子，结果在1922年被刺杀身亡。父亲丧生后的一段时间是纳博科夫最为艰难的时期，他侨居欧洲，开始写作俄语小说，在俄罗斯流亡侨民中获得了一定名声。说起来，纳博科夫十分早慧，他的文学生涯开始得很早，1916年，十七岁的纳博科夫还在俄罗斯的时候就出版了诗歌作品《诗集》，诗风带有象征主义的晦涩和对语言的雕琢，在俄罗斯文坛崭露头角。到欧洲之后，他写了六个戏剧和诗剧剧本。1926年到1940年间，纳博科夫发表出版了九部俄语小说：1926年，纳博科夫出版了他的第一部长篇小说《玛丽》，此后又陆续出版了长篇小说《王，后，杰克》(1928)、《眼睛》(1930)、《防御》(1930)、《荣誉》(1932)、《绝望》(1936)、《黑暗中的笑声》(1938)、《斩首的邀请》(1938)、《天赋》(1939)等。

这个阶段可以说是纳博科夫文学生涯的第一个阶段。在这一时期，纳博科夫通过诗歌、戏剧、小说等多种文体的写作，艰难地寻求着表达自我的文体。小说《玛丽》作为纳博科夫的处女作，带有鲜明的自传色彩，篇幅很短，译成中文才九万字，以柏林一家侨民寄居的公寓为背景，讲述了流亡的俄罗斯人的故事。在他们的生命经验中，对俄罗斯有着感情复杂的回忆。而女主人公玛丽是主角，围绕着她展开的故事和对侨民生活的描绘、对俄罗斯的甜蜜又苦涩的追忆构成了小说略带感伤的语调，从这部小说可以看出纳博科夫的叙述天才。

长篇小说《王，后，杰克》的书名，指的是扑克牌中王、后和小人这三张牌。小说依旧以柏林为背景，人物照例是那些流落在欧洲的俄罗斯人，包括一家服装店的老板、他的妻子和他们的外甥。这是一个三角恋的故事，小说充满了世俗性的喜剧色彩。最后，服装店老板娘患病突然死去，三个人的爱情死结无意中解开了。我从这部小说中看出了《洛丽塔》的雏形。篇幅只有中文四万字的俄语小说《眼睛》于1930年发表在一家专门刊登流亡俄罗斯人作品的杂志上。小说带有超现实主义的特征，使我想起画家达利和布努艾尔合作的一部超现实主义电影《眼睛》，其中一个镜头是用刀片来割开一只巨大的眼睛。小说《眼睛》讲述了一个同性恋者自杀之后，从另外一个世界观察当代生活的故事，但最终，叙述者和这个自杀者合成了一个视角来讲述，而讲述的角度变成了一只眼睛，由眼睛来叙述它所看到的一切，充满了荒诞和离奇的效果。可以说，从一开始，纳博科夫就特别注意小说的文体实验。他很少在小说的形式上重复自己。他说："风格和结构是一部书的精华，伟大的思想不过是空洞的废话。"他一生喜爱捕捉蝴蝶并整理成标本，在我看来，这种爱好投射到小说写作中，也使他的每一部小说都呈现出五彩斑斓的特征，文体、语言、结构、主题、语调、情节和细节，都显示了无穷无尽的变化，使人觉得惊喜异常。

小说《防御》的原名叫《卢金的防守》，描绘了一个象棋大师卢金的尴尬。他为自己的棋局所迷惑，逐渐地将象棋当作了自己的全部生活，取代了他能够感知到的现实，而他的妻子则想办法让他摆脱这种境地。最后，大师卢金还是因为精神的焦虑和无法解脱的苦闷而自杀了。小说呈现的是流亡在外的俄罗斯人找不到出路的精神困境，也暗示了时代的混乱气氛笼罩在渴望新生活的人们头上的压力，使他们濒临崩溃。纳博科夫于1932年出版的小说《荣誉》，同样描绘了俄罗斯人在欧洲流亡的窘境：一个年轻的俄罗斯逃亡者来到了欧洲，在欧洲宽容的环境里逐渐忘却了尾随他的恐惧感，他和一个年纪比他大很多的老女人谈恋爱，他不断地以能够证明自己身份的英雄行为来证明和表达他的爱情，包括潜回苏联境内，然后再回到欧洲的方式来呈现自己的矛盾境遇。这部小说也显示了纳博科夫自己的内心冲突，表露了他作为流亡者居留在欧洲的无所适从、压抑和迷茫感。

  小说《绝望》的题材仍旧关乎流亡柏林的俄罗斯人。主人公是一个巧克力商人，在柏林，他发现了一个流浪汉和他长得非常相像，于是，他萌发了一个骗取保险的计划。他把这个流浪汉诱骗到森林里，互换了衣服之后，就残酷地打死了流浪汉，然后，把流浪汉的尸体伪装成是他的尸体，把他的证件放到了流浪汉的口袋中，接着逃往了法国，等待他的妻子领取死亡保险金之后和他在巴黎会合。但是，令他意想不到的是，警察根据蛛丝马迹，判定那具尸体不是他，保险金没有得到，他的如意算盘完全落空了。他十分恼火，感到被愚弄了，便一边开始写作一部手稿为自己的罪行辩护，一边等待着警察上门抓他。最后，他给自己的手稿起的名字就叫《绝望》。这部带有黑色喜剧色彩的小说，使得后来独树一帜的纳博科夫式的黑色幽默风格第一次表现了出来，对文本间离性的实验——就是把小说本身拆开成互相印证的部分，也获得了绝佳的效果。小说混淆了现实和想象、犯罪和戏剧、镜子和事件之间的关系，通过这部小说，纳博科夫逐渐找到了自己的写作道路，就是在实验文体和对社会的黑色讽刺与幽默结合的笔调中找到一种平衡，同时，呈现出自己多种文化混杂的跨越性优势，大量使用从古希腊到当代欧洲各种文化符号和隐喻，追求文字游戏的缠绕，在文体上对侦探小说进行戏仿和拆解，开辟了所谓"后现代主义小说"的新路。因此,我觉得《绝望》是他的早期小说中很重要的一部作品。

1938年9月,纳博科夫出版了用俄语写成、由他自己翻译成英语的小说《黑暗中的笑声》。这部小说的初稿完成于1932年,是在柏林写成的,原名《暗箱》。从小说的文体上看,是纳博科夫对在20世纪30年代流行的三角恋电影的戏仿。以柏林为背景,小说中出场的人物有三个:阔绰的欧比纳斯、讽刺画家雷克斯、电影院女引座员玛戈,这三个人之间形成了一种性爱关系,最后以阔佬欧比纳斯的死亡宣告关系的结束。在小说中,纳博科夫采用了一些电影蒙太奇式的写法,他还运用了戏剧性的冲突对拙劣的电影情节进行滑稽模仿,并以暗示、象征等手法,使小说的主题显得多义而朦胧。

1938年他还出版了俄语小说《斩首的邀请》。到1963年,这本书才出了经过他本人精心修订的英文版。这本小说是他的小说序列里政治意味比较浓厚的作品,是以反面乌托邦小说的面目出现的:在一个类似希特勒纳粹政权和斯大林集权统治的专制体制里,一个被判处死刑的囚犯想要脱身,但他又如何能够脱身呢?纳博科夫给出了一个答案,那就是,虽然他依旧被处死了,但他的心灵却能以一种怪诞的方式继续逃亡。这部小说的情节很容易让人联想起卡夫卡的小说,也使我联想起博尔赫斯的一篇短篇小说,那是描述一个即将被处死的人以心理时间延迟死刑执行的故事。纳博科夫对斯大林统治时期和德国纳粹统治时期同样深恶痛绝,他对这两个特殊的历史时期都进行了详细观察和研究，但是，以文学的手段来表达对专制制度的批判，很容易陷入情绪化的义愤或者简单的批判。纳博科夫技高一筹，他以黑色幽默和戏谑的叙述方式，把主人公在被行刑前的那些日子里的怪诞思维和行动描述成期望逃脱专制集权制度的一种可能。尽管很多人认为这部小说带有卡夫卡的印记，其荒诞和离奇的情节、黑色的梦境交织，似乎都和卡夫卡有着渊源，但纳博科夫本人坚决地否认了这种看法，他说，他那个时候的德文水平很低，根本无法阅读卡夫卡的作品。那么，这部小说显然就是他对一个荒诞时代的自我理解意义上的天才书写了。

纳博科夫的最后一部俄语长篇小说《天赋》完成于1939年，于次年出版，1963年才出版了这本书的英文版。我觉得这是研究纳博科夫前期写作非常重要的一部作品，因为他动用了他父亲的一些材料。在结构上，这部小说别具匠心，也很有形式感。小说以一个流亡在欧洲的俄罗斯诗人为主人公。他一开始打算为他的昆虫学家父亲写一本传记，最终，这个诗人完成的却不是他父亲的传记，而是俄罗斯著名作家车尔尼雪夫斯基的传记。这反映了诗人在思想上的转换和对俄罗斯文化的深入观察。在叙述上，小说带有巴洛克式样的回旋和繁复的特征，以两条线索交叉叙述，一条是诗人本身的成长，另一条是对父亲生平的挖掘、对俄罗斯19世纪伟大文学时代的回望，视角也在不断转换，把对俄罗斯的深情回忆和欧洲当时山雨欲来风满楼的战前压抑的社会现实联系起来，将时代的文化氛围准确地捕捉到小说中，并把他的一份独特复杂的乡愁表达得淋漓尽致。

1937年，三十八岁的纳博科夫前往巴黎，打算在那里找到一份教书的工作。然而很快，第二次世界大战爆发了，他再次陷入一种困顿和危险当中。1940年，他终于辗转来到了美国，开始了自己的新生活。

三、纳博科夫在美国发达

纳博科夫可以说是在美国发达起来的，是美国给了他一个舞台，一个转变文学风格的机会，没有美国的生活，就没有一个现在看起来如此丰富和复杂的纳博科夫。一开始，他在美国的一些大学讲学，陆续登上了哈佛大学、斯坦福大学、康奈尔大学等美国著名学府的讲堂，在那里给学生们教授俄罗斯文学、法国文学和西班牙文学。课余时间则继续自己的文学创作，这段时间，他的生活逐渐稳定下来。由此，纳博科夫很快进入他写作的第二个阶段，从此不再用俄语写作，而是改用英语写作，用他的八部英语长篇小说顽强地征服了美国和英语世界的读者，获得了世界性的影响，奠定了他20世纪小说大师的地位。

《塞巴斯蒂安·奈特的真实生活》是纳博科夫的第一部英语小说，出版于1941年12月。对于这本英语小说的命运，纳博科夫内心是有些惴惴不安的，他请评论家威尔逊阅读了校样，结果，威尔逊大加赞扬，认为是一部杰作，他才稍微安心了些。这部小说以一个俄罗斯流亡者为他同父异母的作家兄弟写一部传记的形式结构全书，别具匠心地采取了多层次的叙述，比如，作者一边写哥哥的传记，一边还对哥哥曾经聘用的秘书写的另一部传记进行驳斥和证伪，使得小说一边建构一边解构，内部结构复杂有趣。最后，小说中的作者前往医院亲自探访自己的作家兄弟，他发现他的作家兄弟已经去世了，医院里只有一张空床。于是，作者产生了一个幻觉，那就是，他的哥哥也许是根本就不存在的。在一瞬间，作者和他的那个作家兄弟合为了一个人。这部小说就这么有趣地将双重文本和双重的人物合为一体。小说实际上是纳博科夫对自身的深度探询和挖掘，是纳博科夫对自我迷宫的顽强揭示，难怪威尔逊会大加赞赏。尽管这部小说的主题似乎延续了纳博科夫大部分俄语小说的主题——探索流亡者的境遇和状态，但这本书在对作家精神生活的体现和对自身的观照上，在对文本互文性的小说形式探索、对人物的多重人格的描绘上，都达到了一个新境界。

　　第一本英语小说获得了读者和评论家的如潮好评，这使纳博科夫找到了用英语写作的自信。1947年，他出版了自己的第二部英文小说《庶出的标志》，书名的直译应该是"从左边佩戴的勋带"，意思是非正规获得的某种地位。小说讲述了一个专制国家里某个哲学家的遭遇：他的同学帕克通过一场政变掌握了国家政权，希望这个哲学家同学给予支持，出任国立大学校长，但哲学家拒绝了，他认为老同学取得政权的方式是非法的，是"庶出"的。于是，独裁者就使用了包括女色在内的各种招数来威逼利诱哲学家就范，还把哲学家的儿子投入监狱，把哲学家监禁起来。渐渐地，哲学家眼看要屈服了，可当他得知儿子被当作科学实验品给弄死了之后，他决定不再妥协，精心策划了一场越狱行动，结果被狱警开枪杀死了。哲学家最后变成了一只飞蛾，翩然越狱而去。小说完全是一个黑色的、噩梦般的悲剧。据说，纳博科夫写这部小说是为了纪念1945年死于德国纳粹集中营里的哥哥。从小说的艺术性上来说，最出彩的地方就是那个带有荒诞色彩的人变成飞蛾，以飞蛾飞出了监狱喻示希望的存在。

纳博科夫真正让英语世界的读者着迷和发疯的小说是《普宁》和《洛丽塔》。长篇小说《普宁》出版于1957年，主人公普宁是一位在美国任教的俄罗斯老教授。他外表打扮滑稽、行为迂腐，内心却善良温和，带有浓厚的俄罗斯文化品格和乡愁意识。因此，在物欲横流的美国社会，普宁教授感到处处都不适应，与周围的一切都发生了直接或间接的冲突。一时间，同事疏远了他，妻子也离开了他，最后他把所有的精力都投入对俄罗斯古典文学和文化的研究当中去寻找安慰。可以说，普宁是一个失去了爱情、事业和故乡的人。小说描绘了这么一个不合时宜的人在一个新大陆寻求生活的沧桑背影。小说的叙事技艺高超，语调从容笃定，叙述语言平实中蕴含着机智与俏皮，人物带有黑色幽默的滑稽色彩，非常好读，只不过读了之后会有一种悲悯感油然而生。文字背后，是俄罗斯文化的遥远投射与美国当代校园文化的五彩斑斓，这使得这部小说呈现出和一般的英语小说大为不同的文化格调，因此《普宁》在美国社会大受欢迎，成为一时的畅销书。

而纳博科夫的长篇小说《洛丽塔》的出版，可以说是20世纪最具争议性的文学事件了，只有詹姆斯·乔伊斯的《尤利西斯》和萨尔曼·拉什迪的《撒旦诗篇》的出版遭遇才可与之相提并论。1954年，纳博科夫完成了这本书，之后在寻求出版的过程中却四处碰壁，接连遭到了四家美国出版商的拒绝。当时的美国还处于麦卡锡主义的压制和禁锢之下，像《洛丽塔》这样的小说，在当时显得非常离经叛道，走投无路的纳博科夫寻思，也许风气开放的巴黎能够接受它，于是便把稿子邮寄到巴黎。1955年，巴黎的奥林匹亚书局出版了这本书，却把它放到了一套色情小说丛书里。结果，英国著名作家格雷厄姆·格林发现了这本书的文学价值，他立即撰写书评文章，给予热烈的赞扬。大众这才开始注意到这本书，并争相阅读，一时造成了洛阳纸贵的局面。大家口口相传，这本书的名气越来越大，不光是普通读者喜欢这本书，那些猎奇者、性变态、窥阴癖和恋童癖也都很喜欢这本书，这给一些保守人士留下了口实，英国和美国的海关先后都查禁过此书，禁止这本书入境。数年后的1958年，《洛丽塔》才在美国正式出版，继续它被热烈争议的命运。

《洛丽塔》真的有那么可怕吗？它到底写了什么让一些人

如此抓狂？小说的情节很简单：一个叫亨伯特的欧洲中年男子喜欢上了一个十二岁的小姑娘洛丽塔。为了实现自己拥有洛丽塔的梦想，亨伯特就娶了洛丽塔的母亲做老婆。为了独占洛丽塔，亨伯特后来想杀害洛丽塔的母亲，巧合的是，洛丽塔的母亲突然死去了。于是，亨伯特暗自高兴，认为人算不如天算，是老天爷在帮他的忙。他很高兴地带着洛丽塔来到了美国，开始在美国各个地方旅行，一般都住在汽车旅馆里，并寻找机会打算向小洛丽塔下手。最终，他找到了一个机会占有了洛丽塔，满足了自己的隐秘欲望。可是洛丽塔开始反抗了，她厌恶自己的后爹，她和另外一个男人一起远走高飞了。这使得亨伯特十分恼怒，他开始追踪他们，在找到他们之后，开枪打死了那个男人，并依旧对已成熟起来的、怀了孕的洛丽塔一往情深。小说的叙述方式采取了主人公第一人称自述的方式，以亨伯特在监狱里的自述来展开全书。小说还有一个前言，是纳博科夫冒充约翰·雷博士煞有介事地说自己需要编辑一份已经死在监狱里的犯人留下的手稿，这手稿就成了这部小说的叙述主体。小说的开头也是文学史上最著名的开头之一，我看，和《百年孤独》的著名开头不相上下："洛丽塔，我的生命之光，我的情欲之火。我的罪恶，我的灵魂，洛——丽——塔：舌尖向上，分三步，从上颚往下轻轻落在牙齿上——洛——丽——塔。"（时代文艺出版社出版，于晓丹译）这段开头开宗明义地说明了小说将要讲述的一切：畸形的情欲、热烈的恋情、黑色的悲剧结尾和带有滑稽色彩的人物形象。很多年来，这部小说因涉及成年人和未成年人之间的畸形性爱而备受争议和斥责。批评者认为，这是一部不道德的和反道德的书，是一部有害的书；赞扬者却认为，这本书恰恰是对美国物质至上的资本主义社会现实和粗鄙的审美趋向的尖锐批判；第三种观点则认为，作者不过呈现了人性的一种可能性和丰富性，它就是那么平常地存在而已，没必要大惊小怪。而纳博科夫则对各种说法都不置可否，从不发表意见。

在这本书已经问世五十年后的今天，重新来看这本书，人们对小说中的畸形性关系的描绘已经不那么大惊小怪了，从小说的叙述、结构、语言和精神分析层面的解读就更加多样了。我觉得，从总体上说，《洛丽塔》这部小说的机智和反讽，对男人欲望的描绘和批判，使小说具有了对美国社会进行精神分析的深度。小说本身的争议性和多义性也带给了纳博科夫本人丰厚的版税和全球性的声誉。1989年5月，漓江出版社第一次推出的《洛丽塔》中文版有不少删节，封面是一个半裸的女人胸像，一看就觉得这部小说在中国也被误读了。此后，又接连出版了四个不同的译本，但都在强调小说题材的奇特和猎奇性。一直到2005年，上海译文出版社出版了这本书的全译本和豪华精装本，最终确定了这本书在汉语阅读世界里的"正常"的经典地位。

四、纳博科夫在瑞士谢世

　　1961 年，纳博科夫迁居瑞士蒙特勒。此后，一直到 1977 年 7 月他在洛桑去世，他都在瑞士生活和写作。这个阶段是他写作生涯的第三个阶段。一般认为，纳博科夫最好的、最有价值的小说，是他的几部英语小说。他早期的九部俄语小说，虽然有的也很精彩，但似乎都是他的某种文学准备和练习，尽管这种准备和练习期的水准也达到了令人炫目的高度。1962 年，他出版了长篇小说《微暗的火》，这是一部真正具有纳博科夫式谜语特点和形式主义特征的小说，也是纳博科夫最值得分析的作品。这部小说的结构最为奇特，是小说史上的奇观。它分三个部分：第一部分是前言，是作者或者说叙事者的自白与解释；第二部分是一首名为《微暗的火》的九百九十九行的长诗；第三部分则是关于这首长诗的烦琐和多义的评注，也就是小说的主体部分，篇幅占全书的六分之五，形成了复杂的结构和多义的内容。为什么纳博科夫会写这么一部形式感非常强的小说？原来，他曾将普希金的长诗《叶甫盖尼·奥涅金》翻译成了英语，直到如今还是英语世界里最好的译本，诗歌译文有二百零八页。但是，纳博科夫给普希金的这首长诗作了洋洋洒洒长达两千页的注释，厚厚的四大卷，显示了他的渊博学识，也因此促成了他写《微暗的火》这部小说的写作动机。

　　小说讲述了位于东欧的某个虚构的小国赞巴拉国的国王，

被一场革命废黜之后逃到了美国一所大学担任教授的故事。他改名叫金——英语就是国王的意思，他对另外一个诗人、学者希德教授讲述自己的生平，希望希德把他的经历写成诗歌。但希德教授后来被一个出狱的犯人误杀，只留下了九百九十九行长诗。这使金觉得，刺杀希德教授的罪犯很可能就是废黜他的赞巴拉国派来暗杀他的，他从希德教授的遗孀那里取回来这首长诗，开始肆意地进行注解，疯狂地把一首希德教授写给自己的自传式的长诗，解读为关于他这个国王的经历的叙事长诗，进行评注、误读和歪曲，由此也颠覆了小说的潜在主题。

《微暗的火》因为形式上的新颖和意义的复杂，历来是文学研究者最喜欢钻研的作品。至于这本书到底说的是什么意思，争论很大。其实很简单，我想纳博科夫是在和我们玩一个文化智力的游戏，他将小说的游戏性和文本的间隔、互相映衬都融合在一起，给我们提供了一个比较难解的小说文本。我猜测，纳博科夫写这本小说时一定露出了他得意的、诡秘的坏笑。他知道，很多教授今后要为这部小说挠头，那样，他的目的就达到了。

1969年，七十岁高龄的纳博科夫出版了小说《阿达：一部家族史》，我认为，这是纳博科夫最值得关注的小说之一。这部篇幅不小的作品内容特别丰富，主线索是一个九十多岁的俄罗斯裔美国哲学教授回忆自己和同父异母的妹妹所发生的动人而又曲折的爱情，是另外一种类型的《洛丽塔》，形式上以男主人公的日记加女主人公的批注构成了小说情节的主干，表面看似乎是在嘲讽19世纪规模宏大、庄严的家族小说，小说中大量的枝枝蔓蔓，很多是关于俄罗斯乃至欧洲历史上很多文学名家作品的解释和看法。纳博科夫仿佛在写作中随意拽出一些线头，就延伸到欧洲深邃的文化史中了，展现了他十分渊博的学识。他甚至有些炫耀式地掉书袋。在这本小说中，俄语、法语、德语、荷兰语等多种欧洲语言词汇频繁出现，既给阅读带来了障碍，也显示了纳博科夫的一个潜在心理：这本书不是写给那些普通读者的，是写给有着雄厚的欧洲人文知识素养的读者的，这样的读者才配去领会他传达的全部信息。也就是说，这是一本挑选读者的书，不是随便什么人都能够读懂的书。纳博科夫写这本书，囊括了他全部的人生经验和对俄罗斯文化、欧洲文化、美国文化的全部思考，并且饱含着对文化的浓重依恋与乡愁。

1972年，老当益壮的纳博科夫出版了小说《透明》，这本薄薄的小说带有纳博科夫的特殊人生经验。小说主人公似乎是纳博科夫的分身，讲述了一个出版社的编辑，前后四次去瑞士访问和生活的故事。在几次访问中，这个编辑一生中结识的作家和朋友都纷纷去世了，世间仿佛只剩下了他一个人，悲哀和忧愁弥漫在老编辑的心间，其间还间杂着对他自己经历的回忆——他和一名曾经当过妓女的女子结婚，后因她的背叛而一怒之下掐死了她，结果他被关进了监狱达五年之久。小说的结尾，这个老编辑在被美丽的风景包围的瑞士一家旅馆里，遭遇到一场离奇大火，在火焰的吞噬中，老编辑竟逐渐变成了透明的事物，消弭于烟雾和风景中。阅读这部篇幅不大的小说，我想起米兰·昆德拉晚年用法语写的那些篇幅不长的小说。在纳博科夫和米兰·昆德拉之间，我似乎看见了两个七十岁的老人都在用一生的智慧、用简洁而缓慢的语调，讲述生命经验中最重要的沉思。从《透明》中，我看到了晚年居住在瑞士的纳博科夫，已经在准备告别读者和这个复杂的世界了。他自己很想变成那种透明的物体消失。这一定是他在某一时刻的真实想法。

纳博科夫一生中最后一部小说是《看，那些小丑！》（1974），这部英文小说的书名来源于他的祖母对他说的话："看，那些小丑！他们到处都是，在你的四周。"小说的主人公是一个流亡的俄罗斯作家。在小说中，时间不断地绵延、中断，作家不断地浸入回忆，他一生的文学创作连缀其间，但是，最终这个作家连自己叫什么、姓甚名谁都说不上了。他只是人间一个小丑而已。纳博科夫以这部小说自嘲作家职业的尴尬，以自嘲的方式总结了自己一生的工作。

除了上述十七部小说和他翻译注释的那部普希金的长诗，他还出版了评传《果戈理传》（1944），研究分析了俄罗斯杰出的文学家果戈理的一生。因常年在美国的几所大学讲授文学，他还出版了对狄更斯、福楼拜、卡夫卡等欧洲小说家进行细读式研究的《文学讲稿》、研究俄罗斯文学家的讲稿《俄罗斯文学讲稿》，以及研究西班牙文学名著的《〈堂吉诃德〉讲稿》等文学评论著作。他还发表了五十多个短篇小说和九个剧本和四百多首诗歌；出版了回忆录《说吧，记忆》。在他去世之后，整理者出版了他早在 1939 年身在巴黎的时候写就的中篇小说《魔法师》。从故事情节上看，它可以被看作《洛丽塔》的前身。2009 年 11 月，他生前的一部遗作《劳拉的原型》经过后人的整理在美国出版。小说的主题是爱情，一个女人发现自己竟然是一部小说的主角。小说由一百三十八张卡片构成，纯属未完成的小说大纲和笔记。

纳博科夫很早就喜欢研究和捕捉蝴蝶，他是一个相当专业的业余昆虫学家。除去讲课和写作，很多时间他都用来和妻子薇拉一起在郊外捕捉蝴蝶，制作标本。这给他的文学形象增加了一些趣味和神秘色彩，以至于美国某家报刊刊登他的漫画，总是在他硕大的脑袋边加一张捕捉蝴蝶的网。这也成了纳博科夫本人的一个象征：他的一生似乎都在挥动一张捕捉小说文体蝴蝶的网，并像魔术师变戏法那样不断地将代表小说的蝴蝶从网里拿出来。

纳博科夫对小说形式上的探索异常用心。他的小说形式就是内容，而思想却是模糊和混沌的。由于他经历了 20 世纪巨大的历史震荡、变化和剧痛，他的作品呈现出一种十分复杂的面貌。他的小说题材丰富，深度和广度都令同行望尘莫及，他将想象力和渊博的学识结合起来，努力地探索小说可能的边界，像探险家一样改变小说发展的方向。他身上深厚的俄罗斯文化传统和美国大陆的文化活力完美结合，造就了他山岳一般的文学成就，也因此丰富了 20 世纪的小说，并开辟了一条通向小说未来的新路。

马塞尔·普鲁斯特：回忆的长河
（1871—1922）

一、普鲁斯特诗四首

多德雷赫特

天空总是有点忧郁
清晨总是有点潮湿

可爱的多德雷赫特
我珍贵的幻觉的
坟墓

当我试图描绘出
你的河流，屋顶与尖塔
我会感到我爱你

如同爱着故土

阳光依旧明媚,教堂钟声响起
单调而飞快
为了大弥撒,也为了奶油糕点
以及闪闪发光的尖顶

你的天空依旧有些潮湿
但隐藏在天空之下的
依然是微小的忧郁

星期一,一点钟

那些对自然的完整性的忽略
似乎填满了心的缝隙
无头绪的事件向我们耍了一个花招
在猫眼石、天空以及你的眼睛里,获得胜利
那水晶般的形状,眼瞳的颜色
试图胜过我们永恒的痛苦
透过自然,女人与眼睛
以及忧郁与苍白的柔情
这是一个有关宝石的谎言
它就在你的眼睛里,在天空之中

安东尼·华托

黄昏用他蓝色的斗篷,暧昧的面具
弄脏了树下的脸
吻得尘埃散落在疲倦的嘴边……
是什么让温柔变得含混,是什么在靠近,又远离

那伪装,另一个伤心的逃离
爱的姿态被误解——迷人而忧愁——
这是诗人的幻想,还是时髦人物的警觉
爱情需要慎重地被分解:
这儿有小船,轻松的事儿,音乐与寂静

一只狗的墓志铭

我的朋友,一只漂亮的猛兽,你在此长眠
吠叫着永无休止的星期三
这景象无人能够画出,不管是惠斯勒、米开朗
琪罗还是雅戈
一个新来者,他的头与脚紧挨着,令人心生恐惧

不管你是雅典人还是达契亚人,请对此宽容一些
亲爱的陌生人

我代表它向赫拉克勒斯和芙蕾亚祈祷
比伯莱更不幸的是,这只野兽受到了无情的惊吓
不再是我们的一员,唉!

用鸟的喉咙,甚至是芦笛
唱出属于你的荣耀之歌
我也急忙拿起风琴,奏起舒缓的音乐

它不住动人地吠叫
声音传遍了热米尼、刚德拉与布瑞肯德
这只狗在冰冷的叙泽特的中心,得到安息

(邱华栋　译)

二

法国诗人法尔格在谈到马塞尔·普鲁斯特的时候是这么说的:"看上去,他远离阳光和空气而生存,活像一个隐士,长期蛰居在他那座橡木小屋里,他的脸上现出某种焦虑的神情,似乎一股悲伤之情正在逐渐平息,他全身都蕴含着苦涩的善良和仁慈。"

可能对于大部分读者来说,马塞尔·普鲁斯特是一个阅读的难题。因为他写了一部长度令人畏惧、很难耐心读下去的

小说。我曾经问过很多朋友，其中有不少都是我的作家同行，他们是否从头到尾读完了马塞尔·普鲁斯特的《追寻逝去的时光》（又译为《追忆逝水年华》），答案是几乎没有一个人读完它。当然，大家都知道他，也大都阅读过这部世界最闻名的小说的至少一部分内容。可见，《追寻逝去的时光》的长度和密度就像两个难以逾越的鸿沟，阻挡了心态浮躁的人去跨越，同时，也使这部小说继续保持着一种神话般的神秘力量。

马塞尔·普鲁斯特是20世纪法国贡献给人类的伟大的小说家。他的《追寻逝去的时光》已成为改变人类小说历史的作品。如果说小说史的发展是不断由拐点改变的话，那么，马塞尔·普鲁斯特就是一个站在小说史拐点上的作家。他的《追寻逝去的时光》就是改变了小说历史的伟大作品，马塞尔·普鲁斯特因此成为20世纪现代小说的先驱之一。我这么说绝不过分。这部大书分为七个部分，翻译成中文近两百五十万字。首先，从篇幅上看，它就是一个奇迹。如同一条巨大的河流，小说将一个时代的全部印象都化作了个人的、绵密的、厚实的、雕琢的、绵延的、细腻的、忧伤而平静的回忆。这部小说还像一幅无比巨大的花毯，编织了关于马塞尔·普鲁斯特所存在的某个特殊历史时期的全部信息图像。记忆混合着嗅觉、味觉、触觉、听觉、视觉，将那些微不足道的、微妙复杂的心理与外部景象，熔于一炉，造就出一本书，一本连绵下去的书，在书里，时间和回忆似乎永远像河水那样流动着，永不停息，记忆因此得以永恒。

一个有雄心的作家总是想写出一部永恒的伟大之书、一部杰作，可只有很少的作家可以获得上天的青睐，在机缘巧合、天赋和勤奋的共同作用下，最终成为那永恒造物的创造者。

　　那么，《追寻逝去的时光》到底是一部什么小说？是一部长河式的意识流小说，还是一部心理现实主义小说？是一部自传体小说，还是一部教育和成长小说，抑或是通过内心体验所描绘的社会小说？再或者，是一部带有象征色彩的现代主义小说？我觉得，在这部小说中，上述判断都可以用来形容它的某种特征。马塞尔·普鲁斯特把这些标签化的特征都综合在一起，创造出一部无论深度和广度都令人惊异的巨作，一部和他所在的时代紧密相连的伟大作品。

　　法国作家安德烈·莫洛亚写道："对于 1900 年到 1950 年这一历史时期而言，没有比《追寻逝去的时光》更值得纪念的长篇小说杰作了……马塞尔·普鲁斯特像同时代的几位哲学家一样，实现了一场'逆向式的哥白尼革命'，人的精神又重新被安置在天地的中心，小说的目标变成描写精神所反映和歪曲的世界。"安德烈·莫洛亚的评价是相当准确的，不仅说明了这部小说在文学史上的地位，也说明了这部小说的核心贡献：对精神所反映和歪曲的世界的全面呈现。尽管有很多研究者认为，马塞尔·普鲁斯特在写这部小说的时候，更多地受到了当时的心理学、哲学的影响，但我还是觉得马塞尔·普鲁斯特个人的某种特质，比如他高度敏感的神经和哮喘病，还有他病态的神经质，喜欢沉溺于想象和回想的生活状态，是他写出这部小说的真正原因。

三

1871年，马塞尔·普鲁斯特出生于巴黎。他出身于一个中产阶级上层家庭——父亲是巴黎医学界的权威，曾当过类似卫生部部长的"卫生总监"，母亲则是文化修养与家教都很好的犹太人，与巴黎犹太人所构成的富人阶层有着广泛联系。因此，这种家庭出身，带给小马塞尔·普鲁斯特一种特殊而优越的文化背景。马塞尔·普鲁斯特从小体弱多病，九岁的时候，就爆发了第一次哮喘，生命垂危。中学时代，马塞尔·普鲁斯特勤奋好学，对文学、修辞学和哲学都有着浓厚的兴趣和爱好。1890年，马塞尔·普鲁斯特在巴黎大学听到了著名哲学家柏格森的关于人类意识和直觉的心理哲学课程后，深受影响和启发，并将这种哲学理念运用到自己早期的写作当中。从此，柏格森的哲学理论就成了他文学写作的理论支撑，加上他的敏感和神经质的天性，一个伟大的、带有少许病态人格的作家马塞尔·普鲁斯特如新星般开始闪耀天幕。

法国作家莫里亚克写道："马塞尔·普鲁斯特的童年期比一般的孩子要长得多。这是一个感情极为脆弱的小男孩，如果临睡前没有妈妈的吻，他连觉都睡不着。临睡前妈妈的吻，以及它给小普鲁斯特带来的苦恼与欣喜，都成为普鲁斯特后来著作中的主题。例如，他早期的一部未完成的小说《让·桑德伊》和后来的鸿篇巨制《追寻逝去的时光》都是紧紧围绕着这类难忘的回忆展开的。尽管多少做了些渲染与夸张，但无论在普鲁斯特早期的幼稚习作，还是成年之后的鸿篇巨制中，这些回忆都是可信的。在马塞尔·普鲁斯特的著作中，凡是有关普鲁斯特本人或以普鲁斯特为原型的小说主人公的情节，都是有根有据的，绝无虚构成分。"（《马塞尔·普鲁斯特》第一章）这段话是我们进入马塞尔·普鲁斯特的世界最好的指南。

1896年，二十五岁的马塞尔·普鲁斯特出版了自己早期所写的短篇故事和随笔集《欢乐与时日》，并开始写作自己的第一部长篇小说《让·桑德伊》。这部小说一直到1952年他逝世三十年之后，才被发现并于同年出版了。只不过，《让·桑德伊》更像是马塞尔·普鲁斯特的一部草稿、一部习作，同时也是一部带有自传体性质的小说，描绘的也是他童年时代的种种感受和关于少年时代的回忆，明显带有故事的片段和人物的素描特征。可能马塞尔·普鲁斯特觉得这部小说十分稚嫩，因此他一直没有出版它，而是将这部小说中那些大胆实验的写作技巧和整体内容全部用到了《追寻逝去的时光》里。1904年和1906年，他出版了两部译自英国作家的译作——《亚眠人的圣经》和《芝麻与百合》。1905年，他母亲的去世可能是他一生中对其影响最大的事件，严重依赖母亲的他开始了自我反省。自1908年起，他开始构思和写作一生唯一的一本文学评论著作《驳圣伯夫》。这本书的手稿也是在他死后被发现，并于1953年出版的。1909年之后，马塞尔·普鲁斯特用短暂一生所剩下的所有时间，都投入了《追寻逝去的时光》的写作当中，一直到1922年他去世，这部书终于完成了。

一部伟大的书总有自己独特的命运。1913年，《追寻逝去的时光》第一卷《在斯万家那边》在遭遇出版商纷纷退稿之后，不得不由马塞尔·普鲁斯特自费出版。这是因为他把最开始的三卷手稿交给了巴黎的一些出版商，出版商根本就认识不到这部小说的价值，而是在他有意为之的大量词语上都画上了标明语法错误的符号，使得马塞尔·普鲁斯特一气之下拿回了书稿自费出版。有一个编辑在审读报告中写道："有个人患了失眠症。他在床上翻来覆去，睡意蒙眬间，昔日的印象和幻象浮上心头，这里面有些就是写他小时候与父母亲住在贡布雷时如何深更半夜还难以入睡。老天爷！写了十七页！有个句子居然有四十四行！"

但是，马塞尔·普鲁斯特显然对自己的这部作品很自信，他并不过分沮丧，坚持要让它问世，哪怕采取自费的形式。小说第一卷《在斯万家那边》出版后，完全没有引起巴黎评论界的注意。一直到第一次世界大战结束的1918年，马塞尔·普鲁斯特才出版了第二卷《在少女们身边》。这一卷在1919年获得了法国龚古尔文学奖，大家才突然对他注意了起来，马塞尔·普鲁斯特随即声名鹊起，大家也逐渐意识到，马塞尔·普鲁斯特可能带给了他们一个全新的文学世界。后来，对他小说的关注和好评开始与日俱增。1922年在他去世之前，第三卷《盖尔芒特家那边》和第四卷《索多玛与蛾摩拉》也出版了。马塞尔·普鲁斯特去世之后，小说继续获得了很高的评价和持续的追捧。小说的第五卷《女囚》、第六卷《女逃亡者》、第七卷《重现的时光》一直到1928年才出齐，形成了小说的整体规模。随着时光的流逝，人们发现20世纪一部无法绕开的杰作，就这么悄悄地诞生了。

让我们来看看这部小说诞生的那一刻。如同宇宙起源于大爆炸的奇点上，任何一部小说的写作，都有灵光一闪的一个触发点。1909年的某一天，马塞尔·普鲁斯特和平时一样，在喝茶和吃一片面包的时候，忽然，他通过舌头感觉到了过去记忆里的味觉和触觉，于是，一扇记忆的大门被猛然打开了，过往所有的生活，包括那些花边一样复杂精致的细节，伴随着细腻而生动的感觉，全部在他的记忆里复活。他感到自己找到了写作《追寻逝去的时光》的办法了。自此，他就一泻千里地开始了这部小说的写作。我甚至可以想象得出，那个品尝面包和茶水的一刻，全部的《追寻逝去的时光》是同时涌现在马塞尔·普鲁斯特的脑海中的。这很像加西亚·马尔克斯苦苦寻找《百年孤独》的开头，直到那个包含了过去、现在和未来全部时间的著名开头出现在他的脑海里的一刻，整部小说也同时出现在了他的脑海里。

在那一刻之后，剩下的工作就好办了，只需要去记录和整理那些已在脑海里涌现的东西就可以了。小说的写作，有时候是需要天启和某种神秘力量的。这对有准备的、有创造性的、不甘平庸的作家更是如此。马塞尔·普鲁斯特和加西亚·马尔克斯各自找到了自己的那一刻，于是，20世纪两部伟大的小说就这样诞生了。

四

那么《追寻逝去的时光》写的是一个怎样的故事——假如所有的小说都讲了一个故事？这部小说，有没有相应的时代背景、人物形象和事件起始呢？这些，在《追寻逝去的时光》里全都有，只不过马塞尔·普鲁斯特所运用的叙述手段不是一种线性的时间叙述，而是在大致线性的时间叙述当中，不断地以跳跃、回旋、补充和折返来修正他对时间的感觉，同时，事件和人物也以不断变换角度重新讲述的方式，使读者可以逐渐地拼贴出全貌。《追寻逝去的时光》这部小说叙述的年代，往前可以延伸到1840年，向后则到1918年第一次世界大战结束为止。小说所涉及的人物有两百多个，小说的主角，不妨看成是作家本人和他创造的一个自我分身的混合体——那个小说中的马塞尔，既是他自己又不是他自己。在小说中，叙述者马塞尔从儿时不断成长，终于成长为一个小说家。小说所叙述的人物和事件总是反反复复出现，如同不断变换时间的刻度。小说的情节并不连贯，人物也不是按照顺序出场，而是反复地出现在小说中，并互相映衬。小说叙述的地理范围从法国小城伊利埃开始，因为小马塞尔过去经常在那里度假。小说所涉及的主要人物，一部分是叙述者的亲戚：父母、弟弟、叔叔、舅舅、姨妈和婶婶,还有很多小城乡下的邻居和村民;另外一部分,则是巴黎的中上层人士,包括了叙述者的一些中学和大学同学、他父亲的朋友们和母亲的犹太富人朋友的社交圈子,由此,这两组人物关系的链条不断地延伸和扩大,在小说中像涟漪一样一圈圈扩展开来,从而构成了19世纪末到20世纪初法国从巴黎到外省乡下各色人等的全景画廊,也确立了小说的历史学、社会学和人类文化学的价值。

"在很长一段时期里,我都是早早就躺下了。有时候,蜡烛才灭,我的眼皮随即合上,都来不及咕哝一句:'我要睡着了。'半小时之后,我才想到应该睡觉;这么一想,我反倒清醒过来。"这是小说的第一卷《在斯万家那边》中的第一句话。由此,叙述者开始了漫长的回忆。《在斯万家那边》这一卷分为三个部分。第一部分"贡布雷"中,叙述者开始回忆他住过的各个房间,然后就开始追忆他在贡布雷所度过的童年生活,对母亲的爱的细腻回味。在这一卷中,最有名的段落和篇章,是叙述者对小玛德莱娜蛋糕的味道所引发的回忆那一段,确立了最显著的马塞尔·普鲁斯特式的语言风格。由此,通过叙述者内心独白式的叙述,他在贡布雷的生活以及当地的社会习俗、居民、植物与自然景物全部一一浮现,包括他第一次见到斯万先生,还有盖尔芒特公爵夫人的出场。叙述者追忆完这些之后,在一个早晨醒了过来,第一部分就结束了。第二部分是"斯万之恋",在这一部分里,叙述者多少隐匿起自己的主观身份,而以旁观者的身份来讲述:在叙述者认识斯万之前,斯万就进入了巴黎上流社会的社交圈子，斯万先生还爱上了引荐他进入那个贵族和资产阶级上层圈子的女子奥黛特，而奥黛特青睐的却是另外一个男人。结果，斯万先生就非常嫉妒，也备受煎熬。后来，斯万被排除出那个上层社会小圈子，也逐渐远离了那段无望的爱情。在小说第一卷的第三部分中，叙述者又重新活跃起来，继续变得全知全能。他继续回想着自己的少年时光，并将这种回忆由贡布雷的生活延伸到了巴黎的香榭丽舍大街边的公园里。在那里，叙述者爱上了斯万先生的女儿吉尔贝特·斯万。最后，小说以园林自然风景引发的回忆结束。

我在读《追寻逝去的时光》的时候，感觉到它的叙述语调似乎一直没有变化，它是缓慢的、有节奏的、绵长的、无穷无尽的。马塞尔·普鲁斯特似乎特别喜欢运用长句子，以这些长句子达到对回忆的最精确描述。最长的句子出现在小说的第五卷，以"从实实在在的、崭新的座椅之间，梦幻般冒出沙龙、玫瑰红丝绒面的小椅子以及提花毯面的赌台……"开始，到结束翻译成汉语在一千字左右——读者可以去查阅一下，可见其句子之长和小说之长的某种暗合的关系。马塞尔·普鲁斯特还喜欢不规则地运用标点符号，尊崇口语的多变和中断、书面语的复杂句法，以及没有表达完全的那种含蓄感。他常以一种语调贯穿小说的始终，就是因为叙述者是在用内心独白——也可以叫意识流——的方法在讲述。

这部小说的第二卷《在少女们身边》则继续了这种追忆风格。这一卷分为两个部分。第一部分"在斯万夫人周围"，叙述者延续第一卷第三部分的回忆,主要回忆了他对斯万夫妇的女儿吉尔贝特·斯万的追求以及追求失败后的种种心绪。其间还交代了叙述者和斯万夫人周围的一些上层知识分子交往的细节。在第二部分"地方的名称:名称"中,叙述者笔锋一转,开始回忆起和外婆一起去海滨度假的情景,并由此认识了外婆过去的老同学——一个侯爵夫人,以及这个夫人的后辈亲戚。叙述者还认识了一个画家和画家的一些女朋友。他试图亲吻那些女孩子中一个叫作阿尔贝蒂娜·西莫内的女子,但被她拒绝了。小说的这一部分是最出彩的:对时光和岁月的留恋,对女性世界的观察,对情爱心理的展现,对人物叹为观止的生动和细腻的描绘,以及所运用的语言的繁复和优美,在这一章节里毕现无遗,马塞尔·普鲁斯特的美学风格也进一步得到了确认。

《盖尔芒特家那边》是小说的第三卷,这一卷分为两个部分。第一部分详细叙述了主人公和邻居盖尔芒特公爵夫人的隐秘激情:叙述者试图靠近盖尔芒特夫人,但他只能去接近她的外甥,以迂回方式接近。由此,他开始进入了一个资产阶级上流社会的社交圈,认识了各色人等,并发现了人类关系组成的奥秘。在第二部分当中,叙述者的外婆去世了,他陷入悲哀当中。而他曾追求过的女子阿尔贝蒂娜·西莫内来到了巴黎。她专门来看望他,此时她已经改变了对他的看法,没有再拒绝他对她的亲吻。随后,小说继续叙述主人公参加盖尔芒特公爵夫人家的社交活动,并在那些社交场合认识了更多的人。在这一部分的结尾，在盖尔芒特公爵夫人举办的一个沙龙上，斯万先生说自己已病入膏肓，听到的人却没什么反应，大家无动于衷，这使叙述者体验到一种极其复杂的感受。

小说的第四卷《索多玛与蛾摩拉》，从卷名上就可以判断，这一卷的主题是关于性、爱情和罪恶的。我们知道，在《圣经》中，索多玛和蛾摩拉是两座罪恶之城，它们的居民陷入乱伦和罪恶中不能自拔，最后被发怒的上帝所摧毁。《索多玛和蛾摩拉》这一卷也分为两个部分。在第一部分中，叙述者发现了一个秘密：夏吕斯先生是一个同性恋者，他的同性恋对象是裁缝朱皮安。由此，叙述者在内心唤起了一种不舒服的感觉，因为他对同性恋持一种审慎的批评和不接受的态度。小说在这个部分点题了，将卷名的含义做了阐释。在第二部分中，叙述者又回到了自身，讲述他和阿尔贝蒂娜·西莫内的交往，他对她的各种揣测和仔细琢磨，发现了她的一些反常表现。这导致叙述者非常焦虑，内心陷入了矛盾和嫉妒，因为阿尔贝蒂娜·西莫内并不能够确定自己是否真的爱他，他也感觉到了这一点。当他最终想放弃对阿尔贝蒂娜·西莫内的追求时，阿尔贝蒂娜·西莫内又通过谈论其他女孩子，引发了叙述者的嫉妒，最后叙述者决定带阿尔贝蒂娜·西莫内回到巴黎，要向自己的母亲宣布，他要向阿尔贝蒂娜·西莫内求婚。这一部分，马塞尔·普鲁斯特描绘了人对情欲的羞耻感和罪恶感，其到达的深度令人惊叹。

第五卷《女囚》则继续讲述叙述者本人的爱情遭遇：阿

尔贝蒂娜·西莫内和他回到了巴黎，住在他的寓所里。他既在感情上囚禁阿尔贝蒂娜·西莫内，又在行动上监视她，企图约束她。当她在他身边时，作为一个想当作家、喜欢孤独的人，他又感到了无端的烦躁，感到两个人在一起并不舒服——这很容易使人联想起卡夫卡几次失败的爱情。而阿尔贝蒂娜·西莫内只要想出去参加交际活动，他就感到不安和嫉妒，这导致了他们不断争吵。直到有一天，他外出，在进行了激烈的思想斗争之后，决定和她分手。当他回到了家中，却发现阿尔贝蒂娜·西莫内已经出走了。这一卷的卷名"女囚"，讲述的就是一个男人想用爱情来囚禁一个女人的最终不可能。

第六卷《女逃亡者》继续讲述叙述者的爱情。他很快就后悔了自己和阿尔贝蒂娜·西莫内那次要命的争吵，想让她重新回到自己身边，并且通过朋友传递了他想和好的迫切愿望。而等到阿尔贝蒂娜·西莫内决定回到他身边的时候，他又有些后悔了。因为，一个女人将给他带来好的和不好的所有东西。小说将人在两难境地里的状态描述得相当逼真。那么，最终怎么办？小说自然有解决的办法：就在这个时候，阿尔贝蒂娜·西莫内在一次骑马中掉下来，摔死了。于是，问题解决了。但是叙述者立即陷入了悲痛之中。他开始回忆和阿尔贝蒂娜·西莫内的所有交往，并开始了解女友过去的生活。他发现，阿尔贝蒂娜·西莫内竟然是一个同性恋者。叙述者因这一发现减轻了内心的自责。他又开始追求一个新的姑娘，这个姑娘就是很久以前他曾喜欢过的吉尔贝特·斯万——斯万夫妇的女儿。而此时的吉尔贝特·斯万已经准备嫁给罗贝尔·圣卢先生了。

小说第七卷《重现的时光》就要将小说所涉及的主要人物的命运做一个最终的交代了：叙述者一心想当作家，但他一直对自己信心不足，因为，他发现，写作和具体的生活距离过于接近了。他必须找到自己信赖的、同时又可以婉转描绘生活的某种文学形式。第一次世界大战结束之后，他从外省疗养院回到了巴黎，重新加入了以维尔迪兰夫妇家为中心的巴黎上流社会社交圈。这时他发现，巴黎的一切都已物是人非。斯万先生当年爱过的女子奥黛特成了盖尔芒特公爵的情妇，而吉尔贝特·斯万的丈夫圣卢此时在战场上阵亡了。在维尔迪兰夫妇的沙龙上，吉尔贝特·斯万向他介绍自己的女儿。她女儿已经十六岁了，而斯万和盖尔芒特两大家族的血脉，在这个十六岁的女孩子身上汇聚到了一起。就在这时，面对眼前的青春少女，叙述者感到了时间神秘而巨大的力量，他忽然决定，他要像盖一座宏伟的教堂那样来写一本书，将这个由亲戚和朋友、爱情和血缘、家族和联姻、战争和动乱以及迅速变化的社会各个阶层的全部关系，都写到一本书里。最后，他完成了这本书，这本书就是读者刚刚读完的《追寻逝去的时光》。

这就是《追寻逝去的时光》七卷本所讲述的主要故事情节。我在前面说了，在小说叙述的铺展中，叙述语调令人惊异地一以贯之，并没有太大的变化，平缓、亲切、深沉，故事情节都分散在不同的时间段里，叙述者并没有按照时间的顺序来讲述，而是不断地向前叙述，又不断地向后迂回。最后，小说的结尾和开头呼应，构成了这部回忆性长篇小说首尾相连的封闭的结构空间，形成了教堂一样外观宏伟、内部精雕细刻的风格。

在这部小说诞生之前，还从来没有哪一部小说仅仅依靠内心独白——意识流就推动了全部故事情节的发展和全部人物的塑造，最后构成一部庞大的叙述体的文学编织物。我有时觉得，这部小说太像一块巨大的花毯了，在这块花毯上，各色花纹、图案、人物、风景、故事，都是同时涌现在你眼前的，它是平面的、无限广大的，向四周延伸开来，成为一个消逝的时代的佐证。而编织这块花毯的正是马塞尔·普鲁斯特，这个敏感的、病态的、神经质的哮喘病人。

五

关于如何写作长篇小说，马塞尔·普鲁斯特在接受访问的时候曾经说：

"我们既有平面几何，也有立体几何，后者是关于三维空间的几何。那么，对于我而言，长篇小说并不意味着只是平面的（简单的）心理学而是时间的心理学著作。它是那种我试图隔离的、看不见的时间物质，而且，它意味着实验必须持续一个很长的时期。我希望不要以某种不重要的社会事件作为我的书的结尾，比如两个人物之间的婚姻，他们在第一卷里属于完全不同的社会阶层。这将意味着时间在流逝，披上了凡尔赛宫里铸像上可以看到的那种美丽和铜绿，那是时间逐渐给它镀上的一个翠绿色的保护层。"

在这一段话里，马塞尔·普鲁斯特已经完全地表达了他对长篇小说写作的观念。小说就是时间的艺术，写作小说，就是如何处理小说中的时间，处理人感觉到的意识、心理和记忆所构成的时间。同时，小说还是空间的艺术，一方面小说中的人物在一定的空间里活动，另一方面小说自身还构成了一个由时间的维度所确定的空间。这个时间和空间在马塞尔·普鲁斯特笔下成为不断绵延的叙述的河流、词语的河流，一条由一百五十万个法语单词或两百五十万个汉字构成的长河。

马塞尔·普鲁斯特的这部《追寻逝去的时光》主要由回忆构成片段，又由连绵的无意识回想和内心独白来完成。这部小说深深地进入人的内心宇宙，将一个个体生命所经历的时代的全部记忆都化作内心时间的流动来展现出来。如果把马塞尔·普鲁斯特的这部小说与巴尔扎克的《人间喜剧》系列相比，前者在表现外部的社会现实方面似乎是狭窄的，但这种狭窄实际上是一种假象。马塞尔·普鲁斯特向内心的深渊、大河和宇宙走去，在那里，他发现了巨大的暗河和地下之海，那就是人的意识、人的内心的声音。他沿着内心的河流向那个未知的黑暗走去，带给了我们他发现的深藏在人类内心的一切。于是，马塞尔·普鲁斯特就这样在私人的生活领域与有限的社会风景之间来回编织和穿越，给我们描绘了那个时代的人的心理肖像和社会肖像。

马塞尔·普鲁斯特写出了一部足以和人类文学史上最伟大的作品相媲美的作品,《追寻逝去的时光》完全可以和希腊罗马神话、莎士比亚的戏剧、巴尔扎克的小说世界相媲美。英国评论家雷蒙德·莫蒂默有一段话评价马塞尔·普鲁斯特,他是这么说的:"没有一位小说家所描写的人物能比马塞尔·普鲁斯特带给我们的真实感更强,而且,我们对于马塞尔·普鲁斯特笔下的主人公的了解比任何其他小说中的人物要多得多。仅凭借这个理由,我认为,他是(人类)无可匹敌的最出色的作家。"

泽巴尔德：沉思的德国人（1944—2001）

一、泽巴尔德诗五首

墓 志 铭

值班
在阿尔卑斯山脉的延展中
这个铁路职工思考着本质
并按虚线撕下了日历

带着鞠躬
念珠时间
等在外面
为了进入房子的许可

这个职员知道：
他必须带回家
这个间隔
不能迟延

蒂罗尔的沙特瓦尔德

信号收集起来了
定居在黄昏的边缘
在树木中雕刻
流血和变黑
印在山上

灌木篱墙中的山楂树
沿着道路的长度
黑色相对于冬天的纸莎草
罗塞塔石碑

在房子的阴影里
传奇诞生的地方
破译开始
事物不同了
跟他们看上去那样

混乱
在随后的参观者中
是永远的规则

挂起你的帽子
在这半道上的房子里

索米尔白葡萄酒,据瓦莱丽

先驱者们已经断定了
一种练习,在达成了
精心制作的数据
作为他们训练的一部分
在先进的即兴曲里

现在被抛弃了
这沙子跑道的曲线
进入阴影的延长线

那时,急速地滑行经过
从其他地方,一个幽灵
交叉于我们的视野
在一个令人惊讶的测量过的踏板

示范,先生们

我艺术的顶点

骑行,走路,和

那个没有瑕疵

或者繁荣

冬天的诗歌

山谷回响

带着星星的声音

带着巨大的沉静

在雪和森林之上

牛群正在他们的牛栏

上帝正在他的天堂

儿童耶稣在弗兰德斯

相信和被拯救

三个智慧的人

正行走在地球上

唱片的台词

快得像一下眨眼,一颗星星

从天堂掉落

就像什么都没有

在树上生长

现在许个愿

但是不要告诉一个灵魂

否则它不会实现

准备好了或者没有准备好

我都来了!

二、泽巴尔德:沉思的德国人,诗性的忧郁

泽巴尔德的名字我并不熟悉,我是先看了他的长篇小说《奥斯特利茨》之后才有了印象的。接着,我买到一本他的英文翻译诗集,是企鹅出版社出版的。这个我陌生的德国作家引起了我的好奇——这究竟是一个什么样的小说家和诗人呢?他的诗,带有一种迅捷的语速,却有着沉思反省的魅力。他将寻常的事物涂抹上不寻常的印记,给我们带来陌生的美感。

先说说他的《奥斯特利茨》这本小说。最开始,我以为与一场战斗有关。奥斯特利茨之战——似乎是拿破仑打过的一场战争。但是不,这本书讲的是一个叫奥斯特利茨的德国人,

他对自我和德国人的精神世界进行了一番追寻。这部长篇小说获得了 2002 年的美国全国书评家协会奖，引起了英语世界读者的注意。此前，他的作品在德国获得了 1994 年的柏林文学奖、1997 年的海因里希·伯尔文学奖、2000 年的海涅文学奖和 2002 年的不来梅文学奖。可见，他是一个相当引人注目的德国作家。

泽巴尔德 1944 年出生于德国，二十二岁移居英国，在英国的曼彻斯特大学和诺里奇东英吉利大学任教。2001 年，年仅五十七岁的他在英国去世。这是他最简单的生平履历了。从他的经历来看，我觉得有点儿像是奥地利的德语作家卡内蒂，卡内蒂也是后来一直在英国生活和写作，直到获得了诺贝尔文学奖。因此，泽巴尔德等于是一直在英语国家里生活，但主要用德语写作。

《奥斯特利茨》这部小说最吸引我的地方，在于这部小说有一种沉郁的德国气质，也就是说，思想像雾气一样，弥漫在小说里。按说，有思想的小说读着都比较累，令人望而生畏。人们读小说，本意就是寓教于乐，要有阅读的快感。那么，《奥斯特利茨》这本小说，有没有阅读的快感呢？我觉得是有的，而且这本书还有一个特点，那就是它有一些摄影图片作为插图，而且数量不少。这一点在当下的小说里并不多见。

一般来说，除了中国古代小说的绣像，插图小说在西方小说传统里也是一个亚种，并不普遍，部分原因就在于小说是以文字来唤起无尽的想象的，而不是以喧宾夺主的插图来成为阅读过程中的遮挡物。文字能够唤起每个阅读个体的想象力，图像则总是具象的、单幅的、限定性的，这是很多人没有想到的问题。因此，在20世纪中期之后，有些人热烈欢呼电影、电视、数码相机和互联网时代的来临，影像世纪的到来，以为文字不行了，却恰恰中了圈套，而语言和文字的魅力，却依然依靠小说和其他文体的作品，放出璀璨的光华。

但这并不是说，小说有插图就是画蛇添足。在《奥斯特利茨》中，有八十多幅插图，都是黑白图片，摄影为主，还有一些街道地图等。这些黑白摄影图片强烈地凸显出了一种时间的已逝感。显然，这是一部关于记忆的小说，是关于一个已经逝去的时代的小说。奥斯特利茨是伦敦一所艺术学院的老师，他开始对自己的身世进行调查。在这一调查过程中，扑朔迷离的欧洲历史与人性的复杂微妙构成了回忆的不可靠、模糊与漫漶感。时间的碎裂和不确定则构成人和时间之间关系的紧张和疏离。小说在个人对记忆的追寻中，逐渐接近了历史的真相，那就是，德国人和犹太人的历史关系和宿怨。这一历史性成因，在这部小说中逐渐像海水中的礁石那样在退潮的时候裸露了出来。海水退潮的过程，就是类似奥斯特利茨追寻的整个过程。

我还拿这部小说与法国作家莫迪亚诺的一些作品相比较，因为莫迪亚诺和泽巴尔德在年龄、小说的主题和写作手法上比较接近。莫迪亚诺在追寻过往、亲人、故事、战争、情感的过程中，导致了对追寻本身的迷失。他得不到任何现成的答案，而泽巴尔德则得到了一些确定性的结果。另外，莫迪亚诺的写作显得轻巧，而泽巴尔德则显得滞重，那些被奥斯特利茨找到的人的叙述，使这一过程显得忧伤而抑郁。德国纳粹产生的原因和德国人灵魂深处的特性，是这本书最终带给我们的回答。

泽巴尔德和卡内蒂一样，对不同的文学文体都有尝试。他的小说还有《移民》。他还写有一部游记《土星之环》，论及当代德国作家的难以归类、姑且算作散文的《乡村别墅中的住所》，记述二战期间汉堡大轰炸和文学评论结合起来的书《空战与文学》以及一本散文集《未被讲述》。这些作品都给他带来了一些荣誉，但德国文学界并不认为他是最伟大的当代德国作家，因为他在英国待的时间太久了，和德国有些疏离。

任何跨越两个国家和语言的作家，都面临某种巨大的挑战，也有着不一样的可能性。泽巴尔德的写作，在德语诗歌方面，却呈现出独特的面貌。他的诗选集《穿越陆地和水》（1964—2001），几乎收录了他大部分的诗歌作品。这本诗集呈现的诗歌风貌显得简洁具体。在这里，我翻译了他的五首诗歌，可以看到他诗歌的语速很快，省略很多，从标题上看，似乎给你留了窗口和门路，但当你进去，你会发现这是一条死路。因此，他的诗歌风格我觉得有些和保罗·策兰相似，就是省略的空白比较多，需要读者用自己的经验和语言去填补。诗风多少有些干脆和冷硬。但这样的诗，又带有某种反讽的沉思和哲理的味道，在语言和思想的残酷碰撞之中成就诗意。

戴·赫·劳伦斯：矿工的儿子（1885—1930）

一、劳伦斯诗七首

孩子赤脚奔跑

当孩子的白嫩脚丫有节奏地穿过草丛
小小的白色脚丫上下摆动就像白色花儿在风中
他们保持姿势和奔跑，像一阵风穿过
杂草稀薄的水面上

她的白色脚丫在草丛里玩耍的景象
迷人得像是知更鸟的歌唱，这样飘荡
或者像停驻在一块玻璃上的两只蝴蝶
托起好一会儿，柔软的小小的翅膀拍动发出声音

我希望这个孩子将会改变方向穿过这里走向我

像风的影子在池塘边奔跑，这样她能够站立
带着两个小小的赤裸的白色脚丫在我的膝盖上
这样我能在任何一只手里感受她的脚丫

像早晨时分的紫丁香花蕾一样清凉
或者像初开的芍药花一样坚定和柔软

有意识的爱

月亮缓慢地从红色雾霾里升起
在她金色的移动中脱去衣裳，因此
浮现白色和优美；而我惊讶地
看见我前方天空里，一个我不认识的女人
我爱上了她，但是她走了，而她的美伤了我的心
我追随她一整夜，祈求她不要离开

牛津的声音

当你听见它渴望地
呼呼地、咕咕地、悄悄地穿过门牙
牛津的声音
或者更糟

可能是牛津的声音
你再也不笑了，你不能

因为如今每一只盛开的鸟儿是牛津的杜鹃鸟
你不能坐在一辆巴士上或隧道里
但它温柔和渐渐衰弱的呼吸，在你的脖子后面

而且啊，这么诱惑优胜者，如此诱惑
自我消除的
恳求的
优胜者——

我们不能坚持它一会儿
但是我们是
我们是
你承认我们是
优胜者——

勒　　达

到来不带亲吻
也不带爱抚
双手的、双唇的，和喃喃细语

带着一对嘶嘶响的翅膀

和海洋亲吻的尖尖的喙

和湿湿的、有蹼的、波浪作用的双脚

进入沼泽般柔软的肚子

欲望死了

欲望可能死了

但一个男人依然可以是

太阳和雨会面之所在

惊讶比痛苦埋伏得更久

当在一棵寒冷的树下

红 鲱 鱼

我的父亲是一个工人

一个矿工,他是

早上六点他们把他放下

晚上他们把他拉上来喝茶

我的母亲是一个高傲的灵魂

高傲的灵魂是她

来扮演一个优胜者的角色

在该死的中产阶级女人中

我们孩子是夹在两者中间
几乎难以形容的是我们
在家里我们彼此称呼你
在外边,则叫他和它们

时光飞逝,我们的父母已经去世
在世上我们继续生活
但我们仍夹在两者中间,我们行走
在魔鬼和冰冷深海之中

哦,我现在是中产阶级的一员
一个女仆奉上我的茶——
但我总渴望着能对某个人说:
听着,小屁孩!我跟你之间

它们是——(狗屎,粪和屁)
而且我估计他是邪恶但又正确
我们应开始踹他们的屁股
告诉他们去——

译注:最后一段,有大量缩略,指的是脏话。

蚱蜢是个负担

　　欲望已经失败，欲望已经失败
　　这个挑剔的蚱蜢
　　在蝗虫的负担中已经惩罚了心灵
　　扒光它到赤裸

二、矿工之子：小说家、诗人劳伦斯的写作

　　劳伦斯的英文诗集的封面用的是劳伦斯自己的一张照片：他头戴礼帽，消瘦的面庞，浓密的连鬓胡子，双眼皮，眼神却非常忧郁和疑惧，侧脸打量着你，带着审视、拒斥和审慎的期待。这样一个英国男人、大诗人、大作家，他创造的文学世界是那样久负盛名，让我们现在走近他。

　　劳伦斯因长篇小说《查泰莱夫人的情人》而闻名于世，名气太大了，以至于只有中国明代的匿名小说家兰陵笑笑生可以与他相比。不同的是，劳伦斯非常多产，还写了其他十多部长篇小说、多篇散文游记和很多诗歌作品。他是一个文学多面手，谈论他是一件很不容易的事情。

　　劳伦斯在英国文学史上的地位不低，是19世纪和20世纪之交出现的一位离经叛道的英国大作家。但他又不像稍晚出现的几个现代派大师，比如乔伊斯，那么具有形式感，在小说表达方面实现了创造性突破。劳伦斯则更着眼于内容的呈现。

劳伦斯于 1885 年出生在英国南部的诺丁汉郡，父亲是一个煤矿工人和酒鬼，文化程度不高，脾气暴躁，母亲则是一位有些小资产阶级情调的小学老师，喜欢文学，她带给了劳伦斯一些文学的天赋和基因。可以说，劳伦斯是出生于英国工人阶级家庭的作家。这个家庭让他温暖，也让他孤僻和暴躁。

1930 年，劳伦斯年仅四十五岁就去世了。在他短暂的一生中，出版有十多部长篇小说、七十多篇中短篇小说、十部诗集、八部剧作、几本游记和文学评论著作以及大量的书信和日记，可以说是一个多产作家。假如他能活到七十岁，那么他留下来的作品数量肯定还要翻一倍。

先来看看他的小说，1906 年，在诺丁汉大学进修教师专修课程的时候，劳伦斯创作了第一部长篇小说《白孔雀》，出版于 1911 年，写的是英格兰农村青年生存的状态和情感生活，但文笔还比较粗疏和简单。1912 年，他又出版了第二部长篇小说《逾矩的罪人》，描绘了一个音乐教师在家庭、情欲和社会环境之间的冲突，最后自杀身亡的故事。这部小说在我看来，编造痕迹非常明显，作为一个二十多岁的青年作家，此时的劳伦斯，优点是能够将心理描写和社会批判结合起来，同时把对人的心理描写和对英国自然景色的描绘结合起来，以独特的个人风格引起了很多人的注意。

1913 年，二十八岁的劳伦斯出版了长篇小说《儿子和情人》，这部小说具有一定的自传性，描绘了一个男人的成长和母亲对儿子带有病态的溺爱、影响、控制与儿子的反控制。这部小说中的人物关系、家庭构成几乎和劳伦斯的家庭一样，直接取材于他的父母亲和早年去世的哥哥。小说一炮而红。

在1913年，在诺丁汉大学，他喜欢上了维克利教授的妻子弗丽达，两人竟私奔出走，前往法国和德国游历，一年之后才回到了英国。此时，第一次世界大战爆发了，因为弗丽达是德国人，被英国当局怀疑是一个德国间谍，两人就躲到了英国乡下生活，以躲避战乱。

1915年，劳伦斯出版了长篇小说《虹》，这部作品篇幅较长，小说叙述时间跨度很大，讲述了英格兰的农民布莱文一家三代人的故事，对19世纪英国的工业革命进入中后期，对农民的剥夺、对大自然的破坏，以及对英国当局发动的布尔战争进行了批判，结果这部小说遭到了查禁。于是他远走他乡，前往美国、澳大利亚、墨西哥、斯里兰卡等地旅行，在旅途中写下了很多作品。

这一阶段，他还写了《虹》的续篇《恋爱中的女人》，继续着《虹》中的人物在社会中的发展。1923年和1926年，他又出版了长篇小说《袋鼠》和《羽蛇》，继续他对人性、情欲和神话原型关系的挖掘，笔触也扩展到了澳大利亚的风光和墨西哥神话传说。

他的惊世骇俗的长篇小说《查泰莱夫人的情人》出版于1928年，这部小说是他自费出版的，因为出版商担心有伤风化，迟迟不愿意出版这部有很多性描写的小说。但1960年代之后，在英语世界里，这部小说获得了经典性的地位，成为

"禁书"中最为杰出的小说。小说描绘的是一个叫康妮的富人之妻，因丈夫性无能，便与一个健壮、粗野、活泼的工人梅勒斯发生了情爱关系，他们这种充满激情和叛逆的感情，最后以悲剧告终。

劳伦斯的七十多篇中短篇小说，无论题材还是表现的内容和人物形象，都和他的长篇小说有异曲同工之妙。

他的游记作品主要有《意大利的黄昏》和《大海和撒丁岛》，这是他与弗丽达一起旅游时，自我放逐中于意大利的见闻。此外，还有《墨西哥的早上》，记述了他在墨西哥旅行的见闻。

劳伦斯的诗歌创作贯穿他的一生，但似乎明显不如他的小说有名。他出版的诗集累积起来，收录了数百首诗歌，题材和风格非常多样。假如来描述他的诗歌作品的主要风格的话，我想，简洁、直接、情绪表达的真切，以及用物象来指代心像，可能是他诗歌的一大特点。这里翻译的几首诗，都可看出来，题目和内容，有时很贴近，有时却没什么关系。说的是一个事情，却在内容上显示为别的东西。

作为小说家诗人，劳伦斯的诗歌达到了英语杰出诗人的水准，却似乎缺乏一种创新性的力量，不如他在小说中表现的那样，突破了种种禁忌，将人性的复杂、情欲的暴涨、社会的扭曲、阶层的隔阂呈现得淋漓尽致。他的诗亲切、直接、自然，带给读者的是明快的享受和反讽式的思考。

劳伦斯以诗人的形象走进了我们的视线，又以小说家的背影离开了我们。

哈代：荒原哀歌（1840—1928）

一、哈代诗六首

我审视镜中

我审视镜中，
打量着干瘦的皮肤，
我祝祷："愿上帝赐福，
让我的心也如斯细薄！"

这样，我就可以不再悲伤，
哪怕其他的心对我冷漠，
我只需等待永恒的休憩，
孤独沉静，不悲不喜。

可是时间总让我忧郁,
我苟活半世,一息尚存,
在黄昏中颤抖的虚弱之躯,
搏动着一颗正午之心。

八月的一个午夜

(一)

灯光昏暗,卷帘浮动,
钟表的嘀嗒声从远处楼层中传来,
有翅膀的、带角的、有刺的都来到这里,
比如长脚蜘蛛、飞蛾和黄蜂。
此时我书页半开,闲散自在。
一只昏昏欲睡的蚊虫,正在搓手……

(二)

所以让我们五点见吧,在这个静谧的地方,
就在此时,就在此地——
我的客人,他们弄脏了我新写的字行,
拍打着灯,仰面摔倒。
"他们是上帝恭顺的孩子!"
我若有所思。然而为什么?

他们知道我所不知道的宇宙的秘密。

在十一月的日暮

十个小时的光正在减弱,
一只晚来的归鸟飞过,
松树就像久等的华尔兹舞者,
黑色的树颠猛然颤抖;

山毛榉的叶子,在正午时分泛黄,
斑点一般在眼前浮动;
我在壮年时种下的每一棵树,
如今已遮天蔽日。

漫步穿梭在这里的孩子,
会觉得不曾存在。
没有高树生长的时候,
这里将空旷无物。

天　　气

(一)

这是布谷鸟喜欢的天气,

我也喜欢;
当阵雨倾盆,栗树冒尖,
雀子穿梭;
褐羽的小夜莺亲吻着爱侣,
齐齐停驻在"旅客安居"的外面,
少女们成群结队,细纹布上点缀着香枝,
市民们心念着去向西南边,
我也不例外。

(二)

这是牧人躲开的天气,
我也躲开;
当一棵棵山毛榉在一片灰褐中滴答不断,
扭动翻滚,
山岭抽搐挣扎,
小溪淹没牧场,
门栏上悬着串串水珠,
白嘴鸦飞向家的方向。
我也如此。

一位青年男士的劝告

把你的目光从忧愁中移开,
用尽一切机敏;释放享乐,
就算尝不到甘甜的果实也要千金散尽
让暗淡的生活更加明朗。

赞美时间并为之加冕,
她给我束缚,同时用欢乐填充了我,
沉浸于享乐,高于一切,
全然不必战战兢兢。

就像那些动人的菌株,
那不断出现的新生物正来自想象的菌孢;
舌头碰触,柔软温馨,
那全然来自你灵魂的贮藏。

我们知道最好的又为了什么?
新鲜的爱之叶会变成褶皱,
不久也会干枯,人也是方生方死,
我们所触目的一切都将逝去。

如果我珍视一件事,

它就是在梦中逝去的珍宝,
它是我们自身的一部分,正如那些看起来
最有王者风范的就是国王本身。

凌晨四点钟

六月的一天,我在四点钟醒来;
黎明之光有条不紊地愈加耀眼;
地球是一团蓝色的奥秘,
天堂好像近在咫尺,
当四点时。

或者靠近猎户座大星云,
或者就在七星诗社明眸和微笑里,
(因为即便我们用一双狡黠的眼睛去审视
白日里笑里藏刀的事情,
在四点钟,
他们也会展示最好的一面)……

在这山谷的空地处,
我以为我是第一个醒来。但不是。
一声口哨?此起彼伏
催动哨声的是一柄飞舞的镰刀,

四点了吗……

我曾经历过冲动的欢乐,醒来时满怀忧郁;
现在是需要鞭策的时刻,
人应承担起生命里艰苦的职责,
乐观开朗,努力工作,
就在四点钟!

(邱华栋 译)

二、低吟的歌手,洪水中的柱石

哈代是继狄更斯之后最伟大的维多利亚时代的小说家,也是19世纪末和20世纪初最重要的英国诗人。在他创作生涯的最开始和结束时,他都在写诗,诗歌贯穿了他的一生。他一生创作了长篇小说十四部、短篇小说五十多篇,出版了八部诗集,诗歌创作在一千首左右,是一位多产的作家。

哈代1840年出生于英国多塞特郡,父亲是一个建筑承包商,祖父是石匠。父亲除了修建教堂,还在教堂里担任小提琴手。教堂里神父对《圣经》故事的阐发和解读给了哈代文学启蒙,而父亲对音乐的理解启发了哈代的灵性。

十六岁后哈代曾在一家建筑师事务所当学徒。其间,他一边谋生,一边阅读大量书籍,理想是今后当一名教堂牧师。

二十二岁的时候,他离开故乡前往伦敦谋生,在一家建筑师事务所担任初级绘图员,给一些即将修建的建筑画建筑结构图和施工图。

我想,建筑学的一些知识一定给他在小说结构上带来了不少启发。仔细阅读他的几部长篇小说代表作,会发现他的结构和叙述能力非常强大。

在伦敦学习和工作了五年,他阅读了大量文、史、哲方面的书籍。1867年,哈代回到了故乡,继续从事建筑师事务所的工作。但这时,他已经开始写诗并且写小说了。1868年,二十八岁的哈代写出了他的第一部长篇小说《穷人与贵妇》,这部小说不完美,他很不满意,书稿没有被出版商接受,最终也散佚了。所以,哈代出版的第一部长篇小说是问世于1871年的《无计可施》。

这是一部追求市场效果的通俗侦探小说,受到了侦探小说家柯林斯的影响。在这部小说里,谋杀、情爱、凶案等元素都有,只是没有受到英国读者的青睐。但哈代在这部小说里运用了英国南部他家乡的很多方言,这是小说的一大特色。

哈代一共出版了十四部长篇小说,我把这十四部小说分成了两大类,一类包括了《绿荫下》《远离尘嚣》《还乡》《卡斯特桥市长》《居住在森林里的人》《德伯家的苔丝》《无名的裘德》,这些是他后来大受欢迎、很长时间里都在英国文学史上占有重要地位的作品。

这几部长篇小说都是以英国的社会现实作为表现的背

景。哈代以批判现实主义的手法,以反映人生、暴露社会、批判人性的方法,将时代特征呈现于犀利的笔下,以悲剧般的力量,在小说中将人生撕裂给人们看,彰显了巨大的道德感召力。因此,上述不少作品虽问世已经一百多年了,仍有很多读者,也是影视剧改编的热点,比如《苔丝》,比如《卡斯特桥市长》和《无名的裘德》。这些长篇小说也成了19世纪最重要的英语小说,为人们所熟悉与喜爱。

哈代的另外七部小说则可以称为带有浪漫色彩的爱情小说。这七部小说是《一双蓝色的眼睛》《号兵班长》《塔上恋人》《意中人》《无计可施》《爱瑟博塔的婚姻》《一个冷漠的女人》。

这几部作品,我估计哈代是充分考虑到了当时读者的喜好而写下的爱情小说,带有幻想性,与现实比较隔膜;有的则是带着侦探小说外衣的类通俗小说,如《无计可施》。《一个冷漠的女人》与《无计可施》等作品,在小说的结构上非常独特,往往是人物和线索很多,并行不悖,很有些20世纪后半叶的巴尔加斯·略萨的结构现实主义的风格,能够将不同的人物命运和故事情节,放在一个平面上整体推进。这些小说虽然受到了读者的欢迎,但随着时光的推移,这些小说的价值渐渐变小了。因为其社会认知度本来就不高。

相反,他的《远离尘嚣》《还乡》《卡斯特桥市长》《德伯家的苔丝》与《无名的裘德》则成了名著。

下面,我简单介绍这五部我个人非常喜欢的哈代的小说。1874年出版的《远离尘嚣》,讲述了英国传统乡村社会,表面上看似平静、和谐、美好、安稳,女主人公巴斯谢芭被三个追求她的男人所围绕,第一个是没钱但淳朴、正直、老实、坦诚的农民奥克,第二个是浪漫花心的青年军官特洛伊,第三个是孤僻、冷傲的农场主博尔德伍德。她一时无法分辨出他们的优劣,因为她对男人并不了解。结果,她嫁给了花言巧语、会讨女人欢心的军官特洛伊。但这段婚姻导致了不幸,她最后离开了特洛伊,她看到了奥克的好,嫁给了奥克。农场主博尔德伍德则因情感发狂而杀死了特洛伊。

1878年,哈代出版了他久负盛名的代表作《还乡》。这部小说的情节主线描绘了一个叫尤太莎的姑娘生活在广阔的爱墩荒原上,她嫁给了从巴黎回来的珠宝商克林,希望克林将她带到有着浪漫传奇色彩的巴黎。但克林恰恰非常讨厌巴黎的浮华生活,志在荒野农村开展启蒙教育,于是,与妻子尤太莎发生了隔阂和冲突。尤太莎太想离开荒原了,竟然与过去的情人韦迪私奔,结果在私奔途中掉到水里淹死了,成为一大悲剧。尤太莎至死也没有离开荒原。小说还有一条副线,描绘的也是一对情人的悲剧结局,因此,这本书有着古希腊悲剧的那种宏大、庄严和毁灭的美学效果,构成了哈代小说美学的一大特点,震撼人心,是19世纪英语小说的宏大篇章。

1886年,哈代出版了他的另一部代表作《卡斯特桥市长》。卡斯特桥新任市长亨查尔曾经是一个干零活儿的农民工。二十年前,他穷困潦倒,在一场酒醉之后,将自己的妻子和孩子卖给了一个水手牛笋。这一原罪在他内心里根植。后来，妻子和女儿回到了卡斯特桥，和他再度相遇。于是，引发出一系列看上去十分巧合，但实际上却有着人性的逻辑、事件的前因后果的逻辑、善良和丑恶酿造的逻辑，以及荒原所具有的逻辑力量。这部小说具有象征主义的特点，卡斯特桥市长亨查尔，是希腊悲剧人物的再生。

哈代的后期小说代表作，是《德伯家的苔丝》和《无名的裘德》这两部。《德伯家的苔丝》出版于1891年，描绘了一个叫苔丝的姑娘，因家道中落，只好到德伯本家富人家里帮佣，结果被少爷亚雷给诱奸了。后来苔丝在一个奶牛场当挤奶工，与牧师的儿子科莱结婚。科莱知道了亚雷诱奸苔丝的事情后耿耿于怀，最终抛弃了苔丝。苔丝过着十分贫困的生活，再度沦为已经成为牧师的亚雷的情妇。亚雷处于忏悔和还感情债的状态，但后悔不迭的科莱重新回来寻找苔丝，苔丝觉得自己再也不能回到过去。她杀死了毁了她一生的亚雷。最终，苔丝被判处绞刑，上了绞架。

这一悲剧原型故事和人物纠葛，源于古希腊悲剧和莎士比亚的作品，在哈代的长篇小说中，这些伟大的西方文学元素重新复活了。小说对基督教原罪概念的呈现和批判，和对女性贞洁问题的呈现，都是过去的作品所没有的。苔丝的悲剧是英国的悲剧，也是人类的悲剧。只要我们想想曹禺的戏剧《雷雨》，我们就看到了人类原型故事的演化在中国语境里的新表现。

1895年，哈代又出版了后期的小说力作《无名的裘德》。

这部小说描绘了裘德这个下层青年是如何努力奋斗实现自我价值的故事。一个叫艾拉白拉的女人很有心机，她想尽办法去引诱裘德，和他结婚了。后来，裘德上大学的梦想破灭，投身宗教，他喜欢的表妹淑离开了丈夫和他同居在一起，结果惹来社会非议。艾拉白拉的儿子在母亲唆使下，前去寻找裘德和淑，并杀死了他们的两个孩子。淑觉得自己受到了惩罚，重新回到了前夫那里，裘德在穷困潦倒中酗酒而死。

哈代将希腊悲剧复活在自己的小说杰作里，正如威廉·福克纳的很多作品有着《圣经》的原型故事那样，将长篇小说这一文体发扬光大。

由于他的小说不断遭到社会保守力量的攻击，他逐渐停下了小说写作。除去长篇小说，他还写了五十多篇中短篇小说，描绘的也是各种各样的人生悲喜剧。但他小说创作的主要成就已经完成于19世纪那些年月了，后来的小说再也无法超越自己。

进入20世纪之后，一直到1928年他去世，哈代主要以诗歌创作为主。后期他一共出版了八部诗集，收录了近千首诗歌作品。哈代诗歌的最大特点是风格多样、十分轻巧，似乎什么都可以入诗——抒情诗、叙事诗、儿童诗、战争题材的诗都有。哈代可以说是维多利亚时代的小说家中写诗最好的一位，也是最好的英语诗人之一。

后　　记

　　很多年来，借出国交流和旅行的机会，我买了一些英文诗集。后来，我逐渐将目光放在了小说家的诗歌这一方面。这是因为，我本人的写作主要是小说，但我写作的开端，也是从诗歌开始的。所以，从收藏和好奇的角度，我积累了几十本小说家的诗集，碰到闲暇和零碎时间，我随手就翻译了这些小说家的一些诗，现在，结集在这里，算是给一些朋友一个交代，那就是，小说家的诗也很好。

　　我发现，很多杰出的小说家都写诗，而且有不少还是杰出诗人、杰出的评论家。写小说需要的是虚构能力、结构能力、叙述能力；写诗则需要激情和对语言的高度敏感，需要对语言进行千锤百炼；而写评论需要的是一种理性分析和概括，需要更为系统的思维训练。这三种文体都能驾驭的作家，实在是人中龙凤。但的确有这样的作家，本书收录的一些欧美作家中，就有这样的"多栖"人物。

　　有一种说法是诗人写小说非常容易成功，那是因为，诗人的语言首先过关了。只要诗人学会了叙述和虚构，那么就能够写好小说。而反过来，小说家写诗就不那么令人信服了。因为，有的小说家的语言不是诗性的，因此很难写出令人信服的诗。当然，小说家诗人的叙事能力强大，写叙事诗也许是一个长处。但现代诗叙事性降低了很多，所以诗人越来越走向语言的纯粹和精微，走向语言深处的幽暗地带。小说家可以写很好的散文，但反过来，散文家很难写出好的小说和诗。大抵如此，不过肯定也有特例。

所以，作为一个作家多方面才能的展示，本书一定能够给你提供一个非常独特的视角，那就是，小说家的诗，是那么有趣和生动，使你在阅读他的小说之外，获得对这个作家的全新认识。